KB123330

디지털인문학연구총서

4

기록문화유산의 디지털 큐레이션 모델 연구

국채보상운동 기록물을 중심으로

김지명 지음

보고사
BOGOSA

머리말

1875년에서 1914년 기간은 인류 역사에서 "제국의 시대"라고 불린다. 산업혁명과 자본주의의 발달에 힘입어 강력한 군사력을 구축한 유럽과 미국이 전 세계로 영토를 확장해 나가던 시대였다. 또한 범세계적으로 근대 문화가 꽃피고 노동운동과 사회주의가 일어났으며 영국의 경제력은 쇠락하고 러시아 혁명의 여건이 이루어졌다. 이 시기에 대여섯 개의 제국이 지구상의 땅덩이의 4분의 1 정도를 식민지로 나누어 가졌다. 영국, 프랑스, 독일, 벨기에, 이탈리아가 수백만 평방킬로미터씩 차지했다. 미국은 스페인과의 전쟁에서 승리하여 필리핀과 푸에르토리코 등을 차지했고, 일본도 한국을 강점하고 중국과 러시아로부터 대만과 사할린의 절반을 탈취하였다.

제국주의의 시대는 강대국에게는 아름다운 시대였으나 식민지로 전락했던 우리에게는 불운하고 치욕적인 망국의 시대였다. 국채보상운동은 대한제국의 국운이 기울던 1907년 일본이 떠안긴 차관 빚 때문에 자주 독립을 잃을까 두려워진 국민이 전국적으로 벌린 자발적 모금운동이다. 단연(斷煙)으로 절약하여 돈을 모아서 1,300만 원의 외채를 갚자는 제안이 대구의 한 출판사의 문화모임에서 발의되었다. 이 소식은 취지문, 발의문등의 소개와 의연자 명단을 신속히 보도한 제국신문, 대한매일신보, 황성신문 등 언론의 지원으로 급속히 확산되었다. 운동의 발발에서 종료까지 관련 문서와 언론 보도가 기록으로 남아 있어서 인류 역사상 유례가 드문 민중 주도 애국운동의 전모를 살필 수 있는 비교적 상세한 정보가 남아있다.

과거 사건을 기록물을 통해서 연구하고 동시대인을 위해 재현하는 일은 쉽지 않은 일이다. 역사기록물과 통계 등을 통해 학문적으로 밝히는 공식적 역사와 그 시대를 살아 온 사람들의 사적이고 직접적인 기억의 역사는 크게 다르다. 개인의 정보나 판단력의 한계도 있지만 한 사람이 직접 접하고 체험하는 범위는 극히 좁을 수밖에 없다. 1900년생인 최태영 교수(서울대 법대)는 국채보상운동 당시 9살의 나이로 고향마을에서 국채보상운동에 동참하자고 연설을 하였다고 회고하였다. 2005년 세상을 뜨기 전까지 100세 이상 장수를 누렸기 때문에 당시의 상황과 안중근과 김구 선생을 만났던 이야기를 생생하게 전해 줄 수 있었다. 그러나 직접 체험해 보지 않은 시대, 실물이나 정확한 기록이 없는 인물과 사건에 대해 후세에 전하는 역사서사는 과연 얼마나 실제에 근접하는 것이며 어떤 증거물에 근거하고 있는가?

한 나라의 역사에 대해서 무엇을 어떻게 이야기할 것인가? 이 어려운 과제는 우리 근대사의 경우에는 가치관, 이념, 규범, 의례, 풍습 등 모든 사회 체제가 단기간에 급변하여 더욱 어려워진다. 일상생활의 문화전통도 단절되어 같은 한국인에게조차 일상적 어휘와 사고방식이 다른 전통사회는 "낯선 외국"과 다를 바 없이 생소하다.

필자는 이러한 물음에 대한 해답을 찾기 위해 국채보상운동 기록물을 중심으로 하여 기록문화유산의 디지털 큐레이션 모델을 만들어 보고자 하였다. 이를 위해 국채보상운동 기록물로부터 사건과 인물에 대한 데이터를 수집하고, 이 데이터 간의 관계가 구조적으로 규정되어 있는 시맨틱 데이터베이스를 구축하는 것을 일차 목표로 하였다. 이렇게 작성된 데이터베이스를 통해 기존의 개별적 지식의 집합에서는 보이지 않던 새로운 역사 서사와 스토리의 주제를 발견할 수 있었고, 이를 통해 데이터 기반의 역사 재현 큐레이션이 가능함을 확인하였다.

연구의 대상은 수기 기록물과 신문보도 내용 등 국채보상운동 기록물과 관련 문헌들이다. 국채보상운동의 발의와 추진 전 과정이 문서 형태의 민간 기록물과 의연금 영수증 등의 문서, 언론 보도 내용으로 잘 보존되었으며, 이 기록물들은 2017년 11월 유네스코 세계기록유산(UNESCO Memory of the World)으로 등재되었다.

이와 같이 국제적으로 그 가치를 인정받은 역사적 기록물의 교육적, 문화적 활용을 증대시킬 방법의 하나로 역사재현 큐레이션이 가능한 디지털 아카이브를 구상하게 된 것은 헤이든 화이트(Hayden White)의 역사서사 이론에서 실마리를 찾은 것이다. 화이트는 진리(Truth)를 발견해 내어 '있는 그대로' 보여 준다는 전문적 역사학자들의 주장과 편견을 부정했다. 그는 역사 속에 진리가 이미 존재하고 있는 것이 아니라 서술자의 텍스트를 통해 언어적으로 작성되는 '이야기(Narrative)'임을 강조하였다.

화이트가 강조한 이야기적 역사 서술을 '디지털 아카이브'의 형태로 구현하는 방법은 김현 교수(한국학중앙연구원)가 제안한 '백과사전적 아카이브(Encyves : Encyclopedic Archives)' 모델을 참고하여 강구하였다. 엔사이브 모델의 아카이브는 단순한 기록물 데이터의 저장소가 아니라 그 기록물과 내용적으로 연관된 다양한 지식자원을 통합적으로 데이터베이스화하여 풍부한 서사의 가능성을 보이는 서사적 큐레이션의 현장일 수 있다.

여기서 큐레이션이란 기록물에 담긴 지식요소를 데이터베이스로 만들어 그 자료를 통해서 확인되는 서사와 스토리 요소의 발견과 생산

작업이다. 역사적 사건을 흥미롭게 재현하는 문제는 오늘날 교육, 창작, 오락 등 다양한 목적을 위해 현대인이 당면한 과제라고 하겠다. 역사적 기록물과 자료에 기반한, 즉 근거 있는 내용을 서술하되 그 세부 주제는 다양하고 내용은 풍부하며 서술의 스타일은 현대인에게 다가오는 쉽고도 흥미로운 서술을 지향한다.

연구를 통하여 의미 있는 관계로 연결된 시맨틱 데이터베이스를 구축하고 그것을 근거로 역사를 서술하고 재현해 보여주는 디지털 아카이빙과 큐레이션 모델을 제시하였다. 다만 단독으로 작성해야 하는 학위논문의 제약 때문에 일부 샘플 데이터베이스만을 구축하고 그로부터 추출해 낸 역사서사의 요소를 예시하였다. 이 데이터베이스는 북한 지역이나 해외의 자료가 보완되는 데 따라 지속적으로 확장가능하다.

다른 사람들이 학위를 끝낸 후 왕성한 학술연구와 사회활동을 시작하는 것과는 반대의 순서로 필자는 평생 사회활동을 한 다음에 꼭 하고 싶은 일을 하기 위한 연구로서 학위논문을 쓴 셈이 되었다. 무조건 학위과정에 도전하도록 용기를 주신 김현 교수님께 진심으로 감사드린다. 그리고 이 연구를 위해 소중한 자료의 사용을 흔쾌히 허락해 주신 정진석, 김영호, 전택수, 한상구, 엄창옥 교수께도 심심한 감사 인사를 올린다.

또한 연구와 집필 과정에서 필요한 기술적 문제와 관련하여 큰 도움을 준 김바로, 이재옥, 윤종웅 박사와 한국한중앙연구원 박사과정 학생들, 그리고 기세숙연구원에게도 고마움을 전하고 싶다. 끝으로 변변치 못한 글을 '디지털 인문학 총서'의 한 권으로 간행해 주신 보고사 출판사 대표님과 허경진 교수님께 감사의 말씀을 드리고 싶다.

2018년 5월
지은이 김지명

차례

표목차

그림목차

제1장

서론

1. 연구의 배경과 목적

이 논문은 국채보상운동 기록물을 중심으로 하여 기록문화유산의 디지털 큐레이션 모델을 연구하는 것을 목적으로 한다. 이를 위해 국채보상운동 기록물로부터 사건과 인물에 대한 데이터를 수집하고, 이 데이터 간의 관계가 구조적으로 규정되어 있는 시맨틱 데이터베이스를 구축하는 것을 일차 목표로 한다.

이 연구는 한국의 역사와 문화의 구체적 증거물인 문화유산[1]과 기록

---

[1] 유네스코의 문화유산(Heritage) 정의 : 문화유산이란 과거로부터 물려받아 오늘날 우리의 삶과 함께 하는 유물로서, 그 의미와 가치 때문에 다음 세대에 전승해 주어야 할 유산이다.(https://2016.ifla.org/now-available-unesco-persist-guidelines-for-the-selection-of-digital-heritage-for-long-term-preservation)

　국내에서는 '문화유산'이라는 용어가 1962년 1월 10일 제정된 문화재보호법에서 처음 공식 용어로 쓰였다. 이는 물질적 가치 개념을 바탕으로 하는 문화재(文化財)라는 용어와 동의어로 쓰여 왔는데, 국제기구와 대형 박물관에서는 문화재(Cultural Property), 문화자산(Cultural Asset) 대신 추상적 가치를 더 강조하는 보다 포괄적인 '문화유산(Cultural Heritage)'의 개념을 사용하고 있다. 문화유산은 자연적, 인공적인 유무형의 모든 대상을 포함한다. 사람이 만든 인공물은 인공유산(Artifact), 자연의 경관을 자연유산(Natural Heritage), 사람이 만들지는 않았으나 환경 속에 남은 동물의 뼈와

유산에 담긴 지식정보가 시맨틱 데이터베이스로 구축되지 않음에 따라 역사 서사와 스토리의 원천으로 활용되지 못하고 있다는 문제의식에서 출발한다.[2] 역사적 사건과 인물에 관한 원천 기록물과 문화유산은 장기적인 보존과 활용에 적합한 형태의 디지털 지식자원으로 아카이빙이 되어야만 문화자산으로서 가치를 유지할 수 있다. 디지털 데이터화된 지식자원은 LOD(Linked Open Data)[3]를 통하여 국내는 물론 전 세계를 연결하는 네트워크에 연계됨으로써 통합 검색되고 활용될 수 있다.

이 연구는 역사적 사건과 인물에 대한 데이터를 수집하여 데이터 간의 관계가 구조적으로 규정되어 있는 시맨틱 데이터베이스로 설계하고 구축하는 것을 목표로 한다. 시맨틱 데이터베이스는 개별 연구 분야의 영역별 연구로는 파악하기 어려웠던 인물, 사건, 문헌과 같은 데이터 간의 관계를 컴퓨터가 인식할 수 있도록 지식요소들 간의 관계를 명확히 규정해 놓은 데이터를 말한다. 이렇게 작성된 대량의 데이터베이스를 기반으로 복잡한 인과 관계를 파악하여 지식요소 간의 맥락과 의미

같은 자연유물을 환경유산(Ecofact)으로 분류한다.

2) 서사(Narrative) : 제라르 주네트(Gerard Genette)가 『서사담론(Narrative Discourse)』에서 내린 서사의 정의 중에서 이 연구는 "실제적인 것이든 허구적인 것이든 연속적인 사건들이 담론의 주제가 된 것을 가리키거나 그 사건들이 연결되고 대립되고 반복되는 여러 관계들을 가리키는 것"임을 따른다. 즉 서사는 사건들의 연속이며 요약된 '스토리로서의 서사'라고 할 수 있다.(『문학비평용어사전』, http://terms.naver.com/list.nhn?cid=41799&categoryId=41800)

3) 서로 간에 '관계가 있음'을 알리는 데이터의 집합을 '링크드 데이터'(Linked Data)라고 하며, 그 링크드 데이터가 인터넷 상에서 공개되어, 누구라도 그 연결을 확장해 갈 수 있는 것을 '링크드 오픈 데이터'(Linked Open Data, LOD)라고 한다. 실질적인 구현의 관점에서 얘기하자면, '링크드 데이터'란 월드와이드웹상에 존재하는 각각의 데이터에 유일한 식별자(Uniform Resource Identifier, URI)를 부여하고 이를 이용하여 데이터 상호 간의 연결이 가능하도록 하는 네트워크 모델을 말하며, 이것이 개방적으로 운용되는 것을 '링크드 오픈 데이터'라고 한다. Tim Berners-Lee, "Linked Data", W3C Design Issues(2006, 2009), https://www.w3.org/DesignIssues/LinkedData.html; 김현·임영상·김바로, 『디지털 인문학 입문』, HUEBOOKS, 2017, 148·194쪽.

를 찾아낼 수도 있다. 따라서 시맨틱 데이터베이스는 새로운 역사 서사
와 스토리 소재의 발견을 가능케 해 줌으로써 새로운 패러다임의 큐레
이션 모델이 될 것이다.

기록물에 담긴 콘텐츠의 일차적인 디지털 데이터화는 매우 중요한 의
미를 지닌다. 원천 데이터의 온전성과 객관성 확보는 데이터베이스의
장기적인 보존과 활용에 기본 요건이다. 대상 콘텐츠에서 기본 데이터베
이스를 구축할 때부터 목적에 적합한 지식요소를 중심으로 추출하여야
하며 데이터 간의 맥락을 시맨틱 데이터로 구조화하는 일은 개인 연구자
가 독자적으로 수행하기는 쉽지 않다. 우선 방대한 대상 기록물에 대한
인문학적 이해와 연구가 필요하다. 시맨틱 데이터에서 결과적으로 얻어
내고자 하는 인문학적 성과물이 무엇인지 뚜렷한 목적의식이 필요하다.
더욱이 원천 자료가 포함하는 주제의 다양성, 언어적 복합성, 사회적
환경 변화 등으로 인해, 현대의 필요에 봉사하는 디지털 아카이브 설계
는 창의적 상상력과 과학적 엄밀성을 모두 필요로 하는 과정이다. 단순
한 지식요소의 집합체가 아니라 데이터가 의미로 연결되는 구조를 가져
야만 다양한 학술과 창작을 위한 지식 자산으로 활용이 가능하기 때문이
다. 이렇게 인과 관계 또는 연결 관계를 발견하여 맥락 있는 역사 서사나
스토리 주제를 발견하여 활용하는 것이 큐레이션 작업이다.

연구 대상 자료는 국채보상운동 관련 민간·공공 기록물과 문헌 자료
이다. 국채보상운동은 1907년부터 1910년에 걸쳐 전국적으로 전개된
모금운동이다. 실제로 집중적 참여는 1907년 2월부터 1년 정도 계속되
다가 일본의 집요한 방해 공작으로 좌절되었다. 여기에 관련된 사건,
인물, 기관, 문헌, 개념 등의 다양한 지식요소에서 디지털 아카이브의
데이터를 추출할 수 있다. 현재 국채보상운동에 관한 연구는 다수 축적
되어 있으나 대부분은 영역별 연구 주제에 국한되어 있다. 가장 중심적

인 연구 시각은 일본의 경제 침탈 정책, 여성의 사회 참여, 언론의 역할, 외교 분쟁의 측면에서 바라본 국채보상운동에 집중되어 있다. 개별 영역의 연구는 더욱 세부적인 관심 주제에 한정되어 연구가 이루어졌다.

또한 국채보상운동 관련 자료들도 자료의 유형, 자료의 소장처 등에 따라서 각각 분리되어 관리되고 있다. 그런데 국채보상운동은 공간적으로 걸쳐 있을 뿐만 아니라 해외의 여러 지역을 포함하는 넓은 지역으로 진행되었다. 따라서 국채보상운동 관련 지식정보가 자료별로 분리된 상태로 아카이브에 저장되어서는 국채보상운동의 상황을 체계적으로 파악하기 어렵게 된다. 더구나 전체적 상황과 관련 인물과 사건 등의 연결 관계, 인과 관계 등 흥미로운 스토리 요소를 찾아보기 어렵다. 국채보상운동에 관한 기존의 설명 텍스트나 전시물의 주제는 주로 나랏빚을 갚기 위해 전국에서 단체를 만들거나 개인들이 현금과 재물을 기부하였다는 점을 부각시키고 있다. 다시 말하면 모금운동을 발의하고 추진하여 실제로 물품과 현금을 모은 행위 자체에 집중하고 있다. 금품을 기부하는 자체는 매우 의미 있고 중요한 역사적 사건이었지만, 더 이상 문학적인 감성이나 호기심을 자극하는 흥미로운 인간의 이야기는 찾아보기 어렵다.

이 연구는 국채보상운동에 관해 지금까지 관심을 덜 쏟은 분야, 또는 관련이 거의 없다고 생각하여 그 관련성을 연구하지 않은 지식정보를 데이터화하여 시맨틱 데이터베이스로 구축한다면 그것을 근거로 기존의 콘텐츠가 간과했거나 누락시킨 새로운 서사요소를 발견할 가능성이 매우 크다고 전제하였다. 데이터베이스를 근거로 하였으므로 이러한 서사의 주제는 개인의 문학적 상상력을 바탕으로 창작하는 허구(Fiction)와 구별되며 역사적으로 실제 발생했던 사건을 통해 확인된 주제만을 포함한다. 새롭게 발견된 주제들은 역사를 재현하는 흥미로운 소재로서 역사 스토리 큐레이션의 풍부한 소재가 될 수 있다.

기록물 콘텐츠에서 지식요소들을 시맨틱 데이터화하여 이를 근거로 하는 주제를 발견하려면 그 목적에 적합한 주제 요소를 구조적으로 포함하도록 데이터를 구성해야 한다. 아카이브 설계의 목표는 인물, 단체, 기록물, 사건들이 이들 상호 간에 맺어진 인적·사회적·개념적 관계망 정보를 포함하게 하는 것이다. 이렇게 함으로써 '나홀로' 존재하는 지식정보의 단순한 나열이나 집합이 아니라 의미 있는 요소가 서로 맥락에 따라 연결되고 찾고자 하는 스토리 요소를 포함하는 시맨틱 네트워크를 구축할 수 있다.

국내의 역사 기록물 소장 기관들은 고문헌, 문서 등의 기록 자료를 수집, 소장하고 기록화하고 디지털화하는 노력을 계속해 왔다. 그 성과를 토대로 문화재 기록유산의 원문 디지털 영상과 현대 활자체본, 현대문 번역 텍스트를 온라인 서비스로 제공하고 있다. 그런데 역사 자료의 정보화 사업은 대체로 온라인 서비스가 종이책 간행에 부수적으로 수반되는 형태였다. 전통적 책 형태로 간행된 자료의 형식과 내용을 그대로 입력하여 디지털 신호로 전환하는 일만을 수행하였다고 할 수 있다. 데이터를 활용하는 사용자의 입장에서는 디지털 데이터를 저장, 검색, 활용할 수 있는 형식이 필요하다. 디지털화만으로도 자료에 대한 접근성, 보급의 용이성을 향상시키는 데에는 기여하였으나 데이터의 활용가치를 크게 증대시키지 못하였기 때문이다. 학술 연구와 문화적 창작활동에 자료를 활용 또는 재활용하기 위해서는 개별 지식요소가 서로 의미를 따라 연결될 수 있어야 하고, 맥락을 따라 관련 지식요소를 찾을 수 있어야 한다.

그러므로 흥미롭고 의미 있는 서사와 스토리를 생산하기 위해서는 우선 사용자의 입장에서 접근이 용이하고 활용 가능한 디지털 아카이브의 구축이 필요하다. 여기서 '접근이 용이한' 아카이브는 지난 10여 년 동안에 그 의미가 완전히 달라졌다.[4)]

구글의 2016년 아시아태평양 지역 스마트폰과 애플리케이션 사용 보고서에 따르면[5)] 한국의 스마트폰 사용률이 91%로 2년 연속 세계 1위를 차지하였다. 구글의 스마트폰 사용자 행동을 조사 결과를 보면 데스크톱PC와 노트북 등 컴퓨터 사용률은 73%로 스마트폰 사용보다 저조하였다. 국가별로 스마트폰에 설치된 애플리케이션 수가 가장 많은 나라는 한국으로 나타났다. 조사 대상 아시아 국가는 소셜 네트워킹이나 메시지 교환에 앱을 가장 많이 사용하였으나 한국과 일본은 검색 관련 앱을 사용하여 정보를 찾는 데 더 많이 사용하고 있었다. 한국은 지식과 정보의 검색에 스마트폰 사용이 가장 많았고 그 다음 미디어, 엔터테인먼트, 뉴스와 날씨 분야 관련 앱에 많은 시간을 쓰고 있는 것으로 나타났다.

정보화 시대의 정보 검색은 종이책을 이용하는 경우가 드물고 대부분 스마트폰으로 검색 포털을 이용한다. 네트워크 속도가 빨라지고 서비스가 광역화되면서 고용량 콘텐츠를 손쉽게 다운로드하거나 실시간 스트리밍으로 이용할 수 있게 되는 한편 스마트폰 화면의 대형화로 텍스트, 사진에서 한걸음 나아가 고화질 영상 콘텐츠의 이용이 늘고 있다. 5G, 더 빨리 충전되고 오래가는 배터리, 플렉시블 디스플레이 등 차세대 네트워크와 디바이스는 스마트폰의 이용 집중을 더욱 촉진할 것으로

---

4) https://www.cbsnews.com/news/study-number-of-smartphone-users-tops-1-billion/

5) Mobile Apps in APAC : 2016 Report. 구글은 2015년과 2016년 시장조사기관 호주 TNS와 함께 2016년 4월부터 10개국, 18~64세 1만여 명의 스마트폰 사용자를 대상으로 모바일 앱 사용자 행동에 대한 온라인 설문조사를 실시했다.
　https://apac.thinkwithgoogle.com/intl/en/articles/mobile-apps-in-apac-2016-report.html

예상되며, 그 목적이 교육이든 오락이든 지식 제공이든 관계없이 지식
과 정보의 전달은 스마트폰 이용 행태에 맞는 최적화된 콘텐츠 접근
경로와 형태를 필요로 하게 되었다. 스마트폰 콘텐츠는 IoT, 빅데이터,
웨어러블 디바이스 등과의 융합을 통해 앞으로 더 큰 비중을 차지할
것으로 예측된다.[6]

　이러한 이용 환경 변화에 맞추어 디지털 데이터를 용도에 맞게 가공
하고 조립하여 부가적 가치를 높이는 창조적 작업인 디지털 큐레이션
이 요구된다. 일반인이 스마트폰으로 글과 사진 및 영상을 조합하여
디지털 콘텐츠를 자유자재로 만드는 환경이 되면서 콘텐츠 소비자와
콘텐츠 생산자의 구분이 사라져서 프로슈머(Prosumer)라는 말이 등장
했다.[7] 이렇게 누구나 자기만의 콘텐츠를 스스로 만들 수 있게 된 것은
정보의 생산자와 소비자 간의 거리를 좁히는 방향으로 월드 와이드 웹
이 진화해 갔기 때문이다.[8] 박물관이나 도서관에서 일하는 전문 학예
사의 업무를 지칭하던 큐레이션이 이제는 기업의 홍보 담당자나 포털
제작자, 개인에 의한 콘텐츠 생산 행위를 광범위하게 지칭하는 말이
되었다.[9] 특히 콘텐츠 편집이나 시각적 디자인, 멀티미디어의 다양한

---

6) 손영훈, 「한국인의 스마트라이프-스마트폰 이용행태 분석」, 『디지에코 보고서』, KT
　경제경영연구소, 2014.
7) 프로슈머(Prosumer) = 생산자(Producer) + 소비자(Consumer)
　Trine Nissen, Nina Udby Granlie, "When Different Types of Visitors Sign Up
　for Digital Curation", *Engaging Spaces : Interpretation, Design and Digital
　Strategies*, NODEM 2014 Proceedings, pp.165-170.
8) 웹 2.0은 소셜 웹(social web), 오픈 웹(open web), 액티브 웹(active web), 리빙 웹
　(living web) 등으로 불리는데 이름에 나타나듯이 사용자가 자유롭게 생산하고 서로
　공유하며 영향을 주고받는 열린 웹이다.
9) Arjun Sabharwal, *Digital Curation in the Digital Humanities Preserving and
　Promoting Archival and Special Collections*, Elsavier&Chados, 2015, pp.95-108.
　https://doi.org/10.1016/B978-0-08-100143-1.01001-1

활용이 가장 활발한 분야는 기업의 상품 홍보와 마케팅을 위한 상업적 콘텐츠 큐레이션이다.

본 연구에서 논의하는 디지털 큐레이션은 역사적 사건과 인물에 대한 기록물 콘텐츠를 데이터베이스화하여 아카이브를 구축하고, 그 데이터를 기반으로 역사 서사와 스토리를 발견하며, 그 콘텐츠를 활용하여 전시 공간에서나 온라인에서 역사를 재현하는 활동의 전 과정을 말한다. 큐레이션은 반드시 역사 기록이나 문화예술 분야에 국한된 활동은 아니다. 오늘날 디지털 콘텐츠가 넘쳐나는 환경에서 콘텐츠 공급자 또는 사용자의 입장에서 상업적 또는 비상업적 목적에 맞게 콘텐츠를 선별하고 편집하는 행위 전체가 큐레이션 활동이다. 기업의 홍보와 상품 마케팅을 위해 고객의 개인 정보를 활용하여 개인화된 광고성 정보를 편집해 전달하는 것이 가장 보편적인 데이터 큐레이션 활동이다. 시사성 있는 지식과 정보, 뉴스 속보 등의 콘텐츠를 특정 대상의 연령, 성별, 정치적 성향 등에 맞추어 편집하여 제공하는 것도 여론 형성의 방법으로 동원된다. 역사적 사건 데이터를 큐레이션 하는 목적은 역사적 지식 데이터 간의 맥락 정보가 탄탄히 짜여 있어서 긴장과 흥미를 유발하는 역사 재현의 콘텐츠를 생산하는 것이다. 이러한 임무는 큐레이팅을 담당하는 개인의 역량과 책임에만 맡겨서는 결과물의 품질이 보장되지 않으며, 체계적이고 객관성 있는 이론과 실행 시스템이 마련되어야 한다. 다시 말하면 인문학적 역사 연구를 바탕으로 기록물에 대한 데이터의 추출과 정리, 아카이브의 구축, 데이터 기반의 서사요소의 발견 등이 큐레이션 모델로 정립될 필요가 있다.

2. 선행연구

이 연구에서 선행연구를 살펴보는 목적은 전통적 인문학 연구처럼 앞서 이루어진 연구 결과를 검토하여 새로운 성과를 추가하고자 함이 아니라는 점을 먼저 밝혀둔다. 왜냐하면 이 연구는 특정한 주제에 대해 기존의 학설에서 더 진전된 이론을 제시하거나 진리를 발견하고 어떤 결론을 내기 위한 것이 아니다. 또는 선행연구의 연구 방식을 따른다든가 기존 학설을 비판적으로 검토하고자 하지 않는다. 이 연구는 사실상 기존의 인문학 연구 성과물의 콘텐츠를 이념적 성향이나 연구 영역별 경계를 근거로 취사선택함이 없이 역사적 사건에 대한 서술 자료로서 인식한다. 한 개인이 다루기에는 벅찰 정도의 많은 연구 성과물이 있고 그 중에는 상충적인 시각을 기반으로 쓰인 저술의 내용도 있지만 이들을 최대한 포용한다. 특정한 역사적 사건에 대해 가치중립적이고 원천 자료의 본래 상태에 가장 충실한 진정성 있는 데이터를 축적하는 일, 그리하여 후세에 다양한 목적으로 가공되고 활용될 수 있는 지식자원이 되도록 하는 것이 아카이빙의 근본 목적이라고 할 수 있다.

따라서 국채보상운동에 대한 콘텐츠를 넓고 깊게 통합적으로 포함하는 디지털 아카이브를 만들기 위한 방법을 택한다. 선행연구 역시 전통적 영역별 연구의 경계를 넘어 시간적·공간적으로 광범위하게 넓혀서 검토한다. 역사학, 경제학, 외교학, 언론학, 여성학, 사회학 등에서 지금까지 특정 분야에 집중하여 수행해 온 연구의 분야를 초월하여 배경과 관련 지식을 포함한다. 과거 제한된 지면의 종이 책이나 논문에 연구 결과를 제시하기 위해서는 어쩔 수 없이 콘텐츠를 취사선택하고 편집할 수밖에 없었다. 그러나 디지털 인문학의 세계에서는 모든 핵심적 지식 요소가 연관 정보나 더욱 상세한 지식과 연결하는 하이퍼링크가 가능할 뿐 아니라 텍스트, 이미지, 음향과 동영상 등의 멀티미디어 콘텐츠로 내용 확장이 가능하다.

역사 기록물로서 국채보상운동 관련 자료를 다룬 논문의 주제는 매우 다양하다. 국채보상운동 관련 역사적 기록물 자체의 내용 연구, 데이터로서 기록물의 콘텐츠를 디지털 아카이브로 구축하는 연구, 디지털 데이터를 장기간 보존하고 활용하는 방법에 관련된 연구, 구체적 연구 대상인 국채보상운동이라는 역사적 사건에 관한 연구, 이 운동 관련 기록물에 대한 아카이브 구축 연구, 그 과정으로서 국채보상운동 온톨로지 설계와 데이터화 연구, 디지털 데이터를 현재 유용한 지식자원화하는 큐레이션 모델의 연구 등이 이 연구에 관련된 주제이다.

그리고 기록물을 디지털 데이터화하여 아카이브로 만드는 궁극적 목적인 새로운 콘텐츠 주제 발견과 현재와 미래의 활용 가능성에 대해 주목한다. 또 한 가지 중요한 점은 이제는 한 도시, 혹은 한 나라 안에만 존재하는 아카이브는 존재하지 않는 것과 같은 환경이 되었다는 점이다. 지구상의 아카이브, 도서관, 박물관의 기록물, 예술품, 연구 성과물, 교육 자료 등이 국경과 대륙을 초월하여 온라인으로 서로 연결되어 검색되고 활용되고 있다. 미래에는 이 정보들이 더욱 더 긴밀하게 연결되어 마치 하나의 아카이브처럼 개방적인 통합 지식망으로 소통하게 될 것이다. 따라서 학술과 예술과 교육을 위한 아카이브의 해외 기술 동향에 관심을 갖고, 콘텐츠의 외국어화(Translation)[10]를 통한 글로벌화의 전반적인 발전 상황을 파악해야 한다.

[10) 국문의 문장을 그대로 외국어로 단순 번역해 놓은 콘텐츠는 외국인이 이해하기 어려운 경우가 많다. 외국인은 배경 지식과 기본적 정보의 추가적 설명이 필요하거나 한국에서 통용되는 논리를 그들이 이해 할 수 있도록 맥락 있는 번역을 해야 한다. 본 연구자는 그런 의미에서 'Translation'을 '번역'이 아니라 '외국어화'라고 부른다.

1) 인문학 연구와 디지털 아카이브

디지털 인문학은 전통적인 인문학의 주제를 계승하면서 연구 방법의 측면에서 디지털 기술을 활용하는 연구, 그리고 예전에는 가능하지 않았지만 컴퓨터를 사용함으로써 시도할 수 있게 된 새로운 성격의 인문학 연구를 포함한다. 단순히 인문학의 연구 대상이 되는 자료를 디지털화하거나, 연구 결과물을 디지털의 형태로 간행하는 것은 아니다. 그리고 기술을 활용하여 얻는 새로운 성과를 교육과 다양한 창조적 생산에 활용하는 활동을 뜻한다.[11] 디지털 인문학의 출발로 기록된 연구는 1949~1974년에 걸쳐 토마스 아퀴나스의 중세 라틴어로 된 저술 텍스트에서 추출한 1,100만 단어의 전문 색인을 디지털로 편찬한 프로젝트이다.[12] 1991년 팀 버너즈리(Tim Berners-Lee)는 과학 정보 커뮤니케이션의 새 매체는 정적인 문서(Dossiers) 묶음이 아니라 문서와 그와 관련된 동적인 링크들(Links)의 연결이라고 정의했다.[13] 이것은 테드 넬슨의 하이퍼텍스트 비전[14]과 그대로 일치하는 것이다.[15]

디지털 데이터의 생산 및 유통과 관련하여 국제사회에서 이루어진 논의로서 이른바 '링크드 오픈 데이터'와 '오픈 아카이브'(Open Archives)가 있다. 이들은 공히 개방과 공유의 세계를 지향하는 데 초점을 모으고

---

11) 김현·임영상·김바로, 『디지털 인문학 입문』, HUEBOOKs, 2016, 17쪽.

12) Susan Schreibman, Ray Siemens and John Unsworth, *A Companion to Digital Humanities*, Blackwell Publishing, 2004.

13) Tim Berners-Lee. 1980년대 초, 개인적으로 하이퍼텍스트를 연구하던 팀 버너즈리는 제네바에 있는 유럽물리학소립자연구소(CERN)에 취직한 후 1989년에 범세계적인 정보 서비스를 위한 하이퍼텍스트 프로젝트를 제안했다.

14) Ted Nelson. 하이퍼텍스트라는 용어를 창안. 1981년에 'Literary Machine'이라는 글에서 재나두(Xanadu)라는 시스템을 설명. 재나두는 문서의 내부에 노드로 표현되는 정보들을 연결한 최초의 하이퍼텍스트 시스템이다.

15) Wolfgang Ernst, *Digital Memory and the Archive*, Univ. of Minnesota Press, (Electronic Mediations Vol.39), 2013, pp.81-94.

있는데, 이는 디지털 아카이브 영역에서 추구되는 새로운 패러다임을 인문학 지식의 생산과 유통에 적용시키려는 시도와 연관시켜서 이해할 수 있다. 여기서의 새로운 패러다임을 이해하기 위해서는 OAI(Open Archives Initiative), 국제박물관협의회(International Council of Museums, ICOM), 유로피아나(Europeana) 등이 제시하는 학술과 문화, 예술 영역의 지식정보 유통 체계를 참조할 필요가 있다.16) 이 중 유로피아나의 경우를 대표로 삼아 간략히 살펴보면 다음과 같다.

유로피아나는 3,700개에 이르는 유럽 지역 박물관·미술관·도서관 등 문화유산 기관들이 각각 보유하고 있는 약 5,400만 개의 데이터를 통합 제공하는 유럽 통합 온라인 박물관으로서,17) 소장품의 이동 없이 콘텐츠를 공유하는 디지털 세계의 개방(Open), 공유(Sharing), 협동 (Collaboration)의 성공적 모델을 보여 주고 있다.18)

유로피아나에서 서비스되는 모든 디지털 자료는 통상적으로 생각하듯이 한 곳의 중앙 시스템에 저장되어 있는 것이 아니고, 유럽 각처

---

16) '오픈 아카이브'는 아카이브 기능을 갖는 기관(Institutional Repository)들이 표준적인 메타데이터를 생산하고 공유함으로써 이용자들로 하여금 장소와 조직 의 경계에 구애됨이 없이 필요한 데이터에 자유롭게 접근할 수 있게 하는 것이다. 실물 자원은 소장처라는 공간 안에서만 이용할 수 있는 데 반해, 디지털 자원은 온라인 네트워크상에서 누구나 그것에 접근하고, 다양한 형태로 재활용(reuse)할 수 있다. 이러한 이유에서 '디지털 아카이브'는 단순히 디지털 복제물의 생산과 서비스 차원을 넘어서서 그것의 광범위한 공유와 재활용의 방법을 모색하게 되었는데, 이것을 가능케 하는 새로운 개념의 디지털 아카이브 네트워크를 '오픈 아카이브(Open Archives)'라고 한다. OAI(Open Archives Initiative)는 Library & Information Science 분야의 전문가 그룹으로서 Open Archives를 위한 기본적인 기술 표준을 제시하고 있다. 김현·임영상·김바로, 『디지털 인문학 입문』, HUEBOOKS, 2017, 194-195쪽.

17) 유로피아나 2016 연차보고서, http://pro.europeana.eu/files/Europeana_Professional/Publications/europeana -annual-report-and-accounts-2016.pdf page 7

18) Europeana 프로젝트 소개 : http://www.europeana.eu/portal Europeana Pro : https://pro.europeana.eu/our-mission/about-us

에 분산되어 있는 기관으로부터 네트워크를 통하여 제공된다. 그 기관들은 저마다 각각의 표준에 따라 자신들의 자료를 생산하며, 그 자료에 대한 접근 방법도 다양하다. 유로피아나는 디지털화된 콘텐츠의 메타데이터만을 제공받을 뿐, 무엇을 어떻게 디지털화할지는 원천 자료의 소장 기관이 결정한다. 다만 유로피아나는 다양한 디지털 데이터가 의미적 연관을 가지고 서비스될 수 있도록 메타데이터의 형식을 설계하였고, 이를 통해 유럽 전역의 문화유산 디지털 콘텐츠를 포함하는 거대한 지식망을 성공적으로 구현하였다.[19]

유로피아나는 "음악, 책, 영화, 예술 또는 사회나 역사 등의 문화유산(Heritage)을 공유한다는 것이 삶을 풍요롭게 한다고 믿으며, 유로피아나의 소장품 콘텐츠를 더 많은 사람에게 제공하여 혜택을 누리도록 하는 것"을 목적으로 한다. 그리고 그 전략(2015~2020)으로서, 전문가의 인문학 연구 활동 지원을 특별히 강조하며 전문적 지식자원을 공급하는 역할을 하고자 한다.[20]

유로피아나가 단지 아카이브 소장 물품의 정보 서비스 수준에 머물지 않고 그것들 사이의 지식망을 형성할 수 있게 하는 것은, 문화유산 콘텐츠를 담는 데이터 구조에서 문맥 정보의 식별과 그것을 매개로 한 유관 지식의 연계를 가능하게하기 때문이다.[21]

2) 국채보상운동과 출판문화운동

국채보상운동은 1907년 1월에 대구 지역의 유력 지식인과 사업가들

---

19) 김현·임영상·김바로, 『디지털 인문학 입문』, 200쪽.
20) http://pro.europeana.eu/publication/annual-report-accounts-2016
21) 김현·임영상·김바로, 『디지털 인문학 입문』, 201쪽.

이 중심이 된 문화 모임에서 발의되어 공표되자마자 중앙의 주요 신문과 잡지의 적극적 지원을 받아 순식간에 전 국민 운동으로 확산된 민간 모금운동이다. 조선 후기 이후 한국인의 가장 보편적 기호품이었던 술과 담배를 끊어 지출을 줄이고, 부인들은 반지와 비녀 등 패물을 포기하여 의연금을 모아서 불과 몇 달이면 일본에 진 나랏빚 1,300만 원을 갚을 수 있다는 제안이었다. 1967년 최준의 연구[22) 이래 국채보상운동은 여러 영역에서 연구가 되었다. 경제사, 국제정치사, 언론사, 외교사, 여성운동사의 관점에서 많은 연구가 있었고, 특히 역사상 처음 일어난 국민의 자발적인 사회운동과 여성운동이라는 의미를 부여하는 많은 논문과 저술이 발표되어 왔다.

국채보상운동은 공식적인 추진 기구가 없이 자발적으로 민간이 참여한 운동이므로 공식적인 기록물이 적은 반면에 민간 차원에서 많은 인간적 스토리가 기록으로 남았다. 2,600여 건의 신문 기사 중에서 감동적 스토리 요소가 포함된 기사가 약 1,000건 정도 확인된다. 그간의 국채보상운동에 대한 연구는 일본의 경제 침탈 전략[23), 언론의 영향력을 보여준 민족운동 지원인 동시에 반일운동[24), 자발적 사회운동이자[25) 최초의 전국 규모의 역사적인 여성운동이라는 관점에서 바라보는 경우가 다수를 차지한다.[26)

---

22) 최준, 「국채보상운동과 프레스 캠페인」, 『백산학보』 3, 백산학회, 1967.
23) 김영호, 「구한말 차관문제의 전개구조」, 『노산유동원박사회갑기념논문집』, 1985.
  조항래, 「1900년대의 애국계몽운동연구」, 『아세아문화사』, 1993.
  신용하·오두환 외 공저, 『일제경제침략과 국채보상운동』, 아세아문화사, 1994.
24) 정진석, 「국채보상운동과 언론의 역할」, 『한국민족운동사연구』 8집, 한국민족운동사학회, 1993.
  이현희, 『한국 민족운동사의 재인식』, 자작아카데미, 1994.
25) 이송희, 「한말 국채보상운동에 관한 일 연구」, 『이대사원』 15, 이화여자대학교 사학회, 1978.
26) 박용옥, 「국채보상운동의 여성 참여」, 『사총』 12·13합집, 고려대학교 역사연구소, 1968.

　국채보상운동을 좌절시키려는 일본의 언론 탄압은 대한매일신보 사장 배설(Ernest T. Bethell)의 모국인 영국과 일본, 한국 간에 국제 외교적 갈등을 야기했다.[27] 1904년 러일전쟁 종군 기자로 한국에 왔다가 양기탁과 함께 대한매일신보를 창간한 배설은 외국인으로서 외교 특권적 지위가 있었을 뿐 아니라 영일동맹이라는, 일본이 무시할 수 없는 유리한 배경을 갖고 있었고, 대한매일신보는 당시 전국 최고 발행 부수를 자랑하는 유력지였다.[28] 국채보상운동의 초기 추진과 확대 단계에서 대한매일신보가 남긴 역사적 기여, 운동을 좌절시키기 위한 이토 히로부미 통감의 끈질긴 방해 공작, 그리고 배설, 양기탁에 대한 억압의 과정과 기록물에 대한 조사는 정진석의 연구가 독보적이다.[29]

　국채보상운동과 같은 한말, 개화기와 일제강점기의 역사 연구에 있어서는 당시의 신문 보도 내용과 관보가 가장 보편적인 자료의 출처이다. 의연자들의 이름, 날짜, 금액, 주거지, 의연의 동기와 금품 마련 방법 같은 사연을 황성신문, 대한매일신보, 제국신문, 만세보 등이 기사로 실었기 때문에 비교적 상세한 기록물로 남을 수 있었다. 이광린[30], 조항

　조항래 · 선군성, 「구한말 항일구국여성운동」, 『여성문제연구』 제5 · 6호, 여성문제연구소, 1976.

27) 구대열, 『제국주의와 언론』, 이화여자대학교 출판부, 1986.
　정진석, 『大韓每日申報와 裵說』, 도서출판 나남, 1987.
　Chung Chin-sok, *The Korean Problem in Agnlo-Japanese Relations 1904-1910 : Ernest Thomas Bethell and His Newspapers: The Daehan Maeil Shinbo and the Korea Daily News*, Nanam, 1987.

28) 『대한매일신보』의 발행 부수는 13,256부(1908년 5월 27일 현재) : 국한문판 『대한매일신보』 서울 3,900부, 지방 4,243부. 순한글판 『대한매일신보』 서울 2,580부, 지방 2,070부. 영문판 『The Korea Daily News』 서울 120부, 지방 280부, 외국 63부. 총 13,256부로 당시 국내 최고 부수임.
　조항래, 「한말 민족지의 항일논조연구」 I, 『아세아학보』 제13집, 56쪽.
　조항래, 『국채보상운동사』, 아세아문화사, 2007, 162쪽.

29) 정진석, 『항일민족언론인 양기탁』, 기파랑, 2015.

래[31], 신용하[32]의 연구는 정치, 경제, 외교적 측면에서 국채보상운동의 발단과 종결의 과정을 다루고 있다. 국채보상운동은 전국적인 규모인 동시에 자발적으로 일어났기 때문에 각 지역에서 주도적 역할을 했던 지도자들과 의연에 참여한 주민들에 대한 기록이 있다. 지역별 연구도 활발하게 진행되어, 김기주는 광주와 전북 지방에 대한 연구를[33], 박영규, 김도형, 이동언은 대구 지역의 국채보상운동을 연구했다.[34] 김형목의 연구는 충청 지역에서 진행된 국채보상운동을 다루었다.[35]

근대 여성운동사의 측면에서 국채보상운동은 한반도에서 일어난 역사적 사건이었다. 박용옥은 특히 1890년부터 1910년 사이의 방대한 신문 자료들을 조사하여 여성들의 참여 상황을 밝혔다.[36] 박용옥은 찬양회의 활동을 최초의 근대적 여권운동으로 규정하였다. 서울에서 상류층 양반들의 거주지였던 북촌의 부인 300명이 참여한 모임인 찬양회는 오늘날의 기준으로도 상당히 규모가 큰 단체였다. 특히 여성이 개인으로든 집단으로든 이름을 내세워 공적인 행동을 하기 어려웠던 당시 사회 환경에서, 여성단체의 이름으로 집단적 주장을 공표한 찬양회의 선언문 「여권통문」 발표 자체가 한국 여성운동사에 남는 역사적 사건이었다.[37] 찬양회의 100여 명 회원은 여성 교육기관을 세워

---

30) 이광린, 「俞吉濬의 開化思想」, 『역사학보』 75·76, 역사학회, 1977, 199-250쪽.
   이광린, 『韓國史講座 V[近代篇]』, 大正文化社, 1992.
31) 조항래, 「국채보상운동사」, 『아세아문화사』, 2007.
32) 신용하·오두환 등 공저, 「일제경제침략과 국채보상운동」, 『아세아문화사』, 1994.
33) 김기주, 「광주·전남지방의 국채보상운동」, 『전남사학』 제10집, 전남사학회, 1996.
   김기주, 「전북지방의 국채보상운동」, 『전남사학』 제19·20집, 전남사학회, 1997.
34) 김도형, 「한말 대구 지역 상인층의 동향과 국채보상운동」, 『계명사학』 제8집, 계명사학회, 1997.
35) 김형목, 「충남지방 국채보상운동의 전개양상과 성격」, 『한국독립운동사연구』 35, 한국독립운동사연구소, 2010, 151-187쪽.
36) 박용옥, 『한국근대여성운동사』, 정신문화연구원, 1984, 57-78쪽.

달라고 1898년 궁궐 앞에 모여 집단 상소를 올렸다. "눈먼 병신으로 구습에만 빠져 있는" 여성들을 향한 결연한 계몽 의지를 보이고, "남녀가 조금도 다름이 없는데 옛글에 빠져 차별함은 부당하다."고 항변했다.[38] 조선시대의 억압적인 유교 문화와 종속적인 여성의 사회 지위를 고려할 때, 여성 교육기관 설립을 나라에 요구한 것은 획기적 진전이었다. 1907년 국채보상운동이 발의되자 여성들이 여러 가지 방법으로 국채보상운동에 참여한 것은 이미 주체적 여권 사상이 형성되어 있었음을 보여 준다. 전국적으로 의연금을 모으기 위해 여성단체를 만들거나 기존의 모임을 통하여 모금운동을 펼친 과정을 상세하게 기술하였다.[39] 또 국채보상운동 초기에 신속한 여성들의 호응으로 전국적으로 여성단체들이 구성되었는데, 박용옥은 여성운동 단체 설립의 중심인물과 위치 등을 조사하여 정리하였다. 최초의 여성 교육기관으로 설립되어 그 후 여학교 설립에 원동력이 된 찬양회와 근대 계몽기의 일반적인 여성 담론을 다룬 홍인숙[40]의 논문도 주목된다. 이 연구의 대상 기간은 벗어나지만 이배용은 '신여성'의 개념과 범주를 정의하고 신여성에 대한 연구사를 분석하였다.[41]

국채보상운동이 지속된 기간은 짧았으나 전국적으로 약 20~30만 명이 참여한 모금운동이었다. 한상구는 국채보상운동의 의연자 명단이 원칙적으로 모두 신문에 수록되었다는 점에 착안하여 운동 기간 동

---

37) 「여권통문」은 1898년 9월 1일 이소사와 김소사 두 여성의 이름으로 발표된 최초의 여성인권선언문. 여성의 참정권, 직업권, 교육권을 요구하였다.

38) 『독립신문』, 1898.9.15.

39) 박용옥, 「한국근대여성운동사연구」, 『한국여성항일운동사』, 지식산업사, 1996.

40) 홍인숙, 「근대계몽기 女性談論 研究」, 이화여자대학교 박사학위논문, 2007, 22쪽.

41) 이배용, 「일제시기 신여성의 개념과 연구사적 검토」, 『역사문화연구』 Vol.12, 한국외국어대학교 역사문화연구소, 2000.

안의 신문 기사 내용을 모두 수집, 분석하였다.42) 총 참여자는 이 연구
를 통해 30만여 명으로 확인되었다. 국채보상운동은 지금까지 알려진
것보다는 짧은 기간에 집중되었는데 한상구의 조사에 의하면 의연의
총액은 18만여 원으로 집계되었다. 이보다 앞서 한상구는 박사학위논
문43)에서도 일제강점기 열렸던 주민대회의 발생과 시기적 통계를 분
석하였다. 국채보상 의연자들은 계몽운동기에 지역 단위로 활발하게
일어났던 학교 설립 모금운동에도 참여하였고, 각종 계몽단체의 지방
지부 또는 지역 참여자들의 명단에도 나타난다. 말하자면 교육 계몽운
동에 뜻을 둔 지식인들은 여러 단체에 중복적으로 동참하였던 것이다.

출판문화운동과 국채보상운동을 연계한 연구는 많지 않다. 국채보
상운동 연구가 실제 모금운동이 진행된 상황과 직접 관련된 인물, 그
리고 그 해당 기간에만 연구를 국한하면 포괄적인 운동의 배경과 운동
의 영향을 파악하기 어렵다. 그런 의미에서 동시 진행되었던 많은 애
국계몽운동, 교육운동, 의병운동 등과의 관계를 연구할 필요가 있다.
국채보상운동 디지털 아카이브는 운동과 관련된 다른 애국운동, 교육
운동, 출판문화운동 등에 대한 지식정보를 디지털 데이터로 포괄적으
로 포함해야 한다. 그래야만 관계의 밀도와 공식적 노출 여부에 관계
없이 인물, 단체, 문헌, 사건, 개념 사이에 존재했던 실질적 관련성을
추적할 수 있는 통합적 지식자원이 될 것이다. 학술적·창조적 활용을
목적으로 하는 국채보상운동 디지털 아카이브는 유관 데이터를 최대
한 포함하는 포괄적 데이터베이스로 구축하는 것이 유용하다.

42) 한상구, 「1907년 국채보상운동 전국적 전개양상 연구」, 『인문연구』 75, 영남대학교
인문과학연구소, 144쪽.
43) 한상구, 「일제시기 지역주민운동 연구 – 지역 주민대회를 중심으로」, 서울대학교 박
사학위논문, 2013.

한말에 중국과 일본에 유학한 개화파들은 중국의 간행물을 구독하고, 이를 신속하게 번역하여 소개하고 있었다. 북촌을 중심으로 새로운 사상을 발전시킨 일단의 지식인들의 행동은 비록 실패한 개혁이었으나 갑신정변을 일으켰다. 그 후 망명, 유학 등 일본과 중국 지역에서 국제적 접촉은 좁은 범위에서나마 계속되었다.

특히 몇 가지 중국의 저술이 국내에 큰 영향을 미쳤다. 중국에 대한 개화기 한국인들, 특히 지식인들의 인식과 여론은 역사적 사건의 발발과 주변국 관계의 변화에 따라 다양하게 변화하였다. 한말 기독교와 민족의식 문제, 민족운동 지도자들의 사상과 활동에 대한 이만열의 연구는 방대하다.[44] 이광린은 '개화'라는 용어의 개념이 시대에 따라 달라졌음을 밝혔다.[45] 1870년대에는 개국의 의미로 이해되다가 1880년대 들어서는 외국 기술의 수용에 의한 부국강병으로, 1890년대와 1900년대에는 국권과 민권을 지칭하는 의미로 발전하였다고 분석하였다.

이 연구는 국권 회복과 독립 수호를 목표로 전개된 운동들이 1880년대 문호 개방 시기부터 1910년 경술국치까지 동시다발적으로 전개된 것에 주목한다. 당시 사회적 인식 변화에 대한 연구로 서여명[46]은 중국을 통해 해외의 번역서를 받아들인 한국인들이 월남, 이집트, 폴란드 등의 사례에 대해 새로운 지식을 습득하는 과정을 상세히 연구하였다. 외국의 정치경제적 상황에 대한 번역서는 주로 신문 연재를 통해 한국 독자에게 소개된 후 단행본으로 발간되었다. 특히『월남망국사』는 여러 판본으로

---

44) 이만열,「한말 기독교인의 민족의식 형성과정」, 1973;「한말 기독교와 민족주의, 한말 안창호의 인격수양론 – 사상사적 위치를 중심으로」, 2000;「한말 구미제국에 대한 선교 정책에 관한 연구」, 1994;「도산 안창호의 기독교 신앙」, 2002;「박은식」, 2002;「단재 신채호의 민족운동과 역사연구」, 2010;「도산 안창호와 백범 김구」, 2002.

45) 이광린,『한국개화사상연구』, 일조각, 1979, 261쪽.

46) 서여명,「중국을 매개로 한 애국계몽서사 연구 – 1905~1910년의 번역 작품을 중심으로」, 인하대학교 박사학위논문, 2010, 15쪽.

출간되어 베스트셀러에 속하는 인기 도서였다. 서여명은 중국의 사상가 량치차오(梁啓超; 1873~1929)가 월남의 판보이쩌우(潘佩珠; 1867~1940)와 나눈 월남 패망에 대한 담화가 『월남망국사』로 엮여 나온 과정과 관련된 인물들의 관계를 상술하였다. 『월남망국사』는 그 판본이 많을 뿐 아니라 당시의 인기와 영향력으로 인해 많은 연구자가 주목하여 노수자[47], 최기영[48], 최원식[49], 송화휘[50], 이종미[51] 등의 논문이 있다.

한편 세계국제법학회의 1907년 논문[52]에 의하면 청일전쟁이 끝난 1895년에서 포츠머스 조약이 체결된 1905년 사이의 10년 동안 한국의 독립이 소멸하고 "국제법상 유례가 없는 혹독한 피보호국"이 탄생하였다. 한말 한국 정부와 한국민은 정보의 부족과 기만적인 일본의 단계적 침탈 정책으로 당시 처한 상황을 깨닫지 못하고 있었지만 국제지리학회, 국제법학회 등 제국주의 시대 국제적 판세 변화에 민감한 학자들은 조선의 멸망 과정을 면밀히 관찰하고 있었다.[53]

베트남 지식인들의 인식에 대한 연구[54]로는 윤대영의 2007년 논문

---

47) 노수자, 「백당 현채연구」, 『이대사원』 8, 1969.

48) 최기영, 「국역 『월남망국사』에 관한 일고찰」, 『동아연구』 6, 서강대학교 동아연구소, 1985.

49) 최원식, 「아시아의 連帶 – 越南亡國史 小考」, 백낙청·염무웅 편, 『한국문학의 현단계 II』, 창작과비평사, 1983.

50) 송화휘, 「『越南亡國史』의 飜譯 過程에 나타난 諸問題」, 『어문연구』 34(4), 어문연구학회, 2006, 183-204쪽.

51) 이종미, 「『越南亡國史』와 국내 번역본 비교 연구」, 『중국인문과학』 34, 중국인문학회, 2006, 499-521쪽.

52) The International Status of Korea, *The American Journal of International Law*, Vol.1, No.2 (Apr. 1907), pp.444-449, American Society of International Law. (http://www.jstor.org/stable/2186174)

53) 김지명, 「19세기말 20세기초 서구 제국주의 지리학이 본 한국 : 내셔날 지오그래픽 속의 조선」, 『생태환경과 역사』, 한국생태환경사연구소, 2015, 205-236쪽.

54) 윤대영, 「전환기베트남 지식인들의 동아시아 인식」, 『근대전환기의 동아시아와 한국』, 인하대학교 한국학과 제3차 국제학술대회 자료집, 2007.

이 있다. 당시 일본의 침략 의도를 제대로 읽지 못한 지식인들의 동양
평화론과 삼국연대론 등에 대한 연구와 안중근 연구는 김도형[55], 홍순
호[56], 현광호[57], 조광[58], 김창수[59] 등이 있다. 『동아시아, 근대를 번
역하다』는 개화기 아시아 각국이 문명의 전환 시대를 맞고 있을 때에
나타났던 책들을 연구하여, 아시아인이 서구를 발견하고 성경을 번역
하며 사회주의 사상과 계몽주의를 수용한 고전들을 연구한 논문 모음
이다.[60] 서양서를 동양에서 번역하여 수용했을 뿐 아니라 한국에 대한
새로운 연구 노력도 포함되었는데, 게일[61]의 『한영사전』(1897), 최남
선의 『시문독본』(1918), 다카하시 도루[高橋亨]의 『조선인』(1921)을 연구
하여 한국어에 대한 새로운 인식 형성과 최남선의 국역, 국학 연구,
그리고 일본인에 의한 한국학 저술을 분석했다. 박진영[62]은 한국인이
근대 한국어로 창출한 물질적 실체인 책을 처음 접한 1900년대 초부터
한국 출판의 역사를 정리하였다. 출판사와 서점을 통해서 소수 지식인
만이 향유하던 전통시대의 기록이나 문장으로서의 책이 아니라, 근대
의 책은 익명의 대중이 대량으로 소비하고 무한한 콘텐츠를 담을 수

55) 김도형, 「대한제국기 계몽주의계열 지식층의 '삼국제휴론'-인종적 제휴론을 중심으
　로」, 『한국근현대사연구』 제13집, 한국근현대사학회, 2000, 30-31쪽.

56) 홍순호, 「安重根의 東洋平和論」, 『교회사연구』 9, 한국교회사연구, 1994, 45쪽.

57) 현광호, 「안중근의 동양평화론과 그 성격」, 『아세아연구』 제46권, 고려대학교 아세아
　문제연구소, 2003, 173-174쪽.

58) 조광, 「안중근의 愛國啓蒙動과 獨立戰爭」, 『교회사연구』 9, 한국교회사연구, 1994,
　66쪽.

59) 김창수, 「安重根義擧의 역사적 意義」, 『한국민족운동사연구』 30, 한국민족운동사학
　회, 2002, 18쪽.

60) 점필재연구소, 「부산대학교 동아시아, 근대를 번역하다-문명의 전환과 고전의 발견」,
　점필재연구소 고전번역학센터, 2007.

61) James S. Gale(1897), A Korean-English Dictionary.

62) 박진영, 「책의 발명과 출판문화의 탄생 : 근대문학의 물질성과 국립근대문학관의 상
　상력」, 『근대서지』 제12호, 2015 하반기, 근대서지학회, 소명출판.

있게 되면서 비로소 지식의 대중화가 이루어 졌다. 한국 출판 역사의 초기에 중심적 역할을 했던 광학서포, 박문서관, 회동서관에 대한 자료가 거의 남아 있지 않고 연구의 과제로 남아 있다고 지적했다.

국채보상운동의 발상지인 대구는 운동의 발단과 전개의 전체 과정에 관련된 기록물, 연구 자료, 유물 등을 체계적으로 수집, 정리하여 국채보상운동기념관에서 전시하고 있다.[63] 외채 상환을 국민모금운동으로 추진하는 애국적 시민운동은 대구 시민이 결성한 국채보상운동추진위원회에 의하여 1997년도 아시아 금융 위기와 그 이후 크고 작은 국가부채 문제가 대두될 때마다 국민의 중요한 정신적 전통으로 강조되어왔다. 추진위원회는 1907년 이후 지금까지 국가 외채 문제와 국민의 참여를 주제로 국내외 학술회의 개최를 통하여 지속적으로 연구를 이어가고 있다.

3) 디지털 인문학과 역사 서사(Narrative) 이론

아무리 단순한 사건이라고 해도 하나의 사건에 대해 "무엇을 데이터로 추출할 것인가?"하는 문제는 역시 아키비스트나 큐레이터의 판단과 선택이 개입되는 문제이다. 한 인물에 대해서 기술할 때 정보요소를 결정하는 것 또한 선택의 문제이다. 집안, 부모, 어린 시절, 학업, 성격, 공직이나 직업, 활동, 개인 생활 등 어떤 부분을 중요한 내용이라고 판단하여 데이터화할 것인지도 역시 작성자의 목적과 의도가 반영되는 일이다. 역사적 사건을 하나의 '서사'로 작성하거나, 보다대중적 용도로 '스토리텔링'을 할 때에 어떤 목적으로 어떻게 서술하는가에 대해 논란의 여지는 상존한다.

---

63) http://www.gukchae.com/Pages/Main.aspx

이 연구는 헤이든 화이트(Hayden White)의 역사 서사 이론을 연구의 기본 틀로 삼으려 한다. 그 이유는 방대한 역사 기록물에 담긴 지식요소 중에서 무엇을 디지털 데이터로 추출할 것인지 판단함에 있어서 현재 우리가 '역사 기록물'로 파악하는 콘텐츠 역시 과거에 누군가 "사람이 남겨 놓은 이야기"라는 화이트의 주장을 전제로 삼기 위함이다.

화이트는 1928년생 미국의 사학자이다. 그는 역사를 "서사적 담론 (Prose Discourse) 형식을 취한 언어의 인공물(Verbal Artifact)"이라고 정의한다.[64] 즉 역사는 사람이 이야기 형태로 가공하여 생산해 내는 언어 작품이라는 것이다.

화이트는 엄격한 의미에서 절대적으로 객관적인 '역사적 사실'은 없다고 본다. 역사가가 그것을 본인이 구상한 플롯(Plot)에 따라 서술하는 것이라고 말한다. 여기서 플롯이 중요한 것은 역사가가 스토리를 창작하는 것이 아니라 기술(Description)의 짜임을 구상하여 '이야기 효과'를 주는 일이기 때문이다. 이 연구가 역사 서사의 이야기 효과를 중점적으로 적용하고자 하는 까닭은 그것이 바로 사람들을 과거 역사의 현장 속으로 안내하는 큐레이션 모델의 핵심 요소이기 때문이다.

같은 유적지에 대한 해설인데도 유홍준이 풀어내는 내용은 왜 다른 사람의 설명보다 흥미롭게 읽히는가? 서사적 역사 서술에서 문장의 내부 구조로 깔려 있는 플롯은 매우 중요하다. 플롯을 서사에 짜 넣어서 이야기의 효과를 높인다는 점에서는 역사가와 소설가는 크게 다를 바가 없다고 화이트는 주장한다. 역사를 픽션과 동일시 한다는 이유 때문에 화이트의 저술은 출간 후 오랫동안 학계에서 무시되었다.

화이트에 의하면 역사적 사건의 재현(Representation)을 위해서 서사

---

64) Hayden White, *Metahistory : The Historical Imagination in Nineteenth-Century Europe*, Johns Hopkins University Press, 1973, ix.

를 얼마나 사용하는지는 역사 연구의 목적에 따라 달라진다. 서사의
목적이 시대적 상황의 '설명'인가 혹은 역사적 과정의 '분석'이나 '스토
리텔링'인가? 당연히 스토리텔링이 목적일 때에 서사를 가장 많이 사
용하겠지만 여기서 같은 '이야기' 형태의 스토리라고 하여도 내용에 따
라 역사적 스토리(Historical Story)와 창작적 스토리(Fictional Story)로
구분된다.[65]

스토리와 플롯의 차이는 역사에 대한 서술에서 매우 중요한 요소이
다. 문화유산과 역사를 활용한 '문화콘텐츠'나 '스토리텔링'과 같은 주
제는 정책 입안자나 언론에서 널리 논의가 되면서도 그 방법론에 대한
이론이나 심도 있는 연구는 많지 않다.

스토리와 플롯의 기본적 차이는 아리스토텔레스가 맨 처음 지적하였
다. 그는 실제 세상에서 행동을 취하는 것은 스토리이고, 이들 중에서
선별한 행동들을 신화(Mythos라고 부름)로 꾸미는(Arrange) 것이 플롯이
라고 구분했다. 보통 일어난 일에 대한 이야기는 스토리이고 신들에
관해 특별히 의미 있게, 다시 말해 인과 관계가 있는 이야기로 짜 놓은
것이 플롯이라고 본 것이다. 영문학에서 지금도 많이 쓰이는 이 두 용어
는 문학비평가 포스터(E. M. Foster)가 1927년의 저서 『소설의 여러 측면
(Aspects of the Novel)』에서 처음 소개하고 정의를 내렸다.[66] 포스터는
스토리는 일어난 사건을 순서대로 말하는 것이고 플롯은 사건을 연결하
는 인과 관계라고 정의했다.

화이트는 '역사적 사건'은 있지만 '역사적 사실'은 없다고 말한다. 살

---

65) H. White, *The Question of Narrative in Contemporary Historical Theory*, History
and Theory, Vol.23, No.1, (1984), pp.1-33. http://links.jstor.org/sici?sici=0018-
2656%28198402%2923%3A1%3C1%3ATQONIC%3E2.0.CO%3B2-M

66) http://www2.anglistik.uni-freiburg.de/intranet/englishbasics/Plot01.htm

인 사건이 일어나 시체가 쓰러져 있는 것은 역사적 사건이다. 그런데 그것이 역사적 사실이 되는 것은 역사가의 '서사'를 통해 비로소 가능하다. 화이트에 의하면 역사는 '과거에 대한 진술'이라기보다는 오히려 '과거와 관련하여 역사가가 생각하는 것에 대한 진술'이다.[67] 그 점에서 역사 자체가 아니라 직업 역사가들이 믿고 있는 '정통 역사(Proper History)'인데, 화이트는 그런 것은 존재하지 않는다고 본다. 그는 역사가들의 믿음에는 "어떤 인식론적 근거도 없다"고 비판했다.[68] 역사(History)라고 불리는 내용이 단지 역사가들이 만들어 낸 개념일 뿐이므로 그에 반대하는 역사의 의미로 화이트는 역사를 '넘어선(Beyond)', 혹은 역사 '다음(After)'이란 의미에서 '메타 역사(Meta History)'라는 새로운 용어를 만들어 내었다.

역사가들은 서사는 역사 서술의 내용과는 의미론 상 아무런 관계가 없는 형식일 뿐이라고 생각한다. 반면 화이트는 오히려 반대로 서사가 서술의 내용을 결정한다고 말한다. 즉 서술된 역사의 의미는 바로 개별 사실을 엮어 전체적으로 하나의 이야기를 구성하는 서사의 기능에서 비롯된다는 것이다. 그렇지만 이야기를 구성하여 역사를 픽션화한다고 해도 그것은 근본적으로 "실재의 재료를 담론의 재료로 번역하는 것"일 뿐 사실의 왜곡이나 허구의 문제가 아님을 역설한다. 화이트는 역사학의 성격이 실재에 관한 체계적인 지식이 아니라고 부인하는 것이 아니다. 또 반대로 모든 픽션이 진실과 대비되는 허위는 아니

---

67) Jenkins, Conversation, p.70; White, "Response to Arthur Marwick", in *Journal of Contemporary History*, vol.30, 1995, p.235, p.246.
안병직, 「픽션으로서의 역사 : 헤이든 화이트의 역사론」, 『인문논총』 51집, 경남대학교 인문과학연구소, 2004, 59쪽.
68) 화이트는 그런 믿음은 단지 역사가 학문화하면서 획득한 직업적 권위, 제도, 전통의 산물로서 제도화된 역사 연구에 순응을 강요하고 '침입자'를 배제하는 수단일 뿐이라고 본다.

라고 말한다.69) 역사는 여전히 실재에 관한 지식이며 픽션이라고 해서 모두 허위는 아니라는 것이다.

"서사성이 없다"는 것이 무엇일까? 연보(Annals)나 연대기(Chronicle)처럼 정보의 나열에 그치는 경우가 비서사적 내용의 좋은 예가 될 것이다. 순서대로 기술한다고 해서 이야기다운 서사성이 생기지는 않으며, 사건 정보에 맥락이 있는 서사가 입혀 질 때 역사 서술로서 힘을 얻는다. 화이트는 역사의 학문화, 전문 직업화가 가져온 변화를 "역사적 상상력의 억제"라는 말로 압축적으로 표현한다. 그는 역사 서술에서 개인의 감수성을 보여주지 못하고 평생 고정된 해석을 하는 데 그친 역사가를 "교조적(Doctrinaire)"이라 평가한다.70)

이 연구는 역사적 사건에 대해 기술(Description)함에 있어서 분석적이고 객관적인 내러티브를 중시하는 화이트의 이론을 기반으로 한다. 역사 기록물의 콘텐츠는 디지털 데이터로 작게 쪼개져서 지식요소로 저장될 때 역사가의 작위적인 해석이 가해지지 않은 상태에 있다. 이렇게 '중립적' 상태로 파악할 때에 제대로 데이터들 간의 관계가 파악된다고 보는 것이다. 말하자면 '역사학'의 틀을 적용하거나 직업 역사가들의 의도나 방향성이 없는 상태에 있을 때 통합적 내러티브 생산이 가능하다고 본다. 이런 접근 방법은 기존 연구 영역(Domain) 시각의 틀을 벗어나서 객관적인 역사적 상황의 재구성을 가능하게 해 줄 것이다.

광범위한 기록물 자료로부터 국채보상운동기의 인물, 사건, 문헌, 단체 등의 지식요소를 추출한 다음 속성이 같은 개체끼리 클래스로 묶고, 그 데이터들 간의 관계를 구조화하면 유의미한 맥락을 찾아낼 수

---

69) 안병직, 「픽션으로서의 역사 : 헤이든 화이트의 역사론」, 『인문논총』 51집, 경남대학교 인문과학연구소, 2004, 66쪽.
70) 안병직, 앞의 책, 46쪽.

있다고 이 연구는 전제한다. 그렇게 해서 결과적으로 찾아내게 되는 '관계'는 정확한 것일까?

화이트는 역사 내러티브에서 역사의 주체였던 '개별적 존재'들의 의미와 특성이 무시되어서는 안 된다고 지적한다. 현대의 역사가들이 과거에 대하여 어떤 원칙이나 시대적 힘이 당시 세상을 지배했다고 주장하는 것도 정확하지 않다고 본다.[71] 이는 마치 정약용 시대의 실학자들은 그들이 후일 '실학파'로 규정되고 그 시대를 '실학의 시대'라는 의미를 부여하여 명명될 줄 몰랐을 것과 같은 것이다. 역사가는 과거에 일어난 일을 이미 아는 상태에서 해당 시대를 설명하는데, 그렇기 때문에 인과 관계나 의미에 대해 왜곡이 일어날 수 있다. 역사가도 소설가나 마찬가지로 역사적 사건을 어떻게 스토리로 구성할 것인지 플롯을 짠다. 스토리의 플롯은 기본적으로 네 가지 중 하나라고 할 수 있다. 즉 로망스(Romance), 비극(Tragedy), 희극(Comedy), 풍자(Satire)[72] 가운데서 선택한다. 예를 들어 어떤 스토리가 노예제의 폐지, 민주주의의 승리, 독립의 달성 등을 개인, 집단 혹은 민족이 고난과 역경을 딛고 목표를 달성하는 과정으로 기술한다면 그것은 로망스의 플롯이다. 다만 문학의 이야기 창조와는 다르게 역사적 상황에 대한 정확한 자료를 근거로 하며, 종합적 파악이 기본이 되어야 한다는 점이다.

---

71) H. White, *The Question of Narrative in Contemporary Historical Theory*, History and Theory, Vol.23, No.1, 1984, pp.1-33.

72) 이는 문학의 플롯을 기본적으로 로망스(Romance), 비극(Tragedy), 희극(Comedy), 풍자(Satire) 중 하나라고 말한 노드롭 프라이(Northrop Frye)의 이론에 근거한다. H. White, *Tropics of Discourse*, The Johns Hopkins University Press, 1985, pp.61-63.

3. 연구의 자료와 방법

1) 연구 자료

연구 자료는 국채보상운동 관련 기록물과, 동시대에 추진된 애국계몽운동에 관한 자료들이다. 2017년 10월 30일 유네스코는 총 2,472건의 국채보상운동 기록물의 세계기록유산 등재를 결정했다. 국채보상운동기념사업회의 유네스코 세계기록유산 등재추진위원회는 2015년 8월, 국채보상운동 기록물에 대해 유네스코 세계기록유산 등재 신청을 하기로 결정하였고, 그 후 2년 동안 다방면으로 노력해 왔다. 유네스코 세계기록유산 국제자문위원회(IAC; International Advisory Committee)는 국채보상운동 추진 관련 수기 문서 87건, 일제의 공문서 121건, 운동 관련 신문 기사 2,264건 등 총 2,472건의 기록물을 세계기록유산으로 등재하였다. 이와 함께 조선 왕실의 어보와 어책, 조선통신사 기록물이 등재되었다. 조선통신사 기록물은 한국과 일본, 양국의 기록물로 등재되었다.[73] 이로써 한국은 총 16건의 세계기록유산을 보유하여 아태 지역에서는 최다 보유국이고[74] 세계 4위를 기록하고 있다. 2017년에 중국과 일본도 각각 2건의 기록물을 추가하여, 중국은 12건, 일본은 7건의 유네스코 세계기록유산을 보유하고 있다.

국채보상운동과 직접 관련된 기록물은 디지털 아카이브 구축을 위한

---

73) 2017년 유네스코 세계기록유산으로 신규 등재된 78점의 기록물 목록 :
   https://en.unesco.org/sites/default/files/mow_recommended_nominations_list_
   2016-2017.pdf
74) 유네스코 세계기록유산 등재 연도는 불조직지심체요절(2001), 승정원일기(2001), 해인사 대장경판 및 제 경판(2007), 조선왕조의궤(2007), 동의보감(2009), 일성록(2011), 5·18민주화운동 기록물(2011), 난중일기(2013), 새마을운동 기록물(2013), 한국의 유교 책판(2015), KBS 특별 생방송 '이산가족을 찾습니다' 기록물(2015)이다.

데이터 추출 대상 중에서 가장 핵심적 자료이다. 그러나 여기에는 국채
보상운동 관련 문서로 이미 확인되고 목록화된 기록물 이외에 해외 언
론의 보도 기사 사본, 외교 문서와 사신(私信), 관련 학술 연구 저작물과
논문을 데이터화의 대상으로 포함한다. 이 연구에 포함되지 않은 기록
물은 국채보상운동과 같은 맥락에서 1997~1998년 아시아 금융위기 기
간에 국내에서 벌어진 전 국민 금모으기 운동의 기록이다. 금모으기
운동은 1907년 국채보상운동의 정신을 계승하였는데, 총 73건의 기록
물이 국가기록원에 소장되어 있다.[75]

국가 경제가 위험에 처할 때마다 한국 국민은 1907년 국채보상운동
의 정신을 기억해 왔다. 이는 해외에서도 주목받았는데, 남미와 유럽
등 외채 문제로 심각한 위기를 겪는 나라에서는 한국의 국채보상운동
과 금모으기 운동이 국민운동의 모델로 거론되기도 하였다. 멕시코 등
중남미 국가의 금융 위기,[76] 아일랜드와 그리스 같은 유럽의 금융 위
기, 2017년 초 몽골의 경우가 이에 해당된다.[77]

국채보상운동 디지털 아카이브 구축을 위해서는 우선 디지털 데이터
를 추출하기 위한 기록물 콘텐츠의 연구가 필요하다. 국채보상운동은
1970년대 이후 지금까지 여러 영역에서 많은 연구자의 저술과 논문이
축적되어 있다. 본 연구자는 국채보상운동에 관한 기록물을 체계적으로

---

[75] 국가기록원, http://www.archives.go.kr/next/search/searchTotalUp.do
　　금모으기 관련 자료의 목록은 있으나 원문은 온라인상으로는 볼 수 없다.

[76] 멕시코는 외국계 석유회사를 국유화한 대가로 거액의 보상금을 상환하지 못하여 1938년
　　범국민적 모금운동을 펼쳤고 멕시코 여성들은 집안의 예물, 팔찌, 귀걸이 등 금붙이를
　　들고 나와서 종일 줄을 서서 기다려서 기부하였다.

[77] 몽골은 1990년 이래 이미 여러 차례 외채위기를 맞고 있다. 2017년 국제통화기금(IMF)
　　은 6번째 구제 금융을 또 한 번 제공하기로 결정하였다. 몽골 국민들은 현금, 현물뿐
　　아니라 몽골 가정에서 가장 중요한 재산인 말까지도 기부하였다.
　　몽골국립은행 통계, https://www.mongolbank.mn/eng/liststatistic.aspx

수집, 정리하여 목록화하고 기록물 실물을 다량 소장하고 있는 대구 소재 국채보상운동추진단으로부터 많은 자료를 제공받고 사용 허락을 얻었다. 또한 다수의 학자들이 해외에서 찾아낸 자료, 통계, 명단 등의 자료를 공유해 주고 연구 목적의 사용 허락을 해주었음을 밝혀 둔다.[78]

국채보상운동 디지털 아카이브는 국채보상운동과 직접 관련된 인물과 사건에 관한 기록물뿐 아니라 당시에 함께 추진되었던 다른 애국계몽운동, 교육운동, 출판문화운동, 예술문예운동 등 관련 데이터도 함께 데이터화를 설계한다. 왜냐하면 뜻을 갖고 이러한 운동을 주도하거나 참여한 인물들은 국가를 자강하게 하고 국민을 계몽한다는 목적에 부합하는 운동단체와 학술단체를 만들었다. 그리고 중복적으로 여러 단체에 동시에 참여하거나 상호 긴밀히 협조하였다. 그들이 긴밀한 연계를 맺고 활동하고 있었던 만큼 운동을 별개로 구분하기가 어렵기 때문이다.

연구 대상 기록물은 국채보상운동 기록물이 중심 자료이다. 간접 자료로는 시대적 상황에 관련된 기록물과 서적들을 포함한다.[79]

▷ 운동의 발의와 추진에 관한 기록물 : 발기문, 취지서, 회문[80], 통문[81], 격려문 등

▷ 운동의 확산과 집행에 관한 기록물 : 규칙 및 규정문, 포고문, 공문서, 영수증, 간찰, 돈청문[82], 보고서, 시문, 완의문[83], 장부, 회고록

---

78) 이 연구를 위해 국채보상운동 관련 기록물 자료, 디지털 자료, 자료 목록, 기록물 영상 자료 등을 제공하고 사용 허락을 해 준 국채보상운동기념사업회, 김영호 박사, 정진석 박사, 한상구 박사, 전택수 박사, 엄창옥 교수께 감사드린다.

79) 수기 기록물의 분류는 국채보상운동기념사업회의 체계를 따른다.

80) 회문(回文)은 여럿이 차례로 돌려보도록 한 글이다

81) 통문(通文)은 조선시대에 민간단체나 개인이 같은 종류의 기관, 또는 관계가 있는 인사 등에게 공동의 관심사를 통지하던 문서. 서원·향교·향청(鄕廳)·문중(門中)·유생(儒生)·결사(結社)와 의병, 혁명이나 민란의 주모자들이 대체로 연명(連名)으로 작성하여 보냈으며, 그 내용은 통지, 문의, 선동, 권유 등 다양하다

▷ 대한매일신보의 영국인 대표 배설(裵說, Ernest Thomas Bethell) 관
　련 기록물과 총무 양기탁의 국채보상운동 의연금 횡령 사건 재판 관련
　기록물

▷ 공공기관 공문서 기록물 : 운동의 진행과 소송의 경과에 대해 보고하
　고 지시를 받은 통감부와 총독부의 문서

▷ 영국, 일본, 한국이 관련된 외교 문서, 공적 지시와 보고서, 사신들

▷ 국내 언론 기관 보도 내용 : 운동의 진행에 관한 보도, 의연인 명단,
　관련 스토리 보도 기사

▷ 배설과 양기탁 재판에 관한 해외 영문 신문의 보도 내용

▷ 국채보상운동을 기록하고 연구한 연구 자원 : 저술, 논문

▷ 국채보상운동기인 개화기 한국 사회상을 보여 주는 간접적 기록물

▷ 국내외 지식인 간의 교류를 보여주는 기록물

▷ 출판, 문화운동의 일환으로 발간된 서적류

▷ 새로운 형식의 저작물, 신체시 등의 문학 작품

▷ 연표와 연구 자원 등

　한말과 대한제국 시기는 한글 신문이 출현하고 우리말과 글에 대한
인식이 새롭게 부상하는 한편 한문을 사용하는 기존의 주류 문화가 유
지되던 어문 문화의 전환기였다. 따라서 국채보상운동 기록물에 사용
된 문자는 한문, 국문, 국한문 혼용의 형태가 병존하였다. 현재 내용
이 파악된 기록물을 종류별로 보면 수기 일문 통감부·총독부 자료가

---

82) 돈청문(敦請文)의 뜻풀이는 한국민족문화대백과사전이나 네이버 지식백과에서는 찾
　아볼 수 없다. 한국역사정보통합시스템의 돈청문 항목에는 고문서 1건이 존재한다고만
　나온다. 한자로 '敦請'을 검색하면 "敦請英文翻譯[dūnqǐng] earnestly invite; earnestly",
　즉 "진지하게 초빙하다"라는 해석을 찾아볼 수 있다.
　(https://tw.ichacha.net/%E6%95%A6%E8%AB%8B.html)

83) 완의(完議)는 종중(宗中), 가문(家門), 동중(洞中), 계 등에서 제사, 묘위(墓位), 동중
　사, 계 등에 관하여 의논하고 그 합의된 내용을 적어 서로 지킬 것을 약속하는 문서를
　말한다.

총 121건으로 가장 많고 그 다음은 수기 한문이 70건, 활자인쇄 국한
문 11건, 활자인쇄 한문 4건, 수기 국한문 혼용이 6건 이다. 형태상으
로는 수기와 활자 인쇄 자료가 다 존재하는데, 15건의 인쇄 기록물 외
에는 대부분 수기 문서이다. 연도별로는 1908년 기록물이 113건이고
1907년 75건, 1909년 8건, 시기 미상이 15건이다.

국채보상운동 기록물 중 수기 자료는 총 212건 중 117건이 국사편찬
위원회에 소장되어 있는 통감부 문서이다. 잡지와 통감부 문서를 제외
한 수기 기록물은 86건인데, 내용별로 보면 간찰이 22건으로 가장 많고,
그 다음이 성책(16), 취지서(10), 회문(6), 통문(5), 규칙 및 규정문, 영수
증, 보고서, 발기문, 격려문 등이다. 이 중 22건은 국채보상운동기념사
업회가 소장하고 있다. 국학진흥원에도 52건이 소장되어 있다. 그 외
소량의 기록물들이 한국금융사박물관(8건), 국가기록원(4건), 독립기념
관(3건), 한국연구원(2건), 서울대학교 중앙도서관(1건), 고려대학교 도
서관(1건), 개인 소장(2건)으로 분산되어 보관되고 있다.

지금까지 수집되고 조사된 기록물 외에 아직 내용 파악이 이루어지
지 않고 보관되고 있는 원장 기록물이 다수 있으며, 하와이·미국·중
국·일본·러시아 등 해외 유학생과 동포들의 활동 기록이 충분히 연구
되지 않았다.

특히 북한 지역에서도 당시 많은 단체가 조직되고 활발한 국채보상운
동이 전개되었기 때문에 기록물이 상당량 남아 있을 것으로 기대된다.
당시 북한 지역에서는 도시가 아닌 작은 시골 마을에서도 국채보상운동
의 열기가 상당했음을 짐작하게 하는 기록이 있다. 당시 진남포에서
가까운 황해도 장련마을에는 사립 광진학교가 있었는데 만석꾼 오인형
진사가 김구 선생을 모셔다가 1905년에 시작한 학교였다. 광진학교에
는 독립협회를 본떠 자신회(自新會)라는 학생자치회가 있었고, 토요일

마다 학생들과 마을 사람들이 모여 토론과 운동회를 하였다. 그 중 토론이나 운동을 잘하는 학생에게 상으로 책과 공책을 주었다. 최태영은 당시 9살의 나이에 자신회 회장이었는데 대중 앞에서 "이준 선생의 국채보상운동이 일어났다. 황제도 담배를 끊었다고 하니 우리도 돈을 모아 국채를 갚자."고 연설하였다고 회고했다.[84)

국채보상운동 아카이브는 현재까지 조사·발굴된 자료만을 축적하는 데 그치지 않고, 앞으로 더욱더 많이 찾아질 새로운 자료와 정보도 그 안에 기록되고 기존 자료와의 관계 속에서 해석될 수 있게 해야 한다. 그렇게 함으로써 국채보상운동에 대한 지식의 확장이 끝없이 이루어지게 하는 것이 이 아카이브 구축의 목표이다.

자료와 지식의 확장이 가능한 데이터베이스를 설계하기 위해서는 그 유형의 자료 속에서 획득될 수 있는 정보의 형태와 범위에 대한 분명한 이해가 전제되어야 한다. 국채보상운동 아카이브에서 다루는 자료들은 어떠한 유형의 것이 있으며, 문서 형태별로 어떠한 지식 요소를 콘텐츠로 담고 있는지 예시한다.

---

84) 최태영, 『최태영 회고록 : 인간단군을 찾아서』, 학고재, 2000, 23-24쪽.
　　최태영은 1925년 한국인 최초의 법학 정교수가 되었고 서울대학교 법대학장, 중앙대학교 대학원장을 지냈다. 경신학교 설립자. 대한민국 법전편찬위원. 이병도 박사와 공저로 『한국상고사입문』을 펴냈다.

[표 I-1] 수기의 민간 문서 자료 샘플

회문 : 국한문 수기 취지서	
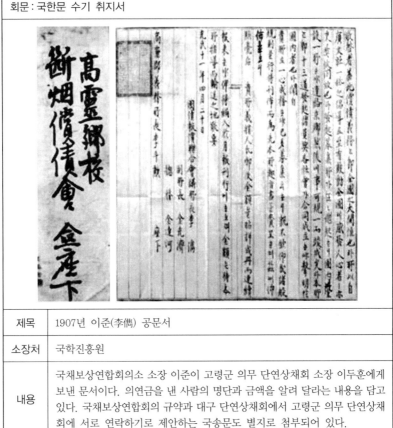	
제목	1907년 이준(李儁) 공문서
소장처	국학진흥원
내용	국채보상연합회의소 소장 이준이 고령군 의무 단연상채회 소장 이두훈에게 보낸 문서이다. 의연금을 낸 사람의 명단과 금액을 알려 달라는 내용을 담고 있다. 국채보상연합회의 규약과 대구 단연상채회에서 고령군 의무 단연상채회에 서로 연락하기로 제안하는 국송문도 별지로 첨부되어 있다.

[표 I-2] 인쇄본 문헌 자료 샘플

문헌 : 최신초등소학 정약용의 초상 (1908년 정인호 편술)	
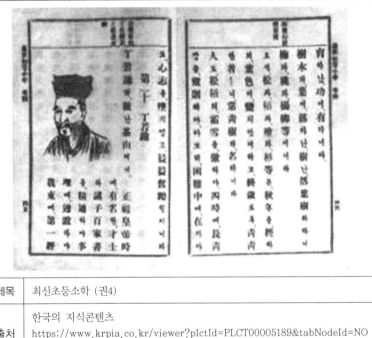	
제목	최신초등소학 (권4)
출처	한국의 지식콘텐츠 https://www.krpia.co.kr/viewer?plctId=PLCT00005189&tabNodeId=NODE03752442&nodeId=NODE03752444
내용	정인호가 편술한 소학교용 국어 교과서(1908년 간행)에 '정약용'이라는 단원을 설정, 다산의 초상화를 제시하고 있다. 최초의 다산 초상화로 알려진 그림이다.

[표 I-3] 외교 문서 자료 샘플

편지: 주일 영국대사 맥도날드가 영국 외무장관 그레이에게 보낸 영문

JAPAN. [August 29.]

CONFIDENTIAL. SECTION 9. **159**

[29951] No. 1.

Sir C. MacDonald to Sir Edward Grey.—(Received August 29.)

(No. 201.)

Sir, Tōkiō, *August 2, 1908.*

WITH reference to my despatch No. 200 of the 1st instant, I have the honour to forward herewith translation of a note, received late yesterday evening, in reply to my note to General Terauchi, on the subject of the arrest, by the Japanese authorities, of Mr. Bethell's Corean editor.

You will notice that the reply is practically the same as that given to me by Prince Ito at the interview of the 1st August. With regard to the statement that the editor would be permitted to consult a lawyer on legal business, I inquired of the Vice-Minister for Foreign Affairs whether this included consultation with a lawyer for the purpose of arranging the defence, and was informed that this was so, though, as stated in the note, the proper Japanese officials would be present at the interview. The lawyer would of course, as already previously pointed out, be a Corean and not a Japanese one.

I have, &c.
(Signed) CLAUDE M. MacDONALD.

Inclosure in No. 1.

General Viscount Terauchi to Sir C. MacDonald.

(Translation.)
(Confidential.)

Sir, August 1, 1908.

I HAVE the honour to acknowledge receipt of the communication conveyed to me, under the instructions of His Majesty's Government, in your Excellency's note of the 19th ultimo, on the subject of the arrest of the Corean editor of the "Dai Kan Mainichi Shimpo."

Your Excellency expresses the hope that permission may be given for the release on bail of the Corean in question, pending the opening of the public trial of the case, but the Corean law, as at present in force, contains no provisions as to bail, and, moreover, he is at present simply under police detention, and has not yet been imprisoned as the accused in a criminal case, for which reasons it is impossible to comply with your Excellency's request in regard to bail.

Your Excellency also expresses the wish that the Corean editor may be allowed to communicate with his friends, but owing to the necessity of cutting off his communication with others in order to prevent the destruction of evidence in connection with the investigation of the offence, I regret that it is impossible to consent to your Excellency's demand. I should add, however, that there is no objection to his seeing his family or friends, in the presence of the proper authorities, in regard to household matters or on other business unconnected with the present case, or to his consulting in a similar manner a lawyer on legal business.

As regards your Excellency's hope that the public trial will be opened without delay, I have the honour to inform your Excellency that the trial will be commenced as soon as possible after the necessary procedure has been completed, and that it will be open to the public.

As Resident-General Ito has already declared, the detention of the Corean editor of the "Dai Kan Mainichi Shimpo" has no connection in any way with the evidence previously given by him in the British Consular Court, but depends on entirely different grounds, and I think, therefore, that there should be no reason for this case to result in Corean subjects fearing in future to give evidence in connection with cases in a British Consular Court.

I take, &c.
(Signed) TERAUCHI MASATAKE.

[1906 千—9]

제목	1908년 8월 29일 양기탁 체포와 재판에 관한 협의
소장처	영국 National Archives 외교 문서 FO 262/ 1473.
내용	주일 영국대사 맥도날드는 데라우치 통감의 8월 1일자 편지에 회신하면서 구금중인 양기탁이 법률 자문을 받을 수 있도록 허용한다고 했는데 담당 일본 관리도 동석하는 것이 좋을 것이며 변호사는 일본인보다는 한국인 변호사여야 한다고 이미 지적한 바 있다고 말한다. 밑에 첨부된 데라우치 마사타케 통감의 8월 1일자 편지는 대한매일신보 양기탁 총무의 체포는 배설에 관한 영국 영사법정 재판과는 전혀 별개의 것이라고 밝히고 일본 정부는 맥도날드 대사가 요청한 대로 양기탁의 면회를 허용하고 싶으나 증거 인멸의 우려가 있기 때문에 그 요청을 들어줄 수가 없다는 내용이다.

[표 I-4] 신문 기사 자료 샘플

국채보상운동 취지 : 『대한매일신보』 광무11년(1907) 2월 21일 잡보

제목	國債一千三百萬圓報償趣旨
소장처	국립고궁박물관
내용	대구 광문사 김광제 사장, 서상돈 씨 등의 공문. 신민이 된 자가 충의를 숭상하면 그 나라가 흥하고 백성이 편안하며 충의가 없으면 나라가 망하고 백성이 멸하는 것이라고 하면서, 국채 1,300만 원을 갚지 않으면 국토를 빼앗길 것이니 힘을 합쳐서 국채를 상환하자고 호소하는 내용이다.

기록물의 형태는 크게 나누어 (1) 수기의 민간 문서, (2) 인쇄본 문
헌과 서적, (3) 영문·일문으로 된 외교 문서, (4) 신문 기사문의 네 종
류로 분류할 수 있다.

건수로 볼 때 기록물이 가장 많은 것은 의연금을 낸 사람들의 명단과
내용을 보도한 신문 기사문들로서 총 2,260건이다. 여기에는 186건의
민간작성 문서(권고문, 발기문, 취지서), 107건의 논설, 625건의 광고인
데 광고는 의연인 명단, 금액, 주소 등의 정보를 보도한 것이다.

신문별로 보도 건수를 보면 대한매일신보가 1,136건, 황성신문이 616
건, 만세보 378건, 경성신보 54건, 대한민보 33건, 공립신보 29건, 매일
신보 14건이다. 오늘날의 사회면 기사처럼 서술형 문장으로 작성한 기
사문은 총 1,000건으로서 대한매일신보 480건, 황성신문 218건, 만세
보 204건, 대한민보 19건, 공립신보 14건, 경성신보 54건, 매일신보
11건이다. 국채보상운동 관련 기사는 3년 10개월에 걸쳐서 실렸는데
대한매일신보가 1907년 2월 21일 최초로 보도한 「國債一千三百萬圓 報
償趣旨」에서 부터 매일신보의 1910년 12월 15일자 기사 「國債報償金
處分」까지 확인되고 있다.[85]

언론보도는 국채보상운동이 시작된 1907년에 집중되어 있어서 총
1,806건을 기록했다. 그러나 일본의 의연금 횡령 의혹 제기와 재판 회부
등으로 모금운동에 대한 언론 보도 기록물 건수는 1908년에서 1910년까
지 각각 286건, 45건, 123건에 그쳤다. 신문 기사 자료는 현재 한국연구
원(790건), 국립고궁박물관(639건), 서울대학교 중앙도서관(453건), 연
세대학교 학술정보원(378건)에 소장되어 있다.

이 외의 기록물로서는 일본이 반일 논조의 외국인 소유 언론사인 대

---

85) http://webviewer.nl.go.kr/imageviewer_web/imageviewer.jsp?control_no=
   CNTS-00048208245&media_code=DI&sYear=19071015&eYear=19071015

한매일신보(이하 '신보'로 칭함)를 탄압하고 국채보상운동을 좌절시키려
고 획책하는 과정에서 작성된 공문서들과 기밀 외교 서한이 있다. 1907
년 국채보상운동이 시작되기 전부터 이토 히로부미 통감은 창간 2년을
맞이하는 대한매일신보의 영국인 사장 배설을 추방하거나 신보를 폐간
하고자 하였다. 신보는 당시 국내 최대 발행 부수를 가진 영향력 있는
신문이면서[86] 해외에 한국 사정을 알릴 수 있는 영어 신문도 발행하고
있었다. 게다가 대표가 외국인이기 때문에 외교 특권을 누리고 있었던
신보는 일본이 사전 검열을 규정한 신문지법을 시행하여 한국 언론을
통제하기 시작한 상황에서도 통제가 불가능했다. 신보를 폐간시키거나
배설을 추방하지 않고는 그 영향력을 막기 어려웠다. 결국 배설을 기소
하여 구류 처분을 받게 하고, 양기탁이 국채보상운동 의연금을 횡령하
였다는 허위 혐의를 씌워 재판정에 세웠다. 결과적으로 영국·일본과
한국이 관련된 외교적 갈등이 고조되었다. 이런 과정에 작성된 통감부
공문서, 신문 보도, 비밀 서신, 재판 기록 등의 기록물이 있다. 연구
자료의 일부는 영국 런던의 공공기록보관소(Public Record Office)에 소
장된 외교 문서의 사본이다. 일차적으로 국채보상운동과 유관한 다른
애국계몽운동, 교육운동 등 종합적인 조사와 연구를 실시한 후 실제로
어떤 기록물이 존재하는지를 조사하였다. 유물 실체가 남아 있는 기록
물도 있고 복사본이나 복제본만 있거나 디지털 객체(Object)만 있는 기
록물도 있을 수 있다. 일본에 소장되어 있거나 영국 공공기록보관소에

---

86) 『대한매일신보』는 국한문판, 순한글판, 영문판으로 대상 독자층을 달리 하여 세 가지
로 발행했으며, 총 발행 부수는 13,256부였다(1908년 5월 27일 현재). 국한문판 『대한
매일신보』는 서울 3,900부, 지방 4,243부, 순한글판 『대한매일신보』는 서울 2,580부,
지방 2,070부, 영문판 『The Korea Daily News』는 서울 120부, 지방 280부, 외국 63부
로서 국내 최고 부수였다.
　조항래, 「한말 민족지의 항일논조연구」 I, 『아세아학보』 제13집, 56쪽; 『국채보상운
동사』, 아세아문화사, 2007, 162쪽.

소장된 외교 문서와 기록물들은 온라인상으로 목록을 확인할 수는 있었으나 실제로 조사하고 확인하기는 어려웠다.[87]

2) 연구 방법 : '엔사이브(Encyves)'[88] 모델의 적용

방법적인 측면에서 이 연구는 디지털 아카이빙과 큐레이션을 통한 스토리 주제의 발견과 역사 재현을 구현시키기 위하여 두 가지 이론적 체계를 원용한다. 첫째는 앞에서 언급한 헤이든 화이트의 역사서사 이론인데, 이는 역사적 사건에 대한 서술의 기본적 접근에 관한 것으로 전문적 역사학자에 의한 경직되고 권위주의적인 서술에 비판적이면서 기록물의 데이터를 근거로 하여 '이야기적' 요소를 품고 있는 서사의 창조를 강조한다.

화이트가 강조한 이야기적 역사 서술을 '디지털 아카이브'의 형태로 구현하는 방법은 김현이[89] 제안한 '백과사전적 아카이브(Encyves)'의 모델을 참고하여 강구한다. 김현은 디지털 통합정보 아카이브 개념을 신조어 '엔사이브(Encyves)' 즉 백과사전적(Encyclopedic)과 아카이브 (Archives)를 합친 이름을 창안하였다. 백과사전적 지식과 아카이브의 기록물이 모두 디지털 데이터로 존재하는 오늘날의 디지털 환경에서는

---

87) 영국 공공기록보관소(Public Record Office)는 1838년 설립되었다. 국가기록원(TNA; The National Archives)은 2003년에 공공기록보관소의 주관하에 설립되었다.

88) 엔사이브(Encyves)는 백과사전적(Encyclopedic)과 아카이브(Archives)를 결합한 신조어. 디지털 통합정보 아카이브 개념을 뜻한다. 김현, 「디지털 인문학과 한국문화」, 건양대학교 발표자료, 2015년 5월 14일.

89) 김현은 고려대학교와 한국학중앙연구원에서 철학을 전공한 인문학자이자, 한국 인문학 지식의 정보화를 이끌어 온 선구적 정보과학자이다. 한국 문화와 역사 관련 지식의 디지털 자산화를 통해 전통적 인문 지식에 새로운 생명과 가치를 부여하여 학문과 콘텐츠, 연구와 활용의 벽을 허무는 데 기여해 왔다.

두 세계를 넘나드는 지식의 큐레이션이 가능하다. 엔사이브 모델의 디지털 아카이브는 단순한 기록물의 저장소가 아니라 그 기록물을 중심으로 다양한 서사의 가능성을 보이는 서사적 큐레이션의 현장일 수 있다. 전통적으로 도서관·박물관·기록관은 그 역할이 분명하게 분리되어 있었다. 수집과 대출, 소장과 전시, 보존과 열람이라는 별도의 역할과 서비스 기능을 수행해 왔으나 오늘날의 디지털 환경에서는 이들 기능이 상호 융합되고 있다. 뿐만 아니라, 박물관에서 전시하는 유물에 대한 해설도 디지털 세계에서는 물리적인 안내판의 크기에 한정될 필요 없이 관람자의 관심에 따라 무한히 확장될 수 있다. 아카이브 사이의 경계뿐 아니라 아카이브의 전시실과 대학 강의실, 인문학 연구실 사이의 경계도 의미 없게 되는 것이다. 엔사이브가 지향하는 지식 세계는 디지털 콘텐츠들이 특정 공간에 구애받을 필요가 없이[90] 의미적으로 연결 요소가 있으면 그 관계의 '스토리'에 따라 관련 지식 정보로 연결되는 모델이다. 구체적인 도식은 [그림 Ⅰ-1]에서 확인할 수 있다.

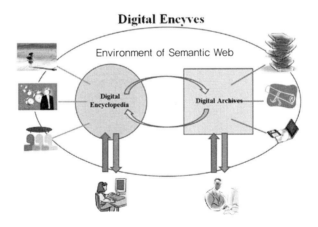

[그림 Ⅰ-1] 디지털 백과사전과 디지털 아카이브의 융합 모델

한 나라 또는 세계의 역사·문화·사회에 관한 다양한 정보를 수록하고 있는 백과사전 속의 이론화된 지식과, 박물관 같은 아카이브에서 소장하고 있는 그 지식의 증거 자료들을 곧바로 연결시키는 지식 소통의 패러다임을 구현하고자 하는 것이 엔사이브 모델이다. 본 연구자는 국채보상운동 기록물을 중심으로 한 디지털 아카이브를 연구함에 있어, 역사 기록물이나 미술품과 같은 실물이 있는 문화유산 관련 데이터와 그와 관련된 지식요소를 망라하여 연계하는 인문 백과사전적 아카이브인 '엔사이브(Encyves)' 모델에 주목하였다. 문화유산의 실체에 대한 1차적인 지식 정보뿐 아니라 그것의 역사적 문화적 문맥에 관한 확장된 지식, 더 나아가 그 확장된 지식의 현장을 감성적으로 체험하게 하는 멀티미디어 자료까지 제공하는 '엔사이브' 모델은 본 연구가 추구하는 국채보상운동 아카이브의 목표 모델을 설정하는 데에 구체적인 시사점을 던져주었기 때문이다.[90)]

---

90) 이 연구가 지향하는 국채보상운동 아카이브는 이 역사적 사건에 관한 실물 자료를 모아서 보여주는 기록 보존소를 만드는데 목적이 있다기보다, 국채보상운동에 대한 다양한 조사와 연구의 성과를 아카이브라는 형식으로 표현하는 것이라고 할 수 있다. 인문학적 지식을 집성하는 방법으로 아카이브의 형태를 채용하는 방법의 필요성과 유효성에 대해 김현은 다음과 같이 설명하였다. "백과사전적인 넓은 지식 요소 발굴에 응용할 수 있는 인문지식 온톨로지의 선도적 모델을 디지털 아카이브에서 찾을 수 있다. 유로피아나, LIDO, CIDOC-CRM 등에서 조직적으로 체계화하려는 문화유산 관련 지식은 학계에서 탐구하는 인문지식과 다른 별개의 것이 아니다. 학계의 학술연구는 주로 개인 연구자 차원에서 이루어졌기 때문에 지식의 공익적 확산을 위한 노력이 상대적으로 미흡했던 반면, 아카이브 분야의 세계적인 기관들은 공익적 봉사가 그들의 존재 이유이기 때문에, 그리고 그것의 촉진을 위한 재원 조달이 가능했기 때문에 선도적인 모델의 제시가 가능했다고 할 수 있다. 다른 측면은, 디지털 정보로 편성된 백과사전적 인문지식 데이터베이스가 만들어졌을 때, 기술적인 면에서 그것과 바로 소통할 수 있는 지식의 수요처가 디지털 아카이브의 세계라는 점이다. '엔사이브'는 미래의 디지털 백과사전으로서 학술 연구, 학교 교육, 사회 교육, 지식문화 산업 등 인문학 지식을 필요로 하는 모든 영역에서 지식의 중재자 역할을 할 수 있다. 그 중에서도 지식의 중재 기능이 자동적으로, 다시 말해 사람의 개입을 최소화하고 디지털 정보시스템 안에서 지능적으로 이루어질 것을 기대할 수 있는 영역이 디지털 아카이브이다."

 본 연구는 국채보상운동에 관한 기존의 주제별, 분과학문별 연구가 개별 지식 요소의 발굴에는 큰 기여를 하였지만, 서사로서의 맥락 있는 역사 재현에는 한계가 있었다고 전제한다. 실제로 국채보상운동에 관한 기존의 설명은 대부분 특정한 날짜에 특정 장소에서 특정 인물들의 선각자적 제안에 의해 시작되었다고 기술한다. 그러나 그러한 서술은 사건 전후의 맥락 정보를 포함하고 있지 않다. 즉 운동에 대한 개별적 데이터는 있지만 많은 "왜?"라는 의문에 답을 주지는 못한다. 왜 그때 국채보상운동을 발의했을까? 왜 광문사는 이름을 바꾸려고 했을까? 어떻게 왕조시대를 살아온 국민이 국채를 국민모금으로 갚는다는 시민의식을 가졌을까?

 아울러 본 연구는 국채보상운동을 한반도에 국한되어 일어났던 하나의 "국내사건"으로만 보아서는 그 실체를 제대로 이해할 수 없다는 입장을 취한다. 시기적으로도 국채보상운동 전후의 기간을 포함하고, 모금 자체뿐 아니라 동 시대에 발생했던 관련 사건들도 데이터 추출 대상으로 포함한다. 왜냐하면 이들 사건들은 서로 직접적, 간접적으로 연관되어 있기 때문이다. 특히 스토리 요소의 핵심인 '사람'을 중심으로 한 유관 지식요소를 데이터화의 중요한 대상으로 수집하였다. 이렇게 함으로써 국채보상운동을 전후한 국내외의 종합적인 상황과 운동에 관련된 인물들, 동시대 애국 지식인들의 활동과 상호 관계를 이해할 수 있게 해 줄 것이다.

 각기 다른 영역에서 개별적으로 만들어진 조사·연구의 결과물도 일단 데이터베이스 안에 디지털 데이터로 축적되면 의미적으로 유관한 지식들을 함께 검색해서 찾아내는 것이 부분적으로 가능하다. 하지만

(김현·임영상·김바로, 『디지털 인문학 입문』, HUEBOOKS, 206–207쪽.)

그것은 그 정보들 사이에 의미적 연결 고리(Semantic Link)가 원래 있어서가 아니라, 텍스트 안에 같은 어휘가 쓰이고 있어서 발견되는 것이다. 특정 역사적 사건을 중심으로 그 시대 사회의 역사에 대한 종합적인 서사가 이루어지기 위해서는 지식에 대한 정보가 개별적으로 분리된 조각으로 제공되는 것이 아니라 맥락이 있는 스토리로 제공되어야 한다. 국채보상운동 자료와 같은 아날로그 자료의 데이터베이스 편찬을 위해 가장 먼저 고려할 일은 디지털 데이터로서 보존·관리·활용될 수 있는 형식과 구조를 강구하는 일이다.[91] 더구나 그 자료들을 개별적으로 활용하기보다는 서로가 스토리를 갖고 연결되게 하기 위해서는 개별 자료뿐 아니라, 자료와 자료 사이의 문맥을 전달하는 또 다른 성격의 지식 정보를 처리할 수 있는 장치를 마련해야 한다.

본 연구에서는 이러한 취지의 서사적 활용성을 갖는 데이터베이스를 앞에서 언급한 '백과사전적 아카이브(Encyves)' 모델에 입각한 '지식과 자료의 네트워크' 형태로 구현하고자 한다. 엔사이브 구축의 핵심 과업은 문헌·인물·사건 등 아카이브 자료뿐 아니라 학술적 연구 성과까지도 포함하여 정보화하려는 대상 세계를 체계적으로 이해하고, 그 대상을 디지털 공간에 재현하는 틀을 그리는 일이다. 이를 '온톨로지' 설계라고 한다. 온톨로지 설계는 대상 세계의 데이터 구조와 관계를 파악하여 그에 상응하는 디지털 설계도를 그리는 작업이다.[92]

온톨로지 설계의 가장 일반적인 방법은 대상 자원을 클래스(Class)로 범주화하고, 각 클래스에 속하는 개체(Individuals)들이 공통의 속성

---

91) 김현, 『인문정보학의 모색』, 북코리아, 2012, 541쪽.
92) 철학에서는 '온톨로지'를 '존재론'이라고 번역하며 '존재에 대한 이해를 추구하는 학문'의 뜻이었다. 온톨로지가 정보과학 분야에서 중요한 개념으로 등장하게 된 것은 인간이 세계를 이해하는 틀과 컴퓨터가 디지털 콘텐츠를 이해하는 틀 사이에 유사성이 있다고 보았기 때문이다. 김현 외, 앞의 책(2016), 164쪽.

(Attribute)을 갖도록 하며, 그 개체들이 다른 개체들과 맺는 관계(Relation)를 명시적으로 기술하는 것이다.[93] 온톨로지 기반의 데이터베이스가 만들어지면 그 속에 담긴 요소들의 상관관계를 보이는 데이터 시각화가 용이하게 이루어질 수 있다.

온톨로지 설계의 첫 단계는 정보화하고자 하는 지식 세계에 어떠한 지식요소들이 있는지 탐색하고 그 성격을 파악하는 것이다. 분석 후 목록화한 개개의 지식요소를 개체라고 한다. 개체는 데이터로 정보화하려고 하는 지식의 단위요소(Unit)이자 지식 네트워크에서 관계의 접점, 즉 노드(Node)가 된다.

그 다음은 요소들 사이에서 유사한 성격을 가진 지식요소를 함께 묶어줄 수 있는 범주를 클래스로 정한다. 클래스 설계는 대상 세계를 무의미하고 무관한 개별적 지식 단위의 나열로 보지 않고 나름의 일정한 체계 속에서 이해하려는 것이다. 특성별로 클래스를 정하고 거기에 속하는 개체들을 같은 클래스에 포함시킨다. 개체들이 갖고 있는 속성들, 예를 들면 인물의 성별과 국적이라든가 사건의 시간과 장소 등의 지식요소는 속성 설계를 통하여 그 특성이 적절하게 부여되도록 한다. 그 다음 과정은 개체들 간의 연관 관계를 규정하는 것이다. 관계성의 표현은 적합한 관계 서술어를 정함으로써 가능한데, 컴퓨터가 이해할 수 있는 언어로 지식요소 간의 관계를 연결하는 것이 관계성 설계이다.[94]

상기한 바와 같은 취지에서 수행하는 본 연구의 2장에서는 문화유산 기록물의 디지털 아카이브에 관한 연구 동향과 디지털 큐레이션 현황을 살펴본다. 디지털 인문학은 전통적 연구 방법과는 달리 지식을 공유할 수 있기 때문에 고유한 학문 영역 개념이 없이 다양한 전문가

---

93) 김현 외, 앞의 책(2016), 164쪽.
94) 김현 외, 앞의 책(2016), 166-170쪽.

들이 협업으로 공동 연구를 수행할 수 있다. 또 전통 인문학의 종이 논문과 달리 디지털 인문학 연구는 지면의 제약과 시공의 한계를 초월할 수 있어서 무한대의 지식 콘텐츠를 생산하고 제시할 수 있다. 특히 텍스트 이외에 영상과 동영상, 음향 등 멀티미디어를 포함시키고 해외의 참고 자료를 링크시켜서 내용을 충실하게 보완할 수 있다. 이러한 기술 발전 방향은 국채보상운동 아카이브의 확장성과 지속 가능성을 고려한 설계에 참고해야 할 내용이다.

국채보상운동의 디지털 아카이브와 역사 재현 큐레이션의 모델을 보여주는 미국과 유럽 지역 도서관, 박물관, 학계의 선진 프로젝트들을 살펴볼 것이다. '빅데이터 역사학'이라고 부를 만한 이들 프로젝트들은 발전된 기술을 활용하여 역사 기록물과 유물에 담긴 정보로 데이터베이스를 구축하고 시각화하여 역사를 재현한다. 기록물에서 추출한 데이터를 바탕으로 새로운 역사적 스토리를 발견하거나, 지식의 오류를 밝히는 이 프로젝트들은 디지털 기술이 없으면 수행할 수 없는 전형적인 디지털 인문학의 사례들이다.

제3장에서는 국채보상운동 관련 데이터를 추출하고 수집하기 위한 준비 작업의 내용을 설명하였다. 기록물들과 당시 시대 상황에 대한 문헌 조사를 통하여 데이터 취재의 주제와 범위를 정한다. 조사의 대상은 국채보상운동과 직접 관련된 당시의 수기 민간 기록물, 운동의 확산과 독려를 위해서 작성된 공문서 성격의 문서들, 모금단체와 여성단체 등에서 작성한 기록물들, 금품의 수수와 관련하여 작성된 의연금 수취증, 영수증서 등이 있다. 직접적인 기록물은 아니지만 운동에 관련된 인물들의 활동을 알 수 있는 기록물과 문헌, 단체 활동과 교유관계에 대한 기록물 등을 대상으로 선정한다. 그리고 지식요소를 취재하고 획득하는 방법과 취재한 지식요소들의 범주화를 예시한다.

이러한 직접적 자료뿐 아니라 국채보상운동의 발단 이전 시기와 운동 좌절 후 상당한 기간에 걸쳐 사실상 국채보상운동과 연계되는 지식요소도 포함시킨다. 이렇게 사회적 인식에 영향을 끼친 요소를 데이터 추출 대상에 넣기 때문에 당시 지식의 확산에 큰 힘을 발휘했던 출판사와 언론사의 역할과 관련 인물들에 대한 지식요소들을 추출하여 국채보상운동 아카이브의 통합적 데이터베이스를 구성하게 된다.

제4장은 국채보상운동 아카이브의 설계이다. 관련 데이터 속에서 인물들 간의 관계를 중심으로 스토리 소재로 상정한 6개의 주제가 확인될 수 있도록 시맨틱 네트워크를 설계한다. 이것은 온톨로지 설계를 통해 일차 종합적으로 파악하는 인물, 기록물, 사건, 기관 등이 총체적 모습과 함께 상호 관계를 보여 주게 만드는 일이다. 데이터베이스의 인물과 단체, 문헌, 사건 데이터는 디지털 자료로 아카이브에 개별 데이터로 보존되어 있는 것에 그쳐서는 진정한 디지털 지식자원으로 학문적·예술 창조적 자료로 활용되기 어렵다. 지식요소들이 서로 맥락에 따라 연결되고 앞으로 계속 확장할 수 있는 구조의 시맨틱 네트워크 구조를 갖도록 한다.

제5장에서는 데이터베이스의 지식요소들 간의 연결 관계를 통해서 나타난 맥락과 의미를 6개의 스토리 주제별로 시각화하여 예시한다. 이렇게 하여 개별적으로 존재했던 역사적 인물과 사건이 연결되어 새로운 인과 관계를 보여 준다.

실제로 구축한 데이터베이스는 온라인상으로만 확인할 수 있기 때문에 이 논문에서는 큐레이션 모델의 일부 자료만을 활용하여 주제의 발견 가능성을 설명한다. 디지털 아카이브의 확장성과 활용성을 기반으로 하여, 이 연구는 처음부터 국채보상운동에 관련된 데이터베이스 구축의 대상 범위를 지리적·시대적으로 대폭 확대하였다. 지역적으로는 한반도 외부, 아시아 전역까지 확대하고, 시대적으로는 운동의 발단 이전과 종결 후까지 포함하여 역사적 상황에 영향을 주었을 사회적·정치적 요소를 포함하였다. 국채보상운동을 추진한 여러 주체들이 추진했던 동시대의 다른 운동에 대한 지식요소도 포함하였다. 국채보상운동과 함께 교육운동과 출판문화운동도 같은 뿌리에서 출발하여 동일한 인물들이 추진했다.

　이렇게 포괄적으로 구축한 데이터베이스는 기존의 영역별 연구에서는 무관하게 보았던 지식요소들 간에 의미적 연관이 있음을 보여 준다. 그것은 데이터베이스를 작성하기 위해 개체를 선정하는 단계에서부터 연구자가 파악할 수 있다. 그러나 연구 영역의 범위를 넘지 않고 결론을 도출하는 방식의 전통적 인문학 연구와는 달리 디지털 인문학의 연구 방법은 논문의 길이나 포함하는 자료의 분량, 결론 제시의 공간적인 제약이 없다는 점이 다르다. 따라서 데이터베이스를 작성하는 과정에서 배제해야 할 지식요소는 거의 없으며 의미와 맥락을 찾기 위한 소재로서 풍부한 원료를 확보하는 것이 가능하다. 이 연구는 일차적으로 낱개로 존재하는 개체(지식요소)를 최대한 데이터화하고, 이차적으로는 그 데이터들이 유의미하게 연관된 시맨틱 네트워크를 발견한다. 마지막 단계의 큐레이션은 이러한 관계가 어떠한 이야기의 가능성을 시사하는지 파악하고 이를 토대로 스토리텔링의 소재를 추출한다.

　연구의 마지막 단계는 시맨틱 데이터 네트워크가 보여주는 여러 이야기 가능성 중에서 몇 가지 서사의 소재를 지식 관계망의 시각화를 통해 예시하고자 한다. 이렇게 역사 기록물 원전으로부터 콘텐츠를 추출하여 데이터화하고 그로부터 새로운 서사적 요소를 발견하는 전체 과정의 큐레이션 모델은 역사 재현의 유용한 방법이 될 수 있다. 국채보상운동 아카이브는 역사 기록물의 연구자산화·문화콘텐츠화의 새로운 모델이

다. 영역의 경계를 넘어 포괄적 아카이브를 구축하고, 그것을 바탕으로
멀티미디어와 전시 첨단 기술을 활용하는 모델은 역사적 사건 주제의
전시나 박물관 조성에 활용될 수 있다.

제2장

문화유산기록물 디지털 아카이브 연구

1. 디지털 데이터와 디지털 아카이브

디지털 데이터에 대한 논의는 더 이상 의학, 생물학, 천문학과 같은 자연과학 분야만의 문제는 아니다. 디지털과 인터넷이 학문 연구의 방법 뿐 아니라 일상생활의 기본 규칙을 바꾸어 놓고 있다. 2001년 UNESCO 이사회는 보존과 접근에 관한 EU위원회(ECPA)의 「디지털 보존에 대한 보고서」[1]를 근거로 디지털 문화유산을 보존하기 위한 논의를 시작했다. 2003년에는 디지털 문화유산의 보존에 대한 헌장(Charter on the Preservation of Digital Heritage)을 발표하였다. 이는 공공 유산으로서의 디지털 유산의 범위, 접근, 망실의 위험, 행동의 필요, 디지털 유산의 보호, 유네스코의 역할 등을 명시한 최초의 헌장이다. 2007년 국제박물관협의회(ICOM)는 오스트리아 비엔나 총회에서 박물관의 정의에 무형문화유산을 포함하기로 하였고, 무형 유산 자료를 수집, 보존, 연구, 전시하는 형태의 디지털 박물관 출현의 토대를 마련하였다.[2]

---

1) ECPA(European Commission on Preservation and Access)
   http://www.dcc.ac.uk/resources/external/ecpa-european-commission-preservation-and-access

2) http://archives.icom.museum/definition.html

지난 반세기 동안에 다양한 아날로그 기술과 디지털 기술의 발달로 종이 자료와 디지털 자료를 보관하는 아카이브의 세계에도 새로운 매체 형태, 표준, 장치들과 생산 방법이 나타났다. 과거 큐레이터들은 이런 추세를 면밀히 검토해 왔다. 구입 소장품 중에는 유형의 원본이 없이 처음부터 디지털 형태로 생산된 태생적 디지털(Born Digital) 콘텐츠가 엄청나게 늘어났다. 박물관이 기증받는 유물도 디지털 형태의 기록물이 많아지면서 디지털 환경에서 보존하는 새로운 방법이 시급하게 필요함을 확인했다.

지식과 정보 관리 환경의 변화에 따라 아카이빙과 큐레이션을 통한 데이터의 생산과 관리, 활용의 개념도 달라지고 있다. 처음에 인류가 보존할 만한 가치 있는 자료를 모으고 관리하기 시작한 박물관의 출발은 자연사 박물관이었다. 이곳에서는 물리적 표본의 형태로 과학 데이터를 관리해 왔다. 자연사 박물관에서 말하는 '큐레이터'는 어떤 역할을 했을까? 전통적 역할의 큐레이터의 의미는 디지털 연구 데이터의 관리와 보존에 대한 현재의 개념을 설명하는 데 도움이 된다. 자연사 박물관에서 시작된 큐레이터의 역할과 책임의 개념은 "처음부터 먼 훗날까지" 연구에 유용한 데이터를 만들기 위한 "의도적인 큐레이팅(Purposeful Curating)"에 있었다.[3] 이것은 전통적인 아카이빙의 개념과 대비된다. 아카이빙, 즉 아날로그 데이터로부터 생산한 디지털

ICOM 헌장 제3조(용어의 정의) 1항. 박물관. '박물관'이란 교육 및 연구와 향유를 위해 인류 사회의 유형 및 무형 유산을 수집, 보존, 연구하고 소통하여 전시하는 사회와 환경 개발에 공헌하는 공중에 개방된 비영리의 영구적인 기관이다.
http://www.icomkorea.org/memberships_rule_ko.htm (국문 번역본)

3) Carole L. Palmer·Nicholas M. Weber·Trevor Muñoz, *Foundations of Data Curation : The Pedagogy and Practice of 'Purposeful Work' with Research Data*, 2013. http://www.archivejournal.net/essays/foundations-of-data-curation-the-pedagogy-and-practice-of-purposeful-work-with-research-data/

데이터를 "어두운 공간인" 아카이브에 저장하는 수동적 행위와는 다른 개념이다. 학문 연구의 관행이 디지털 영역이나 빅데이터 패러다임으로 옮겨지기 전에도 자연사 박물관은 디지털 데이터의 관리와 향상에 대한 요구에 대비하여 큐레이팅 개념을 확장하고 있었다.

인문학에서도 기초과학에서와 마찬가지로 데이터에 의존하지 않고서는 연구가 불가능해지고 있는 추세가 분명하게 나타나고 있다. 개방된 지식의 시대에는 권위 있는 개인 학자의 직관적 이론과 독창적 해설에만 의존하는 인문학이 아니라 국제적 표준에 따른 데이터와 통계, 근거 있는 객관적 데이터를 존중한다. 미국의 인문학재단(National Endowment for Humanities)은 인문학 연구 지원금으로 생성된 연구 데이터의 장기적 관리 계획안인 DMP(Data Management Plan)4)를 제출하도록 새롭게 규정하였다. 그만큼 모든 분야가 예외 없이 데이터 기반 학술 활동을 하는 환경이 되었다.

최근에는 빅데이터의 처리와 분석 능력, GIS 기술, 시각화 기술이 역사학의 연구 주제를 시공을 초월하여 확장시키고 있다. 기술과 인문학이 결합하여 전통 인문학에서 불가능했던 미래의 연구 가능성을 제시하기도 한다. 이제는 새로운 형태의 디지털 데이터와 도구(Tool) 또는 방법이 디지털 인문학의 무기가 되었다. 예를 들어 다학제적 학문과 연구 분야, 단일 학자 대신 학자 팀을 특징으로 하는 분야, 학계 외부에 있는 개인의 학술 연구 참여 등이 새로운 학문 연구(Scholarship)와 교육을 가능하게 해 준다. 새로운 학문 연구는 디지털 데이터의 재사용을

---

4) 데이터관리계획(DMP; Data Management Plan)은 (2쪽 이내) 짧게 작성하여 그랜트 신청서와 같이 제출해야 한다. 여기에는 두 가지 주제가 포함되어야 한다. 연구 결과로 어떤 데이터가 만들어지는가? 그 데이터는 어떻게 관리할 계획인가?
https://www.neh.gov/content/data_management_plans_2017.pdf

촉발하고 새로운 연구 질문을 던지게 하며, 새로운 청중을 개발해 낸다.

여기서 '디지털 큐레이션(Digital Curation)'의 개념이 나타나게 된다. 디지털 큐레이션은 '신뢰할 만한 정보군(Body of Information)'을 현재와 미래의 활용을 위하여 관리하며 디지털 인문학 연구의 가치를 극대화하는 과정이다. 디지털 큐레이션이라는 말은 2001년 영국에서 열렸던 디지털 보존에 대한 워크숍에서 처음 나타났다. 당시 새로 출범한 디지털 큐레이션 센터(DCC; Digital Curation Center)[5]를 소개하면서 닐 비그리(Neil Beagrie)[6]가 정의를 내린 것이다. 디지털 큐레이션은 "디지털 연구 데이터와 기타 다른 디지털 자료들을 전체 생애주기(Lifecycle) 동안 현재와 미래의 사용자 세대를 위해서 필요한 조치를 취하는 것"[7]으로 정의되었다. 디지털 큐레이션이 양질의 데이터 생산과 관리를 통하여 신뢰할 수 있는 데이터를 확보함으로써 데이터에 가치를 부가하며, 결과적으로 새로운 지식과 정보의 원천(Source)을 창출하는 것을 의미한다고 설명한다.

디지털 아카이브의 연구는 '데이터 큐레이션' 개념으로부터 시작되었다. [그림 II-1]은 데이터를 수집, 기술, 분석, 재수집하는 반복적 사이클과 그 후에 다시 아카이빙, 발행, 연구, 조사, 계획을 반복하는 데이터 큐레이션의 큰 사이클을 통해 데이터가 연구에 활용되는 과정을 보여준다.[8]

---

5) 이하 'DCC'로 칭한다.

6) Neil Beagrie(영국도서관 소속)는 2005년 11월에 개최된 워크숍 "Digital Curation and Preservation : Defining the research agenda for the next decade"에서 DCC를 소개하였다.

7) "Digital curation involves maintaining, preserving and adding value to digital research data throughout its lifecycle."
   http://www.dcc.ac.uk/digital-curation/what-digital-curation

8) Research Data Lifecycle image from University of California

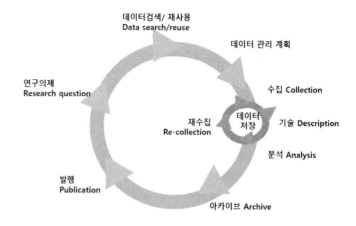

[그림 II-1] 연구 데이터 큐레이션 생애주기

데이터 큐레이션은 기본적으로 데이터의 장기적 보존을 목적으로 한다. 디지털 데이터의 생성에서 폐기까지의 생애주기를 따라 수행하는 데이터 큐레이션 작업은 상당한 판단(Thought)과 적절한 시간과 자원이 투입되어야 하는 지속적인 과정이다. 오늘날 데이터 보존에 대한 논의의 초점은 기술 문제가 아니고 인력과 재정 등 '자원'의 문제에 있다. 영국의 DCC가 정의하는 큐레이션 절차는 다음과 같다.9)

    (1) 개념화 : 데이터 캡쳐 방법과 저장 옵션을 포함하여 디지털 객체(Digital Object)10)를 생성할 계획과 개념을 세운다.

---

http://aims.fao.org/activity/blog/new-research-data-curation-bibliography-released-digital-scholarship

9) http://www.dcc.ac.uk/digital-curation/what-digital-curation

10) DOI 핸드북 어휘집 : http://www.doi.org/doi_handbook/Glossary.html
    국문 번역본. http://www.doi.org/doi_handbook/translations/korean/doi_handbook/Glossary.html

(2) 생성 : 디지털 객체를 생산하고, 행정적·기술적·구조적 아카이브 메타데이터를 부여한다.

(3) 접근과 사용 : 지정된 사용자들이 쉽게 디지털 객체에 일상적으로 접근할 수 있어야 한다. 일반 공개가 되는 객체도 있지만 비밀번호로 보호해야 할 객체도 있다.

(4) 평가와 선정 : 디지털 객체를 평가하여 장기적 큐레이션과 보존의 대상을 선정한다. 문서화된 지침, 정책, 법률 요건을 따라야 한다.

(5) 폐기 : 장기적 큐레이션과 보존 대상으로 선정하지 않은 디지털 객체는 제거한다. 문서화된 지침, 정책, 법률적 요건에 따라 이들 객체를 파괴해야 할 수도 있다.

(6) 입수(Ingest) : 디지털 객체를 아카이브, 디지털 저장소, 데이터 센터 또는 유사한 기관에 이전한다. 문서화된 지침, 정책, 법률적 요건을 따른다.

(7) 보존 행위 : 디지털 객체를 장기적으로 보존하고 본래의 권위를 유지하고 보장할 수 있도록 실행한다.

(8) 재평가 : 검증 절차에서 탈락한 디지털 객체는 추가 평가와 재선정을 위해 반납한다.

(9) 저장 : 해당 표준에 나와 있는 안전한 방식으로 데이터를 보관한다.

(10) 접근과 재사용 : 데이터는 지정된 사용자가 접근하여 사용 및 재사용이 가능하도록 한다. 일반 공개가 되는 객체도 있지만 비밀번호로 보호해야 할 객체도 있다.

(11) 변환 : 원본(Original) 객체로부터 새 디지털 객체를 생성한다. 예를 들면 다른 형태로 변환하는 경우이다.

디지털 아키비스트와 큐레이터의 역할과 권한은 해당 박물관, 도서관, 아카이브의 규모와 재정 사정, 전통적 조직 문화에 따라 매우 차이가 많다. 그러나 디지털화된 환경에서는 업무가 통합적으로 진행되고 있다. 디지털 자료와 LOD 환경은 지식 영역의 경계를 없애는 효과를 가져 온다. 학제적, 다문화적 환경이 이루어지므로 통합적 인문학 연구와 교육에 적합한 구조가 된다. 디지털 데이터가 지식정보의 기본 형태가 된 상황에서 문화유산인 역사기록의 '보존(Preservation)'은 아날로그 유산인 고서적이나 문서 같은 실물 유산의 보존과 의미가 다르다. 디지털적 보존의 성패는 아주 먼 미래에도 사용자가 보존된 아카이브의 지식정보를 읽고 이해할 수 있는지 여부에 달려있다. 그리고 사용자가 보존된 데이터에 접근하여 원하는 정보를 불러내고 수정, 첨삭하여 활용할 수 있는 것을 말한다.[11] 비록 장치와 소프트웨어 기술이 끊임없이 발전하고 있지만 이것은 간단한 과제가 아니다. 접근과 활용이 가능한 아카이브로 데이터를 설계하는 일은 디지털 인문학계가 관련 기술 전문가들과 함께 감당해야 할 시급한 과제이다.

역사적 기록물 데이터의 보존과 활용을 위해 장기적으로 미래를 대비한다면 중요한 기본적인 작업은 물리적 원천 유물(Artifacts)을 멸실의 위험으로부터 보호하고 관련 디지털 데이터를 보존하는 것이다. 지금은 예상할 수 없는 미래의 변화된 환경에서도 유용한 기록이 되려면 유물이 일차적으로 발견 또는 생산되었을 당시의 정밀한 측정, 기록화(Documentation)뿐 아니라 기록의 과정에 관련된 맥락 정보(Contextual Information)를 오류 없이 기록하는 것이 중요하다. 누가 언제 어떠한 상황에서 기록하였는가? 그리고 그 후 수정이 되었다면 수정의 날짜와 내용, 수정할 권한이 있는 사람이 적법한 절차를 거쳐 수정을 했는지 등 관리 정보가 기록되어야 한다. 왜냐하면 같은 객체 또는 같은 인물과 역사적 사건에 대한 서술과 평가가 시대에 따라 달라질 수 있고, 1차 기록의 수정은 그 후 영구적인 내용 변경의 가능성을 시사하기 때

---

11) Angela Dappert, Markus Enders, Digital Preservation : Metadata Standards, *ISQ Information Standard Quarterly*, Spring 2010, Vol.22, FE5.

문이다.

2. 디지털 인문학과 디지털 큐레이션

디지털 큐레이션과 디지털 인문학은 같이 발전하면서 서로 도움이 된다는 점이 연구 결과 확인되고 있다.[12] 전통적인 역할 분담으로 보면 인문학은 이론적 연구를, 큐레이션은 유물과 데이터를 대상으로 실무적 활동을 하는 것이었으나 디지털 큐레이션의 범위가 확대되면서 두 분야의 경계가 모호해지고 있다. 풀(Alex H. Poole)은 디지털 인문학과 디지털 큐레이션은 서로 우려 사항과 관행과 목표가 같다고 지적한다.

첫째로, 디지털 인문학자와 큐레이션 전문가는 디지털 자산을 소중히 생각한다. 재사용을 권장하고 새로운 연구 의제를 개발하며 새로운 청중을 끌어들인다. 둘째로는, 학제적이고(Interdisciplinary) 협동적인 (Collaborative) 분야에 의존한다. 셋째는 단기적, 프로젝트별 연구비에 의존하는 분야에서 일한다. 넷째는 디지털 큐레이션과 디지털 인문학자는 비슷한 도전에 직면해 있다. 이는 지속 가능성, 프로젝트 관리, 제도적 지위 문제, 그리고 학술 연구로서의 작업 평가에 대한 문제이다. 마지막은 디지털 큐레이션과 디지털 인문학은 모두 실무(Practice)와 연구(Research)의 분야라는 점이다. 디지털 인문학이 쏟아 내는 엄청난 정보가 디지털 큐레이션으로 처리하기에는 힘든 과제이기도 하다. 그러나 두 분야는 공생의 기회가 많다. 특히 교육, 훈련, 기술 향상과 장점

---

12) Alex H. Poole, "A Greatly Unexplored Area : Digital Curation and Innovation in the Digital Humanities", *Journal of the Association for Information Science and Technology*, 2017. pp.2-3 (Drexel University)

연구(Merits Study) 분야에서 상호 도움이 될 수 있다. 아래 [그림Ⅱ-2]
는 기존의 큐레이션 프로세스와 디지털 인문학을 기반으로 한 온톨로지
생성에 여러 학문 분야와 인적 자원이 참여하는 상황을 보여 준다.13)

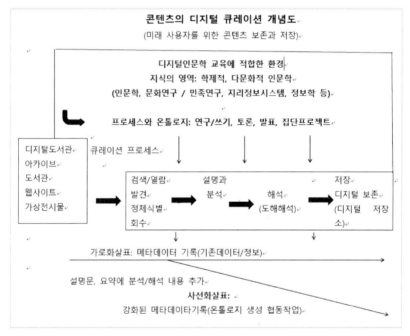

[그림 II-2] 콘텐츠의 디지털 큐레이션 개념도

　　디지털 인문학은 태생적 디지털 데이터에 큰 관심을 가진다. 오늘날
'1차 기록(Primary Record)'에 대한 자부심은 더 이상 '물리적 객체'의
개념에 있지 않다. 모든 종류의 전자 텍스트, 파일, 피드 및 전송 또한

---

13) Arjun Sabharwal, *Digital Curation in the Digital Humanities Preserving and
　　Promoting Archival and Special Collections*, 2015, Elsavier & Chados, pp.95-108
　　의 그림을 수정한 것이다.

이제 확실하게 1차 기록으로 인정된다. 1차 기록은 "특정 상황, 특정 시점에 생산되거나 사용된 물리적 대상"으로 정의된다. 문화유산의 디지털화는 전통적 인문학 연구 방법을 변화시키고 있다. 원전에서 연구 자료를 만드는 것이 아니라 디지털 자료를 찾아 정보를 취합하는 '데이터 집합(Data Assemblage)' 개념이 학문 연구의 중요한 활동이 되고 있다. 즉 현대의 연구 활동은 박물관이나 아카이브에서 진행하는 디지털 큐레이팅, 편집 활동과 거의 동일한 과정의 작업이다.

디지털 자료는 과거의 원전 자료를 다룰 때와는 완전히 다른 평가와 개념이 필요하다. 출처, 인용 방식, 쪽수 표시, 연구 결과물 출판 방식 등 기존 종이 자료와는 다른 관행이 필요하다. 그렇다면 이런 작업을 하는 사서(Librarian)와 학예사(Curator)를 구분하여 가치 평가를 달리하던 기존의 개념도 수정해야 할 필요가 있다.

디지털 인문학에서는 문학 작품과 작가에 대한 연구의 방식도 달라질 수밖에 없다. 아직도 종이 원고에 손으로 글쓰기를 고집하는 일부 예외적 작가도 있지만 대부분의 문인은 태생적 디지털 데이터를 생산한다. 다시 말하면 처음부터 종이에 쓰인 작품은 점점 더 존재하지 않게 되는 것이다. 이렇게 달라진 저작 활동은 문학 연구의 패러다임을 바꾸고 있다. 현재 활동하는 작가에 대해 미래의 어느 학자가 연구를 하게 된다면 분명히 과거 인문학의 작가 연구 방식과는 다른 방식으로 접근을 하게 될 것이다. 왜냐하면 저작 활동의 기본 자료인 원고와 초안, 작업 메모, 서신, 저널 등 모든 정보 자료가 다른 영역의 텍스트 생산과 마찬가지로 전자 영역으로 이동하고 있기 때문이다.

유럽의 신서사 선언(Declaration on a New Narrative for Europe)은 유럽 역사를 새로운 방식의 서사로 이야기하기를 모색하는 사업이다.[14] 이 프로젝트는 유럽이 한 지역이나 정치적 그룹이 아니라 "정신의 상태

(State of Mind)"라는 점을 강조한다. 그것은 정신적, 철학적, 예술적, 과학적 유산으로 형성된 추상적 "정신의 상태"이고, 역사의 교훈을 새기며 미래로 나아가고 있다는 것이다. 2014년에 『유럽의 정신과 육체 : 새로운 내러티브(The Mind and Body of Europe : A New Narrative)』15)라는 책을 내면서 새 프로젝트가 시작되었다. 유럽연합이 '신서사 프로젝트'를 추진하는 이유는 (1) 유럽의 정신을 되찾아 유럽의 정체성을 이해하고 현재와 미래를 이끌어가는 데에 예술가, 학자, 지식인이 기여하자는 것이고, (2) 유럽이 오직 경제와 성장만을 추구하는 것이 아니라 문화와 공통의 가치를 추구하는 집단임을 깨우치는 포용적인, 새로운 서사를 찾아내자는(Aim to Identify a New, Encompassing Narrative) 것이다.

그런데 아시아에서도 유럽과 같은 협동 프로젝트가 가능할까? 역사에 대한 대화로 과거 역사를 넘어서 공통의 정체성을 만들어 나갈 수 있을 것인지, 유럽의 사례를 연구하는 것이 참조가 될 수 있다.

다크 투어리즘(Dark Tourism)16)이란 유럽의 유적지 해설 전문가들이 "잔혹사 해설(Atrocity Interpretation)"이라고 일컫던 답사여행을 말한다. 대량 살상이 일어났거나 재해 피해를 입은 지역, 전쟁터 등 인류의 죽음이나 슬픔의 흔적이 관광의 대상이 되는 것이다. 유럽인들이 여행의 목적을 역사와 문화 학습으로 잡고 진지하게 비극적 역사의 현장을 연구 여행(Study Tour)해 온 역사는 길다.

그런데 집단 소속 문화가 강한 동북아에서는 자국 역사의 사건과 인물

---

14) "Europe is a state of mind formed and fostered by its spiritual, philosophical, artistic and scientific inheritance, and driven by the lessons of history."
(http://ec.europa.eu/debate-future-europe/new-narrative)

15) http://ec.europa.eu/assets/eac/culture/policy/new-narrative/documents/declaration_en.pdf

16) I. Kazalarska, Svetla, 'Dark Tourism' : reducing dissonance in the interpretation of atrocity at selected museums in Washington, D.C. 2003.

을 과거의 사건으로 냉정하게 바라보기가 쉽지 않다고 한다. 기록의 콘
텐츠를 정확하게 데이터화하고 객관적 연구의 대상으로 삼기 어렵다는
것이다. 한국의 역사학이 "문중과 종교와 지방을 넘지 못한다."[17]는 어
느 학자의 탄식은 역사 서사를 현대인과 직결되는 조상에 대한 이야기로
받아들이는 동양적 특성에 기인한다. 이웃 나라들과 공유하는 적대적
과거사에 대해 어떤 서사가 가능한지, 역사적 연구와 서술의 대상으로서
어떤 가능성이 있는지에 대해 연구가 필요하다. 지금처럼 정보가 국경
없이 실시간으로 교류되는 환경에서 어느 나라도 역사에 대해 일방적
주장을 강요할 수 없다. 일어났던 사건의 기록을 근거로 자국의 입장을
가질 수는 있으나 상대국이 반드시 수용할 것을 요구 할 수는 없다. 역사
적 서술에 대한 판단이 객관적, 이성적으로 이루어 져야 하는 환경이다.

　디지털 아카이브는 데이터를 수집하고 보존하여 영구적으로 다시 꺼
내 쓸 수 있게 하는 역할을 담당하고 있다. 국립중앙도서관은 여러 학문
분야뿐 아니라 우리나라 전체의 지식자원을 대상으로 수집과 보존을
책임지는 기관이다. 국가의 대표 기관으로서 "소멸되기 쉽고 당대를 대
표하는 지식문화를 수집·보존"하고 있다. 그것이 온라인 인터넷 자원을
검색하고 저장하는 OASIS(Online Archiving & Searching Internet Sources)[18]
프로젝트이다.

　수집 방침은 (1) 한국의 사회, 정치, 문화, 종교, 경제, 과학 등 전
분야의 국가 지식문화유산으로서 보존 가치가 있는 웹사이트 수집·보

---

17) 신복룡, 『인물로 보는 해방정국의 풍경』, 지식산업사, 2017, 5쪽.
18) 국가 지식자원의 수집과 보존 책임 기관인 국립중앙도서관은 국가 대표 도서관으로서
　　가치 있는 인터넷 자료를 국가적인 차원에서 수집·축적하여 미래 세대에 연구 자료로
　　제공하는 데 그 목적을 두고 온라인 디지털 자원 수집·보존 사업인 OASIS(Online
　　Archiving & Searching Internet Sources) 프로젝트를 2004년 1월부터 추진함.
　　http://www.nl.go.kr/nl/intro/service/library_info.jsp

존, (2) 학술적인 가치뿐 아니라 한국인의 생활, 의식, 사상의 다양성에 대한 재현과 기록으로서 가치 있는 웹사이트 수집, (3) 기관, 개인, 단체의 활동 등 한국의 역사적 발전을 기록한 웹사이트 수집·보관, (4) 국가적으로 중요한 사건, 이슈, 주제 분야 웹사이트의 심층적이고 폭넓은 수집·보관이다.

수집 대상 웹사이트는 국가기관, 공공기관, 학회, 교육연구기관, 민간단체·시민사회단체 및 비영리조직, 국내 주요 기업, 언론기관, 한국 관련 해외 사이트 등이며 국가 재난, 선거, 올림픽, 국제 행사 등 현재나 미래에 사회문화적으로 중요한 이슈와 관련된 웹 자원, 인문·사회·자연과학 및 기술 주제 분야별 주요한 테마, 컬렉션과 관련된 웹 자원이 수집된다.

여기서 한 가지 주의할 것은 웹 아카이빙은 웹사이트의 단순한 '백업'이 아니라는 것이다. 문제가 발생했을 경우 저장된 파일로부터 사이트를 복원할 수 있다. 웹 저장 방법은 클라이언트 측 중심, 서버 측 중심, 트랜젝션 기반 아카이빙 등의 방법이 있는데 이들은 모두 원래의 라이브 사이트와 유사한 방식으로 사이트를 수집, 보존, 액세스 및 탐색할 수 있음을 의미한다. 웹사이트를 저장하여 보관하는 것이지만 언제라도 다시 활성화할 수 있는 점에서 백업과는 다르다.

데이터를 생산하고 평가하여 선별적으로 저장, 보관하여 활용에 대비하는데 저장 매체, 활용 방법 등 기술이 달라지고 있다.

미국의 인터넷 아카이브(Internet Archives)[19]는 소장된 자료의 보존

---

19) 1996년 브루스터 카일(Brewster Kahle)이 설립한 무료 온라인 디지털 도서관이다. 비영리 단체. 사무실은 샌프란시스코의 프레시디오(Presidio)에, 데이터 센터는 샌프란시스코를 포함해 레드우드 시티, 마운틴 뷰에 있다. 안정성을 고려해 이집트 알렉산드리아 도서관에 미러가 있다. https://archive.org/

이 아니라 콘텐츠의 연결을 통해 무료 서비스를 제공하는 것을 목표로 하는 비영리 디지털 도서관이다. 인터넷 아카이브는 책 200만 권, 웹 페이지 4,300억 개, TV 프로그램을 포함한 영상물 300만 시간 분량 등 다양한 문화자산을 갖춘 세계 최대의 공공 디지털 도서관 중 하나이다. 아카이브 사용자들이 자기들의 지식 자산을 인터넷에 공개함으로써 다른 사람을 위해 공헌할 수 있도록 항목을 업로드, 설명 및 구성할 수 있게 해 주는 도구를 개선하는 중이다. 이 새로운 도구를 이용해 인류 공동체에 무료로 문화자산을 저장, 관리 및 공유할 수 있는 능력을 부여함으로써 "지식을 민주화"하고자 한다고 말한다. 위키미디어(Wikimedia)가 위키 백과에 대해 했던 것처럼 인터넷 아카이브가 사람들에게 도구를 제공하는 것이다. 인터넷 아카이브는 콘텐츠가 아니라 소프트웨어와 전송 프로토콜의 기능이다. 이 아카이브의 일차적 기능은 콘텐츠 중심이 아니라 링크가 얼마나 잘 되는가에 달려 있다.

　디지털 저작물이 쉽게 생산되고 유통될 수 있게 되면서 전통적 저작물의 간행과 유통 절차를 급속히 붕괴시키고 있다. 회색 문헌(Grey Literature, Grey Document)[20]은 공식 자료로 출간되지 않았으나 보존할 가치가 있는 중요한 자료를 말한다. 회색 문헌은 기존 형태의 상업적 또는 학술 출판 및 유통 채널이 아닌, 외부의 조직에서 제작한 자료와 연구물이다. 주로 보고서(연례, 연구, 기술, 프로젝트 등), 작업 보고서, 정부 문서, 백서 및 평가 기록물이 포함된다. 회색 문헌이 문제가 되는 이유는 모든 것이 디지털 자료화하면서 중요한 자료의 보존과 활용 문제, 저작권 보호 문제 등이 대두되기 때문이다. 종이 매체를

---

20) 『문헌정보학용어사전』, 회색 문헌 또는 그레이 문서
　　http://203.241.185.12/asd/read.cgi?board=Dic&x_number=964164252&r_search
　　=회색문헌&nnew=1

중심으로 하는 전통적 지식 창출과 유통의 시대에는 최종 종이 인쇄물과 중간 산출물인 보고서 등이 뚜렷하게 구별되었으나 지금은 사정이 달라졌다. 앞으로 회색 문헌의 평가와 보존, 활용, 저작권 문제 등에 대한 연구와 논의가 중요한 분야가 될 것이라고 예측한다.

한편 도서관과 박물관이 역사 초기에는 원래 하나의 시설이었듯이 분산 소장되어 있는 지식자원이 디지털 기술로 서로 연결되면서 기능과 역할이 통합되고 있다. 도서관, 기록관, 박물관의 기능과 서비스가 융합되면서 갤러리까지 포함하여 네 종류 기관의 머리글자를 따서 글램(GLAM : Galleries, Libraries, Archives, Museums)으로 부른다.[21] 같은 개념의 용어로 라키비움(Larchiveum : Library, Archive, Museum)이 있는데 이 용어는 해외에서 보다는 주로 국내에서 도서관과 전시시설의 일부에 독서와 전시 기능을 모아놓은 공간을 지칭하는데 사용되고 있다.[22] 이러한 융합 시설은 변화하는 기술 환경에 맞추어 인쇄물 자료뿐 아니라 온라인상의 디지털 자료, 멀티미디어 자료 등을 수집·소장·보존하고 서비스 제공 기관에 관계없이 이용자가 통합적 서비스를 받을 수 있는 시스템으로 진화하고 있다.

[그림 II-3]은 아카이브, 도서관, 박물관의 사명과 운영이 통합되는 추세의 여러 가지 요인을 보여준다. 경제적 압박, 사업 모델의 변화, 가치사슬의 진화, 무료 저작권 사회('The Commons' Community) 구축의 사명, 콘텐츠 시장의 역학 관계, 원천 자료의 보존과 저장, 디지털

---

21) '글램'. Australian Society of Archivists, Australian Society of Archivists Annual Conference - GLAM, 17-20 September 2003, Hilton, Adelaide.
"GLAM." Abbreviations.com. STANDS4 LLC, 2018. Web. 20 Jan. 2018.
⟨http://www.abbreviations.com/term/1629849⟩.
22) 국립중앙도서관 문학실 라키비움, 국립무형유산원 라키비움, 원자력라키비움, 경상북도문화콘텐츠진흥원 라키비움, 등의 사례가 있다.

화와 기술 요인, 해설 서비스 제공 옵션 등이다.

국내에서도 이러한 도서관, 아카이브, 박물관 기능의 연계와 융합은 미래의 발전 방향으로 자리 잡았다. 행정부의 세종시 이전을 계기로 지방자치단체들이 경쟁적으로 전문적 주제의 박물관과 아카이브 건설 사업을 추진하고 있다. 지역의 역사와 사건, 연고가 있는 역사적 인물에 관련된 주제를 중심으로 전시관, 박물관을 기획하고 유치하려고 노력하고 있다. 이 중에서도 가장 규모가 큰 사업은 2016년부터 2023년까지 8년간 4,283억 원을 들여 건설하는 세종시 국립박물관 단지이다. 부지 19만 평방미터에 74,856평방미터의 전시 공간과 시민 이용 시설이 들어서게 된다. 1단계는 5개의 개별 박물관, 그리고 통합 수장고와 통합 운영 센터를 건설한다는 계획이다. 개별 박물관으로는 어린이 박물관, 도시건축 박물관, 국가기록 박물관, 디자인 박물관, 디지털 문화유산 영상관을 짓는다. 2단계는 자연사 박물관, 세계문화관 및 민간 박물관 등으로 구성된다.

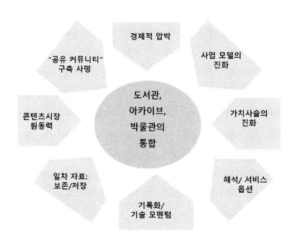

[그림 II-3] 아카이브, 도서관, 박물관 통합 요인[23]

세종시 국립박물관 단지에서 한국의 전통 문화유산을 주제로 하는 박물관은 디지털 문화유산 영상관이다.24) 문화재청이 주관하는 이 문화유산 영상관은 문화재와 유물, 역사 인물과 사건 등의 주제를 영상으로 현장감 있게 볼 수 있도록 공간을 구성하고 온라인으로도 전시물을 볼 수 있도록 한다는 구상이다. 이 영상관에는 통합적 문화유산 디지털 아카이브를 구축하고 이를 바탕으로 박물관 내부 공간에서 전국의 다양한 문화유산과 역사 주제 스토리를 재현하기 위한 기획 연구를 실시하였다. 연구팀은 유럽과 미주 지역의 유명 박물관과 미술관의 현장 답사를 통하여 첨단 전시기법과 이용자 사용현황을 조사하였다. 이들 전시에서 현재 활용되는 첨단 기술을 조사한 후 관심을 가질만한 미래의 주요 기술 10가지를 선정하였다.25)

세계 첨단의 박물관과 미술관에서 현재 활용되고 있으며 미래에도 유용한 10개 기술은 다음과 같다.

▷ 위치 기반 서비스(Location Based Services) : LBS를 통한 전시 공간 내비게이션 및 전시 콘텐츠 관련 부가정보 제공으로 방문객 경험을 개선하고 개인화할 수 있다.
▷ 사물 인터넷(Internet of Things) : 박물관 공간에서 방문객 간 또는 방문객과 전시 콘텐츠 간의 상호 소통 및 정보 교환의 활성화 가능. IoT를 통해 박물관 전시 환경 및 전시 콘텐츠 관리 시스템 개선을 도모할 수 있다.

23) http://futureofmuseums.blogspot.kr/2010/03/one-potential-future-for-museums.html의 "Library, archive, museum Integration"을 재구성함.
24) 문화재청, 「국립문화유산영상관 설립을 위한 기획연구보고서」, 2016.
25) 국립문화유산영상관 기획연구팀은 디지털 기술, 전시 콘텐츠 등 관련 학계, 산업, 유관 기관과 교류 및 공동 네트워크 구축 및 학술 활동 활성화를 위한 종합추진계획 수립을 목표로 조사하였다.

▷ 빅데이터(Big Data) : 전시 콘텐츠 기획 단계에서 콘텐츠 내용 및 타깃 방문객과 관련된 빅데이터 분석을 통해 정확하고 효율적인 방향 설정이 가능하며, 방문객의 전시 콘텐츠 체험 관련 데이터를 수집하고 처리하여 실시간으로 피드백을 할 수 있다.

▷ 정보 보안(Information Security) : 전시 콘텐츠와 방문객의 인터랙션 중 개인 정보가 생성되어 전송, 저장되는 전 과정상에서 정보가 전시 체험 이외의 목적으로 사용되거나 외부로 유출되지 않도록 관리하는 정보 보안 시스템이 필요하다.

▷ 인공지능(Artificial Intelligence) : 박물관 전시 콘텐츠 및 애플리케이션에 이미지 및 음성 인식, 딥러닝 등의 인공지능 기술을 도입해 전시 콘텐츠 및 공간과 방문객 간의 인터랙션을 강화하고, 이를 통해 몰입도가 높은 전시 체험을 제공한다.

▷ 개인화(Personalization) : 개인화 기술을 통해 초보자부터 전문가까지 방문객의 배경 지식과 예술 선호를 알아냄으로써 더 정확한 페르소나를 만들어 방문객의 니즈에 따른 개인화된 경험과 연속적인 가이드를 선사할 수 있다.

▷ 오픈 데이터(Open Data) : 박물관이 온라인 방문객에게 박물관 소장품과 관련된 풍부한 정보에 대한 접근을 제공하고, 문화적 저장소 안의 각 유물 간의 연결을 위하여 링크드 오픈 데이터 도입이 필요하다.

▷ 정보 시각화(Information Visualization) : 박물관에서 링크드 오픈 데이터(LOD)의 사용 증가에 따라 컬렉션과 연관된 모든 콘텐츠와 정보를 그래픽으로 표현할 수 있게 도와주는 정보 시각화 기술이 필요하다.

▷ 가상현실/증강현실(Virtual Reality/Augmented Reality) : 가상 및 증강현실을 통해 방문객이 박물관 전시와 소장품을 경험하고 학습하는 데 더 몰입적인 기회를 제공할 수 있다.

▷ 웨어러블 테크놀로지(Wearable Technology) : 웨어러블 테크놀로지는 BYOD(Bring Your Own Device)의 확장으로 박물관 콘텐츠를 전달

하는 새로운 플랫폼이자 기존의 휴대형 기기(핸드 헬드 디바이스)가 제공하지 못한 새로운 형태의 해석을 제시할 가능성이 있다.

3. 디지털 인문학과 빅데이터 역사학

초기의 디지털 인문학 연구는 1990년부터 10년간 과거의 텍스트 정보를 데이터베이스화하여 검색, 코퍼스 언어분석 등 주로 양적인 연구를 수행하였다. 예를 들면 1987년 시작된 페르세우스 디지털 도서관 프로젝트[26]와, 1986년부터 계속된 여성작가 프로젝트[27]처럼 주로 방대한 양의 자료를 디지털화하고 아카이브를 구축하는 프로젝트였다.[28] 제2차 디지털 인문학은 태생적 디지털 자료를 포함하여 지식의 생산과 융합을 통해 새로운 패러다임을 제시한다.[29] 기존 인문학 연구에 기술을 활용하여 분석 방법을 적용한다든가 디지털 기술이 인간에게 가져다주는 변화에 대한 연구를 수행하였다. '빅데이터 역사학'으로 명명하여 여기에 소개하는 연구 프로젝트들은 발전된 기술을 활용하여 역사 기록물과 유물에 담긴 정보로 데이터베이스화하는 프로젝트이다. 주로 미국과 유럽의 여러 도서관, 박물관, 학계가 공동으로 추진했거나 진행 중인 선진적 프로젝트들이다.

이 연구에서 해외의 빅데이터 역사학 프로젝트에 주목하는 이유는 이들 연구의 목적이 본 논문이 시도하는 디지털 큐레이션이 목표로 삼

---

26) Perseus Digital Library Project, http://www.perseus.tufts.edu/hopper/

27) Women Writers Project, http://www.wwp.northeastern.edu/

28) 홍정욱, 「디지털기술 전환 시대의 인문학」, 『인문콘텐츠』 38, 인문콘텐츠학회, 2015, 41-74쪽.

29) Todd Presner, "Digital Humanities 2.0 : A Report on Knowledge." *Connexions*, Apr. 18, 2000.

는 성과와 일치하기 때문이다. 기록물에서 추출한 데이터를 바탕으로 새로운 역사적 스토리를 발견하거나, 지금까지 상식으로 통하던 지식의 오류를 밝히며 당시 생활상을 보여 주어 역사를 입체적으로 재현하는 연구들이기 때문이다.

이들 프로젝트들은 디지털 기술이 없으면 수행할 수 없는 전형적인 디지털 인문학의 사례들이다. 역사학은 순수 인문학적 연구의 대상이기도 하지만 학문 중에서 가장 현대 인류의 실제 생활과 밀접하게 연결되는 영역이다. 해외의 빅데이터 역사학은 스캔 기술, 빅데이터 처리 기술, 시각화 기술 등을 구사하여 수백 년 전의 모습을 재현하고 있다. 도식화된 역사 서사의 텍스트가 아니라 데이터를 근거로 하는 생생한 역사적 장소와 사건이 스토리와 영상물로 구현될 때 역사(History)는 스토리(Story)가 된다. 그러므로 역사 속의 인물과 사건은 끊임없이 현대의 창작 소재가 되어 왔다.

디지털 인문학은 종이를 기본으로 하는 전통 인문학과 달리 지면의 제약이 없다. 한 아카이브에 찾을 수 없는 데이터는 링크드 오픈 데이터를 따라 외부 세계의 다른 아카이브에 위치한 정보와 연결해서 찾을 수 있다.[30] 한 인물의 인맥과 이동 경로를 따라 지도 위에 실시간으로 동선을 표시할 수도 있다. 당시 들려오던 길거리 음악을 유튜브를 이용해 효과음을 삽입할 수도 있다. 시대적 맥락과 상황을 보여 주는 거대사(Macro History)적 서사뿐 아니라 등장하는 인물 개개인의 이야기, 당시 생활상과 예술 등 상세한 미시사(Micro History)적인 스토리를 펼

---

30) 국제적으로 LOD 발행과 네트워크 연계를 위해서는 한중일 삼국의 경우 영어 콘텐츠를 별도로 만들어야 하는 부담 때문에 언어 문제가 큰 장애가 되고 있다. 데이터 생산과 콘텐츠 제작의 처음 기획 단계에서부터 기술적 호환성 문제와 함께 국제적인 언어 소통의 문제가 반드시 고려되어야 한다.

칠 수 있다.

여기 소개하는 역사 재현 프로젝트들은 디지털 큐레이션의 미래 가
능성을 보여 주는 사례들이다. 대규모 빅데이터를 처리하는 기술이 있
고 장기간에 걸쳐 전문 인력 투입이 가능한 재정적 뒷받침 없이는 이루
어 질 수 없는 연구들이다. 인물, 사건, 기록물, 장소, 시간 등의 개별
적인 지식요소들 사이의 관계를 시맨틱 데이터화하고 시각화한 결과이
다. 디지털 인문학이 전통적 인문학 연구의 지식 자산에 생명을 불어넣
어 주고 있다.

1) 런던 사람들 프로젝트(London Lives Project)[31]

[그림 II-4] 런던 사람들 프로젝트 웹사이트

런던 주민들의 생애 기록 추적을 통해 런던 사람들의 시대적 생활상
을 연구하는 프로젝트이다. 이 프로젝트는 영국 경제사회연구회(Economic
and Social Research Council)가 재정을 지원한다. 프로젝트 책임자는
팀 히치콕(Tim Hitchcock)과 로버트 슈메이커(Robert Shoemaker)이며,
사업 총괄은 샤론 하워드(Sharon Howard)가 맡고 있다. 셰필드 대학의
인문연구소(Humanities Research Institute of Sheffiled University)와 허
트포드셔 대학 고등교육디지털화서비스(Higher Education Digitalization

---

31) https://www.londonlives.org/static/Project.jsp

Service at the University of Hertfordshire)의 연구진이 연구 및 편찬한다. 웹사이트는 HRI Online Publications가 출판한다.

1690년부터 1800년 사이에 영국 런던에 거주했던 사람들의 삶에 관계된 고문서 24만 건을 집적하였다. 교회 교구의 기록물을 비롯해 범죄와 재판에 관한 기록, 병원의 진료 기록과 검시 보고서, 상공인 조합의 기록, 빈민 구제에 관한 기록 등 런던 시의 8개 아카이브에 소장된 자료를 담은 15개 기존 데이터베이스를 이용하여 제작한다. 이 데이터 속에는 포함된 335만 개의 인명을 대상으로 동일 인물들을 추적하여, 18세기 런던의 하층민으로 살았던 수많은 사람들의 생애를 재구성한다.

● 올드 베일리 재판 기록 온라인 아카이브[32]

올드 베일리 온라인 기록물은 1674~1913년의 올드 베일리 소송 기록물과 1676~1772년 기간의 뉴게이트 구술(Newgate's Accounts) 모음이다. 타이번(Tyburn)에서 처형된 약 2,500명의 재판 기록과 개인의 생물학적 정보 19만 7천 건을 비상업적 활용의 경우 모두 무료로 검색할 수 있다. 키워드 검색과 구조화된 검색 방식으로 접근할 수 있는 텍스트 외에도 소송 기록물 19만 개의 원본 페이지, 일반 진술 내용 4,000페이지, 자원 검색 방법에 대한 조언, 올드 베일리 법원과 그 소송 기록물의 법률적 배경이 포함되어 있다. 당시의 지도와 이미지도 제공된다. 이 웹사이트는 HRI Online Publications에서 발행한다.

---

32) Old Bailey Proceedings Online,
   https://www.oldbaileyonline.org/static/Project.jsp

● 개인 인생 기록 아카이브

런던 사람들(London Lives)에는 18세기에 살았던 수십만 명의 런던 주민들의 생활이나 삶의 상당 부분을 재구성 할 수 있는 충분한 기록(다큐멘터리) 자료가 포함되어 있다. 정부와 사회복지 기관에 근무했던 평민과 관리에 대한 정보도 있다. 키워드 또는 알파벳순 색인을 사용하여 개별 이름을 클릭하면 런던 사람들(London Lives) 데이터에 액세스할 수 있다. 아카이브로서 풍부하고 복합적인 정보 내용을 담고 있다. 예를 들어 역사적 배경 항목에는 지방정부, 사법기관, 빈자법과 자선제도, 길드와 병원, 연구 지침과 자원들, 문서 유형 등 다양한 주제의 데이터 세트가 있다.

사례 1) 이사벨라 커즌즈(Isabella Cousins; 1765년생)[33]

키워드 : 어머니, 사생아, 거지, 하녀, 유곽

기사 내용 : 유년기와 결혼, 미망인이 되다, 사생아, 노년

이사벨라 커즌즈는 1765년에 출생하였다. 1785년 8월 21일 20세의 나이로 미들섹스 카운티의 와핑에 있는 성요한 교구 교회에서 스티븐 커즌즈와 결혼했다. 그녀의 주거지와 자식들에 대해 조사를 받을 때 어떤 서류에도 서명을 할 수 없어서, 표시를 하나 해서 서명을 대신하였다.

스티븐 커즌즈는 이사벨라와 결혼하기 전에 성 보톨프 알게이트 교구에 있는 성앤드류라고 부르는 공공 주택 소유주인 주류상인 로빈슨 씨 밑에서 2년 동안 하인으로 일했다. 그의 사망 이후 로빈슨의 미망인은 알렉산더 쇼와 결혼했고 스티븐은 고용된 하인으로 5년간 계속 일했다. 스티븐은 성앤드류에서 쇼를 위해 계속 일하다가 이사벨라를 만났다. 공공 주택을 떠난 후 스티븐은 와핑 월에서 포도주 저장 창고 주인인 피크 씨의 하인으로 일하

---

33) https://www.londonlives.org/static/CousinsIsabellaBorn1765.jsp

게 되었다. 그와 이사벨라가 결혼한 것은 이 기간 동안이었다. 1788년 스티븐은 벵갈로 가는 동인도인 소유의 배링턴 호를 타고 출항했다. (하략)

사례 2) 존 콘웨이(John Conway; 1773년 생 추정)[34]

기사내용 : 교구회와 구빈원에서 자라다가 탈출, 추방됨.

1775년 6월 7일 존 콘웨이는 성클레멘트 데인 교구회에 맡겨졌다. 교구기록에는 그의 나이가 3년 6개월이고, 글을 읽고 주기도문을 욀 수 있다고 적혔다. 간호사 힐(Hill)이 주급 2실링 6펜스를 받고 그를 보육하였다. 1778년 존(John)은 가난한 소년들에게 일거리와 숙식을 제공하는 구빈원(救貧院)으로 옮겨진다. (이 때 그의 나이는 2살이 늘어난 8살로 기록된다.) 그는 이곳에서 걸레에 쓰는 실을 짜는 일을 했다. 교구의 도제 등록부에 의하면, 존은 1783년 8월 30일 에섹스 지방의 바킹(Barking)에 사는 어부 모리스 존스의 도제(徒弟)로 보내진다. 이 때 만들어 진 고용계약서에는 7주 후에 마스터인 모리스 존스가 2파운드를 받고, 3년간의 고용 기간이 만료되면 2파운드 2실링을 더 받는 것으로 되어 있다. 존은 3년 동안 일한 후에 옷 한 벌을 받기로 하였다. 1785년 4월 18일에 존은 다시 성클레멘트 데인 구빈원의 명부에 올랐다. 하지만 4월 22일에 열린 입원 자격 심사에서 그가 도제 생활을 한 지 9달 만에 도망쳤던 사실이 드러나 입원이 거부되었고, 다음날 그는 바킹으로 추방되었다. 1786년 3월 15일, 존은 14살이라고 나이를 속이고 다시 구빈원에 들어오려고 했지만, 이번에도 심사를 통과하지 못했다. 3월 17일, 존은 다시 바킹으로 돌려보내졌다.

2) 편지 공화국(Republic of Letters)[35]

편지 공화국은 기대하는 결과를 얻도록 플롯에 맞게 데이터를 구성

---

34) http://www.londonlives.org/static/ConwayJohn1775-1786.jsp
35) http://republicofletters.stanford.edu/

한 프로젝트이다. 몇 개의 다양한 사례를 지리적 범위와 기간 등을 고려하여 전략적으로 데이터를 구성한 연구이다. 스탠포드는 새로운 사례 연구를 개발하고 파트너인 그룹이 디지털 통신 프로젝트를 개발하여 사례 연구의 수를 계속 늘리고 있다. 사례 연구를 통해 편지 공화국과 그에 관련된 연구 콘텐츠를 제공하고 있다.

● 계몽주의 시대 편지 공화국(Enlightenment Republic of Letters)
 : 볼테르와 로크[36)]

전자 메일, 교수회의, 국제 콜로키움, 학회가 생기기 전에 학문의 세계는 연구자 개인과 기관들의 네트워크에 의존했다. 당시 중요한 소통의 창구는 국가와 대륙을 횡단하는 서신 네트워크, 과학 아카데미가 창안한 사회적 네트워크, 그리고 여행으로 가져온 물리적 네트워크였다. 이 네트워크는 에라스무스(1466~1536) 시대부터 프랭클린(1706~1790) 시대에 이르기까지 연구와 학습의 생명선이었다. 비판적 아이디어와 정치 뉴스의 확산, 사람과 사물의 유통에 대한 소식은 바로 이 소통망을 통해 확산되었다.

이 연구는 볼테르(1694~1778)가 주고받은 서신의 사회적 구성을 탐구한다. 데이터에서 찾고자 하는 질문을 먼저 던지고 그 답을 얻을 수 있게 연구를 구성한다. 그는 누구에게 우선적으로 글을 썼는가? 그들의 직업은 무엇이고 환경은 어떠했는가? 볼테르의 네트워크를 지도로 제작하고, 사회적 관계 탐구를 위해 시각화를 제작하면서 확인하는 기본적 질문이다.

또는 이 연구는 옥스퍼드 대학에서 제공하는 통신 메타데이터를 분석

---

36) http://republicofletters.stanford.edu/casestudies/voltaire.html

한다. 연구의 주요 관심사는 폭넓은 계몽의 편지 공화국(Enlightenment Republic of Letters) 내에서 볼테르 서신 네트워크를 추적하는 것이다. 이 네트워크가 국제적인가 지역적인가? 진정한 글로벌 네트워크를 갖추려면 무엇이 필요한가? 지역 내 서신의 역할은 무엇인가?

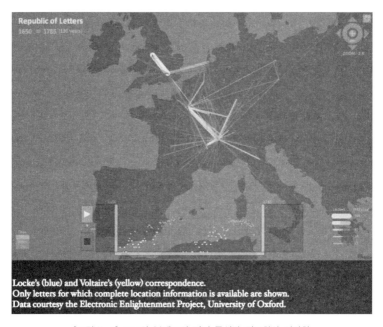

Republic of Letters
1650 — 1785 (135 years)
ZOOM: 2.5

Locke's (blue) and Voltaire's (yellow) correspondence.
Only letters for which complete location information is available are shown.
Data courtesy the Electronic Enlightenment Project, University of Oxford.

[그림 Ⅱ-5] 로크와 볼테르의 편지 통신망 정보화와 시각화

● 로크(Locke)와 볼테르(Voltaire)의 편지 통신망 비교

　볼테르의 계몽주의 편지 통신망은 필자들이 주장하는 것처럼 국제적이지 않았던 것으로 보인다. 왜냐하면 주로 영국-네덜란드 지역에 집중되어 있다. 반면 로크(1632~1704)의 네트워크는 훨씬 후대까지 미국 식민지 및 인도와 교신이 계속되었다. 장수했던 볼테르는 파리의 오랜

친구들과 계속 연락을 취했으며, 그 중 많은 사람들이 요직에 올랐다. 빅데이터 연구를 통하여 기존의 상식을 뒤엎는 발견을 기대할 수 있다.

● 대여행에 나선 여행자들(Grand Tour Travelers)[37]

2008년에 프로젝트를 시작한 이래, 데이터베이스에서 여행자들의 행동과 이벤트의 표현 방법을 연구했다. 디지털화된 잉가멜스(Ingamells) 사전[38]은 수천 개의 정보를 담고 있는 막대한 규모의 자료이다.

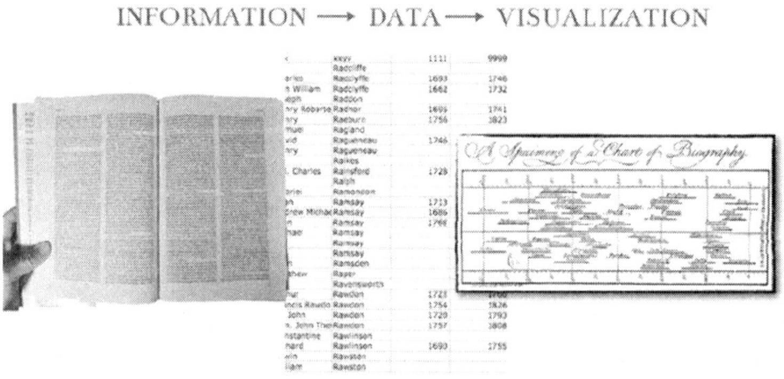
INFORMATION → DATA → VISUALIZATION
A Specimen of a Chart of Biography

[그림 II-6] 대여행 데이터베이스의 정보화와 시각화

지리적 공간 : 대여행 데이터는 여러 면에서 순수한 지리 데이터베이스(Geo Database)이다. 이 데이터베이스의 핵심은 18세기에 이탈리아에서 다양한 개인이 이탈리아 어디에서 출현했는지에 대한 정보이며, 정보의 풍부함으로 인해 잉가멜스 사전을 시각화하는 데 영감을 주었다.

37) http://republicofletters.stanford.edu/casestudies/grandtour.html

38) Ingamells 사전 : 1701~1800년 기간의 영국과 아일랜드 여행자에 대한 정보를 수록한 사전. A Dictionary of British and Irish Travellers in Italy, 1701-1800. 최초 발행일 : 1997년, 편집장 : John Ingamells, Brinsley Ford

도시 계획 : 18세기에 영국 여행자들이 가장 많이 방문한 이탈리아 도시는 어디인가? 잉가멜스 사전은 포괄적이지는 않지만 인기 있는 도시의 대표 샘플을 제공할 만큼 충분히 규모가 있다.

[그림 II-7] 편지 공화국 매핑 프로젝트 주제 영상물

편지 공화국 매핑 프로젝트(Mapping the Republic of Letters Project)의 추진 일정, 프로젝트의 주제와 내용, 참가한 연구원 등을 이야기가 있는 파노라마(Narrative Panorama) 영상물39)로 제작했다.

3) 베니스 타임머신(Venice Time Machine)40)

베니스 타임머신 프로젝트는 유례가 없는 베니스의 방대한 기록물이 가장 큰 특징이다. 오늘날의 베니스 인들이 이유를 이해하기 힘들 정도로 그들의 선조들은 모든 것을 기록으로 남겼다. 건물이 하나도 없는 바닷가에서 베니스는 성장하기 시작했다. 집 한 채, 길 하나가

---

39) Michele Graffieti 제작, 편지 공화국 프로젝트에 관한 종합적 파노라마 내러티브 영상물. (Narrative panorama of the project by Michele Graffieti)
　http://republicofletters.stanford.edu/img/RofL_Panorama2013_sm.jpg
40) https://vtm.epfl.ch/

생길 때마다 모든 치수와 소재와 위치와 도면이 기록되었다. 항구에 온갖 배가 정박하고 입항과 출항을 반복하였는데, 베니스 인들은 그 모든 관련 정보를 기록하였다. 입항하는 배의 규격과 특징뿐 아니라 출발지와 목적지 정보, 베니스에 있는 동안 어떤 물건을 실었고 어떤 사람들이 타고 있었는지 등의 세부 정보를 포함하였다. 지난 수천 년 동안 작은 건물은 여러 개가 합쳐져 더 큰 건물로 개축되었고 오늘날의 거대한 성당과 탑, 빌딩으로 변하였다. 이 모든 방대한 양의 정보를 어떻게 기록화할 수 있을까? 더구나 대다수 기록물이 손으로 쓴 글씨로 작성되었으며, 언어조차 통일되지 않았었다. 이 때문에 베니스 프로젝트는 세계 최첨단의 문자 인식 기술을 사용하고 있다.

베니스 타임머신 프로젝트는 EPFL과 베니스의 카포스카리(Ca'Foscari) 대학이 2012년에 시작한 선구자적인 국제 디지털 인문학 프로젝트이다. 베니스의 문화유산 관련 기관들, 즉 박물관, 아카이브, 도서관, 연구소 등이 참여하고 있고 15개 이상의 학술 팀이 함께 연구하고 있다.

베니스의 고문서 아카이브는 세계에서 가장 오래 된 아카이브 중 하나이다. 베니스의 고문서 아카이브에 있는 수천 년의 문화유산을 디지털화하고 이를 공개하겠다는 거대한 계획이다. 1000년이 넘는 베니스의 역사와 지리에 관한 모든 기록을 디지털 아카이브화해서 공개하는데, 매일 450권의 책을 디지털화하여 10년이 걸리는 방대한 작업이다.

베니스 타임머신은 중세 시민들의 출생과 사망에 대한 기록, 세금계산서, 도시계획 설계도까지 볼 수 있다. 이 문서들의 데이터는 상호 연계가 되면서 하나의 이야기로 재탄생하게 된다. 당시의 사회 관계망, 가계도, 도시계획 등을 시각화함으로써 베니스의 과거 생활상을 잘 이해할 수 있도록 재현하는 것이다. 온라인 아카이브를 제작하려면 자동 텍스트 인식을 사용하여 신속한 대량 디지털화를 가능하게 하는 워크플

로우가 필요하다. 문서는 먼저 크기와 조건에 따라 다양한 종류의 스캐
닝 기계를 사용하여 디지털화한다. 국내의 아카이브 구축에서도 기록물
에서 개체 노드를 추출하여 데이터베이스를 만드는 데 스캔 기술의 활
용 등 기술을 이용하여 쉽게 할 수 있는 방법을 연구할 필요가 있다.

　디지털 아카이브를 통해 개인이 문서를 검색하고 탐색할 수 있는
온라인 서비스가 제공되기 때문에 연구자들이 베니스나 물리적인 아
카이브를 직접 방문할 필요가 없다는 것을 의미한다.

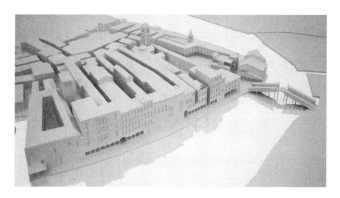

[그림 II-8] 베니스 타임머신 DB의 입체 시각화

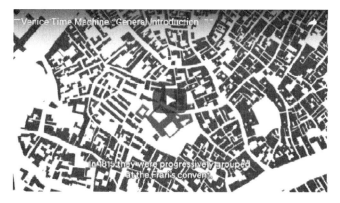

[그림 II-9] 1815년 베니스 도시 발전의 집중 지점

예를 들면 베니스의 산마르코 광장의 모습을 1,000년 전의 과거와 현재를 같은 공간에 재현할 수 있다.

[그림 II-10] 18C 화가 카날레토의 그림(왼쪽)과 현대의 산마르코 광장 모습(오른쪽)

베니스 타임머신 프로젝트는 인공지능을 활용하여 왼쪽은 투우가 벌어지고 있는 화가 카날레토의[41] 1,000년 전의 산마르코 광장모습, 오른쪽은 오늘날의 광장 모습을 하나의 공간에 재현했다.

방대한 컴퓨팅 능력과 인공지능이 깊은 역사의 암호(Code)를 풀어내고 있다. 네이처(Nature)지는 베니스 타임머신 프로젝트를 소개하면서 기술이 역사의 비밀을 열어 주고 있다고 지적했다. 베니스 타임머신 프로젝

---

41) 지오반니 안토니오 카날(Giovanni Antonio Canal, 1697~1768)은 이탈리아의 화가. 베네치아 출신으로 풍경화의 대가이며 '카날레토'로 널리 알려졌다.

트를 총괄하는 프레드릭 카플란(Frédéric Kaplan)은 "이 타임머신이 고대 베니스의 소셜 네트워크를 재구성한다. 우리는 문서뿐 아니라 지도, 단행본, 원고 및 악보를 포함한 모든 문서를 스캔한다. 학자들에게 숨겨진 역사의 기록뭉치를 열 뿐만 아니라 기계 학습 기술의 진보 덕분에 연구자들이 정보를 검색하고 상호 참조할 수 있게 할 것"이라고 약속했다.[42)]

● 자동화된 텍스트 인식을 통한 대용량 이동 스캐닝

종이 문서는 스캔 기계의 도움을 받아 고해상도 디지털 이미지로 변환된다. 문서의 형태가 다양하기 때문에 쓸 수 있는 스캐닝 기계의 유형과 속도가 제약을 받는다. EPFL은 업계와 협력하여 시간당 약 1,000페이지의 디지털화가 가능한 반자동, 로봇식 스캐닝 장치를 개발하고 있다. 이 장치들은 고문서에 적합한 효율적인 연속 디지털화 작업에 적합하게 구축될 것이다. EPFL에서 현재 연구 중인 해결책은 페이지를 전혀 넘기지 않고 책을 스캔하는 것이다. 이 기술은 입자 가속기에 의해 생성된 X선 싱크로트론(X-ray synchrotron) 방사를 사용한다.

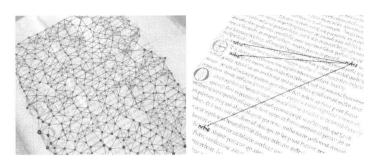

[그림 Ⅱ-11] 문자 인식 기술을 활용한 고문서 스캐닝

● 전사(Transcription)

수기 문서의 형태적 복잡성과 다양성은 고난도의 작업을 필요로 한
다. 베니스 타임머신의 과학자들은 현재 이미지를 단어로 변환할 수
있는 새로운 알고리즘을 개발하고 있다. 이미지는 잠재적으로 단어를
나타내는 하위 이미지로 자동 분해된다. 각각의 서브 이미지는 다른
서브 이미지와 비교되어 단어의 특징적 모양에 따라 분류된다. 새로
운 단어가 한 개씩 전사될 때마다 수백만 개의 다른 단어들이 데이터
베이스에서 인식될 수 있게 되는 것이다.

● 텍스트 처리(Text Processing)

개연성이 있는 단어의 문자열은 텍스트 프로세서에 의해 가능한 문
장으로 변환된다. 이 단계는 반복적인 패턴 인식의 단백질 구조 분석
에서 영감을 받은 알고리즘을 사용한 것이다.

● 데이터의 연결(Connecting Data)

베니스 문서 보관소의 진짜 재산은 문서의 연결성에 있다. 여러 키
워드가 여러 유형의 문서를 연결하기 때문에 데이터를 검색할 수 있
다. 엄청난 양의 데이터를 교차 참조하면 상호 연결된 데이터의 거대
한 그래프로 정보가 정리된다. 문장의 키워드는 거대한 그래프로 연
결되어 방대한 양의 데이터를 상호 참조할 수 있으므로 정보의 새로운
측면이 나타나게 된다.

제3장

국채보상운동 관련 데이터

1. 데이터 취재 방법론

국채보상운동에 대한 디지털 아카이브를 구축하기 위해서는 관련 기록물에 담긴 중요한 지식정보를 추출하여 디지털 데이터베이스를 설계해야 한다. 이 데이터베이스의 설계에 있어서 가장 먼저 고민해야 할 일은 '어떤 성격의 데이터를 어느 범위까지 담아낼 것인가?' 하는, 즉 '데이터의 취재'에 어떠한 기준을 적용할 것인가 하는 문제이다.

역사 기록물의 분량은 방대하고 형태는 다양하다. 기록물에 담긴 지식요소가 기계가독형(Machine-Readable)의 데이터로서 의미 관계를 나타낼 수 있는 구조를 갖추지 않으면 데이터베이스로서 기능할 수 없다. 우선 역사적 기록물 콘텐츠의 내용과 그에 관련된 광범위한 관련 내용을 연구하여 그 많은 지식요소 중에서 데이터로 추출할 개체들과 그 데이터들 사이의 관계를 규정할 것인지를 파악해야 한다.

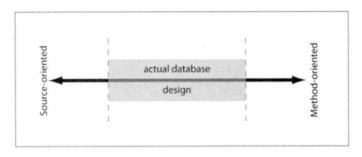

[그림 Ⅲ-1] 역사 데이터베이스 설계 방법 : 자료중심과 방법중심[1]

데이터베이스는 구축 목적과 데이터 상태에 따라 설계가 되므로 상황에 따라 데이터베이스의 특성이 다르다. 그러나 대체로 두 가지 개념 모델에 따라 설계된다. 즉 자료중심(Source-oriented) 또는 객체중심 (Object-oriented) 설계와 방법중심(Method-oriented) 또는 모델중심(Model -oriented) 설계이다. 자료중심 설계를 상향식 설계, 방법중심 설계를 하향식 설계라고도 한다.

양극단에 속하는 이 두 방법 사이에서 데이터베이스 설계가 이루어 진다. 완전히 자료중심이거나 완전히 방법중심의 데이터베이스는 있을 수 없으므로 결국 중간쯤에서 절충적 설계를 하게 되는 것이다.

[그림 Ⅲ-2] 자료중심(객체중심)의 역사 데이터베이스 생애주기

---

1) University of London과 DCC(Digital Curation Center)는 역사학 분야의 데이터베이스 구축에 대한 연구와 훈련 프로그램을 진행하고 있다.
　http://port.sas.ac.uk/mod/book/view.php?id=75&chapterid=133

자료중심 설계는 이론적으로 자료의 '모든 것'을 빠짐없이 기록하여
데이터베이스가 원자료(Source)의 디지털 대용물(Surrogate)이 되도록
하는 것이 원칙이다. 그러므로 원자료에 담긴 정보와 그 정보의 형태
가 데이터베이스 설계를 완전히 결정하게 된다. 그러나 현실적으로는
재정적, 시간적 제약 때문에, 원칙에는 반하지만 일부 정보를 제외하
고 데이터베이스를 구축할 수밖에 없다. 또 최신 정보를 계속 추가하
게 되어 통제가 불가능한 데이터베이스가 되기 쉽다. 그러나 방법중
심 데이터베이스처럼 연구 주제나 질의 내용을 미리 설계함으로써 연
구 방향을 한정하지 않으므로 나중에 어떠한 연구 주제가 나오더라도
유용한 데이터베이스가 될 수 있다.

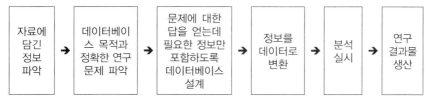

[그림 Ⅲ-3] 방법중심(모델중심)의 역사 데이터베이스 생애주기

이와 정반대 끝에 있는 방법중심 데이터베이스는 정보의 성격보다는
데이터베이스 구축의 의도를 기반으로 한다. 그러므로 설계를 시작하기
전에 데이터베이스로 하고자 하는 일이 무엇인지, 어떤 문제에 답하자
는 것인지 미리 아는 것이 필수적이다. 이 방법에서도 정보의 정밀성을
간과하면 안 된다. 데이터베이스 설계에서는 항상 나중에 어떤 세부
정보가 필요할 지 고려해야 하지만 미리 정보를 선별하는 방법중심 설
계에서는 특히 이 점이 중요하다. 방법중심 데이터베이스는 상대적으로
자료의 입력과 구축이 단시간에 가능하지만 새로운 정보의 추가나 새로

운 문제가 나오면 나중에 수정해야 한다.

결국 역사가들은 이 두 가지 방법의 중간에서 절충하게 되는데, 대체로 자료중심 원칙을 약간 선호한다. 중요한 것은 데이터베이스에 포함할 정보를 추출할 때 항상 미래의 용도를 최대한 신축성 있게 반영하여 추후 새로운 연구에도 유용한 데이터베이스가 되도록 설계해야 한다는 점이다. 예를 들면 연구 데이터에서 '친일파 인물'은 배제하기로 하면 나중에 그 인물이 포함된 연구를 하고자 할 때에는 항목의 검색 자체가 불가능해진다.[2]

만약 다루어야 할 주제에 대해 많은 정보를 알고 있고 미래의 용도가 지나치게 불확실하지 않다면 방법중심 모델도 유용하다. 역사학자들의 미래 연구를 위한 아카이브가 아니라면 방법중심 모델을 택하는 것이 현실적이다. 사실 자료로부터 모든 정보를 추출한다는 것이 현실적으로는 거의 불가능하기 때문이다. 이 연구가 시도하는 국채보상운동 데이터베이스는 불특정 다수의 학술적 연구에 활용되기 위해서 데이터를 집적하는 것이 아니다. 국채보상운동기의 인물, 단체, 문헌 관련 정보와 당시의 상황에 대한 데이터로 통합적 아카이브를 구축하여 지금까지 다루어지지 않았거나 간과된 스토리 소재를 찾아내려는 것이다.

본 연구에서 구현하고자 하는 데이터베이스는 위에서 본 두 가지

---

2) University of London의 데이터베이스 구축 교육에서는 "하인이 있는 가정(hourseholds with servants)"을 배제하였다가 나중에 연구에 제약이 생긴 사례를 들었다. 국내에서 이와 유사한 사례로 친일 인사를 공식 기록에서 삭제하자는 주장이 있었다. 1만원권 지폐의 세종대왕을 그린 운보 김기창, 5만원권의 신사임당을 그린 이당 김은호, 100원 짜리 주화에 새겨진 이순신 초상화를 그린 월전 장우성 화백에 대한 논의가 그런 예이다. 이들이 『친일인명사전』에 이름을 올렸으므로 작품 자체를 취소해야 한다는 국회의원의 주장이 보도된 바 있다.(경향신문, 2015.2.27.) 만일, '한국 근현대 인물 데이터베이스' 구축에 이와 같은 사고의 틀이 적용된다면, 그 데이터베이스를 다각적인 연구 목적으로 활용하기는 어려울 것이다.

데이터베이스 설계 조건 중에서 용도가 분명한 경우에 속하므로 일단
방법중심 설계가 적합하다고 할 수 있다. 하지만, 그 '용도'라고 하는
것도 연구자와 이용자의 시각에 따라 범위와 깊이의 차이가 있을 수
있다. 그러므로 당장의 연구 주제와 직결되지 않는다 하더라도 관련
성 있고 확보 가능한 데이터는 가급적 포함시키는 절충적 방법이 유효
할 것이다.

　연구 주제에 따른 방법중심 데이터베이스의 설계를 위해서는 먼저
연구 대상인 사건과 인물들, 당시의 시대적 상황에 대한 인문학적 연
구가 필요하다. 그 다음에는 필요한 관련 자료가 어디에 어떻게 존재
하고 있는지 조사가 필요하다. 그리고 최대한 서사적 요소가 포함되
어 있는 관련 정보를 취합하는 것이 필요하다.

　역사 서사의 소재를 발견하기 위해 연구 대상인 기록물로부터 사건
의 내용을 파악할 때에 헤이든이 경계한 역사의 "교조적 해석"에 의한
"상상력의 억제"를 벗어나야 한다. 전문 역사가의 경직된 시각이나 고
정 관점이 반영된 역사 서술에서 벗어나야만 새로운 정보를 찾아낼 수
있게 된다.[3] 또 기존의 서술 방식이나 정보의 가치 평가의 틀 속에서
연구 대상을 바라보면 새로운 의미를 함축하고 있는 모습이 눈에 들어
오기 어렵다. 기존의 고정 관념을 버리고 마치 기록물을 처음 해석하
듯이, 인물에 대한 정보를 처음 접하듯이 열린 눈으로 바라보는 신선
한 접근이 필요하다. 기존의 역사와 문화유산에 대한 서술의 경우 참
조하는 지식자원의 출처가 제한적이어서 기존의 기술과 표현이 반복
적으로 복사되어 쓰이는 경우가 많다.

　국채보상운동 아카이브가 목적에 맞게 지식정보가 구성되도록 설

---

3) 안병직, 「픽션으로서의 역사 : 헤이든 화이트(Hayden White)의 역사론」, 『인문논총』
　　51집, 2004, 46쪽.

계하는 것이 중요하다. 우선 사건의 전말에 관련된 직접 지식요소들이 기본적 핵심 데이터(Core Data)를 구성한다. 핵심 데이터에는 주도적 역할을 했던 인물, 단체, 기관, 기록물 외에 사건의 요인과 배경에 직접적·간접적으로 영향을 미친 사상, 운동 등의 개념적 요소도 포함된다. 데이터가 스토리의 요소를 갖는 조건은 데이터 간의 관계, 특히 인과 관계가 있는지 여부가 핵심이다. 말하자면 이야기적 특성을 포함하고 있는 지식요소에 주목한다. 우선 사건의 개요와 관련 배경 정보를 파악한다.

2. 데이터 취재의 주제와 범위

인문학 기반의 데이터베이스는 자료로부터 기계적으로 데이터를 추출하여 생성할 수 있는 것이 아니다. 대상 주제에 대한 인문학적 이해가 필수적이다. 그러므로 자료에 대한 연구가 선행되어야 한다. 기본적인 데이터는 원칙적으로 최대한 모으지만 바라보는 시각에 따라 어떤 지식요소를 추출할 것인지가 달라진다. 수집 대상 데이터의 선정 원칙을 정해 놓고 진행하여도 데이터 설계와 추출의 전 과정에 아키비스트나 큐레이터의 주관적 판단이 끊임없이 작동한다. 그런 의미에서 기록물 데이터베이스의 구축은 콘텐츠 큐레이션의 과정이다. 본 연구에서 구축하고자 하는 국채보상운동 아카이브의 큐레이션은 '국채보상 운동 기록물', '운동 추진과 전개의 주체', '당시의 시대상황과 관련한 지식' 등 3가지 주제를 세우고 이에 관한 데이터를 수집·정리하는 것에서 출발하였다.

1) 국채보상운동 기록물

국채보상운동은 발생 단계에서 출판사를 중심으로 발기문을 낭독하고 문서를 통해 전국에 확산되었기 때문에 기록물 자료가 잘 남아 있다. 국채보상운동의 기록물에 관한 기본적인 지식 정보를 아래와 같이 정리해 보았다.

대구에서 광문사라는 출판사와 문회(文會)를 설립하여 운영하고 있던 사장 김광제(金光濟)와 부사장 서상돈(徐相燉)이 1907년 1월 29일 처음으로 발의하여 전국적으로 확산되었던 한말의 국권회복운동이다. 일본인 재정고문 메가타 다네타로[目賀田種太郞]가 조선의 시정을 개선한다는 명목으로 일본 자금을 도입하여 우리나라가 거액의 외채를 지게 됨으로써 국가의 독립과 주권을 상실할 수도 있다는 공포심에서 확산된 국민 모금운동이다. 전 국민이 담배를 끊어[斷煙] 절약한 돈을 모아 1,300만 원의 외채를 상환하여 국권을 회복하자는 제안이었다.[4] 이 운동은 특정한 지도자가 없는 상황에서 민중이 주체가 되어 일어났다는 점이 큰 특징이다.

대구와 경북 지역을 대표하는 계몽 단체인 광문사는 1906년 1월에 대구에서 조직되어 흔히 달성광문사로 불렸다. 사원은 상인, 자본가, 지주, 전직 관료 등이 주축이었고 일부 혁신 유림[5]들도 참가하였다.[6] 그러나 서울에 장지연, 현채 등이 발족한 출판사 광문회(廣文會)가 있

---

4) 「國債一千三百萬圓報償趣旨」, 『대한매일신보』, 1907.2.21.
5) 한주 이진상(1818~1886)을 따르는 한주학파를 말한다. 이들은 의병 운동이나 순절 투쟁과 같은 전통적인 투쟁 방식보다 만국공법을 활용한 구미 열강과의 공조 체제를 통해 국권을 수호·회복하는 것을 선호했다. 19세기 말~20세기 초의 보수유림(保守儒林) 내에서 구미 사회에 대해 가장 개방적이었고 구미 문명이나 정치론의 수용도 인정하였다.
6) 강윤정, 「대구광문사와 대동광문회」, 『경북독립운동사』 II, 경상북도, 2012.

었기 때문에 대구광문사와 혼동된 기록이 많이 보인다.[7] 광문사는 다산 정약용 등 실학 저서를 출판하고 총회에서 근대교육을 위한 학교 설립 방침을 의결하고 교양서적과 교과서 편찬 등을 중심 사업으로 결정하였다. 광문사의 연구모임으로 공문사문회(廣文社文會)를 설치하여 교육과 학술 활동을 추진하였는데 경북 도내에서 500명에 달하는 회원을 확보하는 등[8] 활발한 활동을 벌였다.

대구 광문회 문회가 회원 참여 사업으로 발의한 국채보상운동은 참석자 전원의 찬성으로 채택되었다. 김광제는 발기 연설을 마친 후 먼저 솔선수범하여 자신의 담뱃대[烟竹]과 담배통[烟匣]을 던져버리고 3개월분에 해당하는 담뱃값 60원과 특별 의연금 10원을 기부하였다. 뒤를 이어 서상돈이 즉석에서 모금에 동참하자 참석자들은 적극적으로 모금에 참여했다. 그 자리에서 2,000여 원의 거금이 모금되자 이 소식은 신문 보도를 통하여 순식간에 국내외로 퍼져나갔다. 황성신문, 대한매일신보, 제국신문, 만세보 등은 국채보상운동을 적극적으로 보도하였다. 운동 추진 과정과 취지문 등의 문건 내용에 대한 보도뿐 아니라 의연자 명단, 의연에 얽힌 스토리 등을 상세히 보도하였다. 신문사는 운동의 취지를 널리 전파하는 데 그치지 않고 의연금을 거두는 데 있어서 중심적인 역할을 담당했다. 고종 황제의 단연과 모금 동참 소식은 상류층의 참여를 촉발시켰다.

한 가지 흥미로운 사실은 여성들은 반찬 가짓수를 줄이고 패물을 기

---

7) 신용하는「애국계몽운동에서 본 국채보상운동」(1993), 8-10쪽에서 이송희의「한말 국채보상운동에 관한 일고찰」(1978)을 인용하여 대구광문사가 1898년경부터 있던『시사총보』를 접수하여 장지연, 현채 등의 지도로 다산 정약용등 실학 저서를 출판하였다고 하였으나 박용옥은「국채보상운동의 발단배경과 여성참여」(1993), 134쪽에서 서울의 광문회와 대구 광문사는 별개의 것임을 지적하였다.
8)「慶學大興」,『대한매일신보』, 1906.4.22.

부하는 등 비록 경제활동을 하지 않아도 여러 방법으로 기부할 방법을 동원하였는데 반하여 남성들은 담배를 끊어서 절약한 돈을 모금한다는 생각만 하였다. 단연이 가장 손쉬운 의연금 마련 방법이라고 생각했을 만큼 개인들이 담배 값으로 지속적으로 지출한 금액이 상당하였을 것으로 보인다. 한말의 경제상황을 상세히 조사한 러시아대장성의 보고서에 의하면 조선 사람들은 계층을 불문하고 연초를 보편적으로 즐기고 있었다고 한다. 국내 생산되는 고품질 담배는 극히 소량이었고 따라서 품질좋은 담배의 공급을 위하여 상당량의 외국산을 수입하고 있었다. 특히 1891년부터 담배 수입량이 급증하여 1897년까지 담배 수입액이 89,209달러였고 그 중 80%는 궐련이었다. 처음에는 미국산만 수입되었으나 이 보고서가 작성된 1900년 당시에는 미국과 일본이 반씩 공급하였다고 한다.9) 보고서는 또 1894년 정부가 장죽의 사용을 금지한 것이 궐련의 소비증가를 더욱 촉진한 듯하다고 지적하였다.

조선 사회의 억압적 문화에서 공적인 활동을 하기에는 제약이 컸던 여성들도 모금을 위한 여성단체를 결성하고 독자적으로 모금에 참여하였다. 의연자 명단과 의연에 관련된 기사는 많은 이야깃거리를 제공하였다. 사회적 약자인 백정, 죄수, 도둑, 걸인, 주모, 어린이 등의 의연 기사는 흥미로울 뿐 아니라 당시 사회상을 보여준다. 국채보상운동은 공적인 추진 주체가 없는 자발적인 '국민운동'으로 승화되었다. 미주, 연해주 등 해외의 한인사회도 국채보상운동에 적극 호응하였다.10)

여성에 대한 국내의 기록이 별로 없는 반면에 한말과 대한제국기 한국에 살았던 외국인 선교사들의 기록은 상세한 서술을 찾을 수 있

---

9) 러시아대장성 저, 김병린 역, 『구한말의 사회와 경제』, 유풍출판사, 1983, 263쪽

10) 국채보상운동기념사업회, 『경상북도 상주시 국채보상운동 조사연구 보고서』, 2016, 19-20쪽.

다. 선교사 루이스 조단 밀은 "유럽인들이 쓴 책에 공통적인 오류가 있다. 한국 여성들은 교육을 못 받았고 절대적으로 못생겼다라고 쓴 것이다. 한국 여성들이 대부분이 읽고 쓸 수 있으며 양가집 여성들은 국악에 능통하고 중국과 한국 문학에 정통하다"고 설명한다.[11] 소설 세책은 남녀노소 신분에 관계없이 많이 읽혔으며 특히 여성들에게 인기가 높았는데 1910년대 이후에는 책을 빌려주고 파는 책가게를 과부와 같은 여성이 경영하는 경우도 나타났다.[12]

전통적인 조선의 사회 질서는 19세기 말부터 이미 변화하고 있었으나, 1907년 무렵에는 국가 존망의 정치적 위기 속에서도 지식인들이 이끄는 애국계몽운동과 교육운동, 출판문화운동이 일반 국민들의 인식과 사회적 분위기에 큰 변화를 가져오고 있었다. 갑오경장으로 신분제가 폐지되고 한글 신문이 등장했으며 신지식을 담은 외국 책들이 번역 출판되었다. 신체제의 시, 소설과 같은 문학과 음악, 연극, 무용이 한국 사회에 도입되었다.

2) 운동 추진과 전개 주체

1905년 보호조약 이후 전국적으로 활발하게 전개된 계몽운동은 대구 지역에서도 활발하였고 그 중심에 대구 광문사가 있었다.[13] 국채보상

---

11) Louise Jordan Miln, *Quaint Korea*(New York : Scribner's, 1895), pp.98-99. Michael Kim, "Literary Production, Circulating Libraries, and Private Publishing : The Popular Reception Vernacular Fiction Texts in the Late Choson Dynasty", pp.417 -420, *The History of the Books in East Asia*, ed. Synthia Brokow, Ashgate, 2013. 재인용.

12) E. W. Koons, "The House where Books are given out for Rent,"Korea Mission Field (July 1918), pp.149-150, 앞의 책에서 재인용.

13) 「광문창설」, 『대한매일신보』, 1906.1.14.

운동 이전 광문사는 학교 설립과 신문 창간 사업을 추진한 교육·언론운동의 본부였다. 국채보상운동을 서상돈 부사장이 발의하고 김광제 사장이 취지서를 읽은 자리는 문회의 이름을 대동광문사로 개칭하는 문제를 결정하기 위해 특별 문회를 갖는 자리였다.

광문사를 대동광문사로 바꾸는 목적은 중국의 상해 광학회와 일본의 동아동문회와 긴밀한 관계를 맺고 도서 수입 출판과 교류를 통해 본격적으로 신지식 도입 운동을 펼치기 위한 것이었다. 1906년 동화서관에 대한 기사를 보면 국내 출판문화운동을 주도하던 지식인들이 해외 출판사와 연계를 갖고 적극 도서 수입을 하고 있었다.[14] 서울의 동화서관은 "서적이 문명을 일으키는 힘. 국가를 부강케 하고 국민을 문명화 시키는 원동력. 일본이 신학문, 실용 학문과 관련 서적 연구해 동양 강국이 되었으니 우리도 신학문 도입해야 하나 지식과 견문 얻을 서적 미비하니 동화서관을 창설한다. … 東華는 동양의 문화의 뜻. 구비 못한 책은 상해와 연락하여 한문 번역된 일서, 기타 외국 서적 구비해서 없는 책 없도록 하겠다."고 광고하였는데 당시 출판운동의 정신을 보여준다.

국채보상운동 디지털 아카이브 구축의 우선적인 대상은 민간 수기 문서류, 운동을 독려하고 전파하기 위한 활자본 인쇄물, 운동과 관련한 기사와 의연자 명단을 실은 신문 기사 등이다. 직접적으로 일반에 공개된 자료는 아니지만 국채보상운동을 좌절시키기 위해 일본이 막후에서 기획하여 일으킨 횡령 의혹 사건, 관련자인 양기탁 재판과 관련한 기록, 대한매일신보의 사주인 영국인 배설의 특권적 외국인 지위로 인해 발생한 영일 간의 외교 갈등 관련 문서 등도 포함된다.

국채보상운동이 국내뿐 아니라 해외의 유학생, 교민사회에서도 적

---

14) 동화서관의 취지를 광고하는 기사. 『대한매일신보』, 1906.11.7.;「광문창설」, 『황성신문』, 1906.11.7, 14.

극적 호응을 받는 등 급속히 주권회복운동으로 확산되자 일본은 관망만 하고 있지 않았다. 통감부는 이 운동의 실질적인 중심 기관이었고 국채보상의연금총합소(國債報償義捐金總合所)가 되었던 대한매일신보를 여러 방법으로 탄압하는 한편으로 외교 절차를 통해 신보사의 발행인 배설(裵說, Ernest Thomas Bethell)의 처벌 또는 추방을 획책하였다. 통감부는 또한 대한매일신보의 제작 책임자인 총무 양기탁(梁起鐸)을 의연금 횡령 혐의로 체포하여 재판에 회부하였다. 1908년 7월 12일 밤에 일본 통감부가 양기탁을 구속하자 영일(英日) 간에는 한때 심각한 외교 갈등까지 일어났으나 9월 29일 경성재판소가 무죄 판결을 내림으로써 국채보상의연금의 횡령 혐의를 둘러싸고 일어났던 복잡한 사건은 완전 종결되었다.

비록 3개월이 못되는 기간이었으나 영일 두 동맹국의 외교관들은 서울에서 긴장된 대결을 벌였다. 양기탁의 구속에 대한 영국 총영사관의 항의와 석방 요구, 일본 측의 대응으로 영일 양측의 긴장은 고조되었고 당시 국내에 주재하던 여러 나라의 외교관들과 국내외의 이목이 쏠렸다. 양기탁의 구속과 재판이 있고 나서 국채보상운동은 치명적인 타격을 입어 더 이상 지속될 수가 없었다. 국채보상운동과 민족진영의 움직임, 그리고 양기탁 구속을 둘러싸고 일어났던 영일 두 나라 외교관의 대립은 복잡하게 얽히어 긴박한 상황을 연출하였다. 그러므로 국채보상운동은 민간 주도의 자발적 모금운동으로서 사회운동사, 언론사, 항일 민족운동사, 외교사 등의 관점에서 각기 분리하여 고찰해서는 그 전모를 제대로 파악할 수 없다. 국채보상운동을 조명하기 위해서는 경제적, 정치적, 사회문화적, 외교적 차원에서 총체적으로 살펴보는 것이 필요하다.

3) 시대 상황 관련 지식요소

디지털의 세계에서 구축하는 아카이브는 대상 학문 영역의 경계와 시간적, 공간적 한계를 초월하여 관련 요소를 광범위하게 포함할 수 있다. 당시의 시대상을 통합적으로 재현할 수 있으려면 포괄적 지식 정보가 포함되어야 한다. 여러 인물과 사건의 연결 관계, 인과 관계를 맥락을 찾아 기술할 수 있으려면 광범위한 원자료가 디지털 데이터로 축적되어야 학술적, 창조적 활용과 재생산의 자료로서 유용한 자산이 될 것이다.

그런 의미에서 기존의 국채보상운동 서술에서 언급하지 않은 많은 새로운 요소가 포함되는 것이 바람직하다. 따라서 국채보상운동 관련 기록물 외에도 당시의 국제적 상황과 국내외 교류, 연결 관계에 관한 자료를 포함시켰다. 또한 스토리의 자료가 될 수 있는 문화사적, 미시 사적 요소도 포함시킴으로써 나중에 창조적 작업의 자료가 될 수 있도록 한다.

예를 들면, 역사적으로 국채보상운동의 배경을 설명할 수 있는 정치적, 사회적 상황 관련 정보를 포함한다. 국채보상운동이 시작되기 전에 이미 만민공동회와 같은 '민회운동'을 통해 일반 백성들의 의사 표현 현상이 일어나고 있었다.[15] 엘리트층에 의한 개혁 운동은 갑오 개혁 이후 성격이 변화하였다. 1896~1898년 기간에 전개된 독립협회 와 만민공동회 운동은 '시민권'의 모형을 제시하였다. 아시아의 열강 사이에서 한국이 자주부강한 국민사회와 시민사회를 건설한다는 목표

---

15) 만민공동회(萬民共同會)는 1897년 초 독립협회의 서재필, 윤치호, 이상재 등이 시작한 대토론회 중심의 시민운동이자 시민사회단체이다. 1898년 4월을 기점으로 독자적인 민중대회와 단체로 성장했다.
　http://dh.aks.ac.kr/~joanne20/wiki/index.php/만민공동회

를 가지게 되었다. 입헌군주제 수립에는 실패했지만 시민사회와 국민국가 수립이라는 새로운 비전을 포함하게 되었다.[16]

국채보상운동이 한말~대한제국기의 정치적, 사회적 상황에서 갖는 역사적 의미를 이해하는 것도 아카이브 설계의 기본이 되는 지식이다. 1904~1910년 기간, 특히 1905년의 을사조약으로 일제가 국권을 탈취하자 애국계몽운동이 전국적으로 일어났다. (1) 신교육 구국운동, (2) 언론 계몽운동, (3) 실업 구국운동(민족산업진흥운동), (4) 국채보상운동, (5) 신문화 신문학운동, (6) 국학운동, (7) 민족종교운동, (8) 국외 독립군기지 창설운동 등이 포함된다.[17] 동시에 진행된 애국계몽운동 중에서도 매우 구체적인 목표를 갖고 가장 단기간에 확산된 운동이 국채보상운동이었다.

국채보상운동 과정에 대하여 호기심과 관심을 촉발하는 다양한 연관 질문을 던질 수 있다. 예를 들면 국채보상운동이 발의되었을 당시 대구의 위상이다. 대구는 경상감영이 있던 곳이다.[18] 조선시대 감영의 기능과 경상도의 특징과 위상에 대한 정보는 국채보상운동과 대구의 관계를 이해하는 데 매우 중요한 시사점을 줄 수 있다.

1973년에 발간된 『대구시사』 제1권에 의하면 대구에 일본상인이 처음 정착한 것은 부산, 인천, 원산 등지의 개항장이나 서울에 비하여 훨씬 늦은 1893년이었다. 1903년 경부선 철도부설공사가 시작되면서 다수의 일본인들이 내왕하여 음식점, 여관, 잡화상등을 개설하고 토지를 매점하기 시작하였다.[19]

---

16) 「논설」, 『독립신문』, 1896. 4. 14.

17) 신용하, 『한국근현대사회와 국제환경 : 제국주의시대 열강의 동아시아 정책과 한국민족』, 나남, 2008, 35쪽.

18) 박용찬, 「출판매체 통해 본 근대 문학공간 형성과 대구 - 일제강점기과 해방기를 중심으로」, 『어문논총』 55, 한국문학언어학회 2011, 35-36쪽.

대구시의 중심적 역할을 보여주는 한 가지 사례는 1902년 9월에 일본의 흑룡회가 비룡상회라는 상호를 걸고 사무실을 대구에 세운 것이다.[20] 대륙 침탈을 위한 정보 수집과 활동의 전초 기지로 대구에 먼저 자리를 잡았고, 그 다음해인 1903년 2월 부산에 해외 본부를 두었다. 경부선 철도 공사가 진행되자 대구는 일본인 노동자 등의 대거 유입과 함께 일본 군대, 부산경찰서 출장소도 설치되었다. 1906년 12월에는 대구 일본인상업회의소가 만들어졌다. 대구는 본격적인 일본의 경제 침탈이 시작되자 교통, 금융, 상업의 중심지 역할을 하면서 교육, 출판, 문화면에서도 주도적 역할을 하였다.[21]

마을과 도시의 위상은 시간의 흐름을 따라 지속적으로 변한다. 1907년의 대구는 지금의 대구와 위상이 달랐다. [그림Ⅲ-4]의 왼쪽 사진은 "조선에 있는 유일한 상업도시" 엽서이다. 1905년 경부선 철도 건설 후 1913년 일제가 완공한 대구역은 일제가 병합 후 국내 최대 상업도시였던 대구를 경제 거점으로 삼았음을 보여준다.

---

19) 김일진, 윤재웅, 「대구지역 근대 상업건축의 유입과 변천에 관한 연구」, 『대한건축학회 논문집』 6권 2호, 통권28호, 대한건축학회, 1990년 4월, 120쪽.

20) 흑룡회는 1901년 2월 3일 우치다 료헤이[內田良平]가 주도하여 결성된 대륙팽창주의자들의 단체이다. 1901년 최신만주지도를 제작하고 러시아와 중국어를 교육하는 학교를 운영하였다.

21) 김도형, 「韓末 大邱地域 商人層의 動向과 國債報償運動」, 『계명사학』 8, 계명사학회, 284-285쪽.

[그림 Ⅲ-4] 경부선 대구역 건물과 전통시장 모습을 담은 사진엽서

대구, 경북 지역은 영남학파의 중심지이다. 문중이나 서원을 중심으로 족보, 문집, 경서 등을 목판으로 인쇄하던 전통이 면면히 이어졌으며 출판문화 유산이 풍부하다. 현대적 도서관이 등장하기 전까지 학술활동의 중심 시설로서 전통적인 형태의 도서관은 첫째는 규장각과 같은 왕립도서관이고, 둘째는 성균관·향교·서원 등의 교육기관에 설치되었던 학교도서관이고, 셋째는 문중에서 자녀교육을 위해 설치한 문중문고이며, 넷째가 개인문고다.[22]

구한말 대구 갑부였던 '이장가(李莊家)'의 후손 이일우(李一雨)는 1903년 무렵 우현서루(友弦書樓)를 세워 인재양성을 꾀하였다. 이 집안의 1,400석 재산의 반절은 친척 자손들의 장학금으로 내놓고, 반절은 우현서루를 운영하는 데에 투입하였다. 우현서루는 단순한 책방이 아니라, 수천 권의 책이 구비된 사설 도서관이었다. 여러 사람이 와서 책을 편하게 읽을 수 있도록 숙박시설도 갖춰진 도서관이 우현서루였다[23] 우현

---

22) 조용헌, 「2만권 古書 수장한 한국 최고의 민간 아카데미 – 대구 남평문씨 萬卷堂」, 『신동아』, 2001.11.
23) 조용헌, 「대구의 우현서루」, 『조선일보』, 2012.7.8.
　　http://news.chosun.com/site/data/html_dir/2012/07/08/2012070801419.html

서루를 출입한 저명인사의 숫자가 150명 정도 되었는데 '시일야방성대곡'을 썼던 황성신문 주필 장지연, 상해임시정부의 박은식, 초대 국무령 이동휘, 몽양 여운형 등이었다. 우현서루는 1910년 무렵에 일제에 의하여 강제 폐쇄되었다. 이 집안에서 많은 인재가 나왔는데 만주에서 독립운동을 하다가 중국군 중장을 지낸 이상정과 '빼앗긴 들에도 봄은 오는가'를 쓴 시인 이상화가 있다.

한편, 대구광역시 달성군 화원읍 인흥리에 세거하는 남평 문씨들은 1975년에 세운 국내 가장 큰 민간 도서관인 '인수문고(仁壽文庫)'를 가지고 있다. 그 전신인 만권당(萬卷堂)은 1910년 무렵에 일제가 실시하는 신식교육에 자식을 보내는 것은 일본사람을 만드는 일이라고 하여 후세 교육을 위해 세웠다고 한다. 만권의 책을 비치했다는 의미의 만권당(萬卷堂)에는 전국의 문인, 학자들이 머물면서 국내는 물론 중국에서 수집한 장서를 읽을 수 있었고 학문과 예술을 논하고 나라의 미래를 토론하는 학술 문화의 터전으로 발전하였다.[24]

대구 광문사의 출판문화 활동을 경북 대구 지역이 갖고 있는 학문과 지식활동의 중심지라는 배경에서 살펴보는 것은 국채보상운동의 근원지로서 대구의 문화 환경을 설명하는 요소가 될 수 있다. 국채보상운동은 대구에서 우연히 발생한 것이 아니라 이와 같은 역사적 맥락 속에서 뜻을 가진 많은 주체들에 의해서 추진된 국권회복운동의 일환이었다. 대구 지역의 운동 주도자들은 주로 상인들이 많았으며, 그 배경에는 경제 중심지로서 대구의 강력한 역할과 그에 따른 일본과의 갈등이 있다. 국채보상운동만을 분리하여서는 정확한 이해가 어려울 것이다. 그러므로 아카이브의 데이터는 당시의 모든 분야에 대한 핵심

---

24) http://shindonga.donga.com/Library/3/05/13/101387/1

지식을 가능하면 종합적으로 포함하도록 한다.

국채보상운동 관련 핵심 개체들에 관한 정보를 선별하여 개체들 간의 관계 속성 데이터를 규정하기 위해서는 개체에 대한 역사적 정보를 광범위하게 연구해야 한다. 디지털 아카이빙과 큐레이션은 이론적인 학문적 연구 성과를 내는 것을 목표로 삼지 않는다. 디지털 인문학은 기술과 전자적 매체를 활용하여 '이용자'를 위한 서비스를 지향하는 대중성이 그 큰 장점이다. 전통적 인문학이 축적한 연구 성과가 전문 지식인 사회에서만 공유되는 것이 아니라 디지털 인문학자의 큐레이션을 거쳐 일반인과 학생들에게도 유용한 지식 문화자원으로 제작될 때 그 성과는 더욱 유용하고 가치 있는 자산이 될 것이다.

국채보상운동과 관련된 지식요소들을 온톨로지 작성에 맞도록 클래스별로 나누어 예시하면 아래와 같다. 국채보상운동에 관련된 클래스별 개체의 특성을 파악하기 위해서는 아래와 같이 간략하지만 핵심적 지식요소를 관리한다. 이러한 지식요소는 데이터 기반의 스토리 큐레이션을 위한 관계망 발견에 필수적인 기초 지식이 된다.

3. 취재 데이터의 범주화

세상에 존재하는 대상을 파악하는 방법과 시각은 다양하다. 본인이 정한 기준에 따라 대상을 체계적으로 이해하고, 그 이해에 따라 균형적으로 데이터를 정리하는 수단으로 온톨로지를 설계한다.

국채보상운동과 관련된 지식요소들을 온톨로지 작성에 맞도록 범주화하여 클래스별로 나누어 예시하면 아래와 같다. 국채보상운동에 관련된 클래스별 개체의 특성을 파악하기 위해서는 아래와 같이 간략하

지만 핵심적 지식요소를 관리한다. 이러한 지식요소는 데이터 기반의
스토리 큐레이션을 위한 관계망 발견에 필수적인 기초 지식이 된다.

1) 국채보상운동 인물 데이터 지식요소

[표 Ⅲ-1] 국채보상운동 인물 데이터 지식요소 샘플

국문	한자	생/몰	직책/직함	내용
김광제	金光濟	1866-1920	廣文社 사장 大東廣文會 부회장 국채보상연합 회의소 총무	국채보상운동을 발의함. 1905년 배일 및 내정 부패 탄핵 상소로 고군산도로 유배. 2개월 만에 특별사면으로 석방됨. 대구 지역을 중심으로 계몽운동 펼침. 1906년 1월 대구광문사 사장에 취임. 대구광문회가 설립한 사립보통학교 교장과 달명의숙(達明義塾) 부교장 및 강사로 활약.
가쓰라 다로	桂太郎	1847-1913	내각총리 임시외무장관	1905년 7월 29일 미국 육군 장관 윌리엄 태프트(William Howard Taft)와 일본 내각 총리대신 가쓰라 다로가 비밀협약 맺음. 필리핀을 미국이 지배하고 한국을 일본이 지배하며 일본, 미국, 영국이 동맹을 유지한다는 내용. 1924년 비밀문서가 발견되어 알려짐. http://www.doopedia.co.kr/doopedia/master/master.do?MAS_IDX=101013000999065&_method=view
계봉우	桂奉瑀	1880-1959	권업신문기자 1914.8.2.	1908년 동경유학생 단체인 태극학회(太極學會)와 국내 신민회(新民會) 운동에도 관여. 권업신문은 1911년 러시아 블라디보스토크에서 조직되었던 독립운동단체 권업회의 기관지로 1912년 4월 신채호(申采浩), 김하구(金河球) 등이 발간함. 저서로 『의병전(義兵傳)』, 『북간도(北墾島)』, 『아령실기(俄領實記)』, 『김알렉산드라』 등이 있는데 1920년 『독립신문(獨立新聞)』에

				연재되었다. 『만고의사 안중근전』을 썼다. http://encykorea.aks.ac.kr/Contents/Index?contents_id=E0003148
김홍집	金弘集 (金宏集)	1842– 1897	제2차 수신사/관료, 정치가	1880년 제2차 수신사(修信使)로 일본에 갔다가 황쭌센[黃遵憲]의 『조선책략(朝鮮策略)』, 정관응(鄭觀應)의 『이언(易言)』을 가지고 옴. http://encykorea.aks.ac.kr/Contents/Index?contents_id=E0003148

인물 데이터에는 인물 연구에 필수적인 기본 정보가 포함된다. 인물의 속성은 ID, 이름(국문, 한자, 영문), 생몰년, 주요 소속 기관, 직책, 활동 내용, 저작물, 검색 가능한 URL 정보로 구성한다. 인물 연구는 다른 인물들과의 관계가 중요한 정보가 된다. 동양인의 경우 교육, 관직, 가문[親屬關係], 사회관계 등이 포함된다. 위의 사례에서 보듯이, 이 연구에서는 국채보상운동을 발의하고 추진했던 중심인물과 모금에 적극 참여하거나 흥미로운 사연이 신문 기사로 소개된 인물들을 대상으로 포함한다. 또한 그 당시 동시에 진행되었던 독립운동, 애국계몽운동, 교육운동, 문화운동 관련 사항을 포함했다.

가쓰라 다로는 가쓰라-태프트 밀약을 통해 한국을 일본이 지배하고 필리핀을 미국이 차지하는 것을 상호 묵인하는 비밀 협약을 맺은 인물이다.

국채보상운동의 의연자들 중에서 신분이 미천한 기생이었던 염농산의 경우 "남자들보다 더 낼 수는 없으니" 금액을 줄여서 낸다고 말하면서 거금을 쾌척하였다고 알려져 있다. 당시 18세의 인기 있던 기생 앵무, 즉 염농산은 한국민족문화대백과나 역사인물정보 등의 공식적 인물 정보에는 등장하지 않는다. 염농산은 국채보상운동에 의연했을 뿐 아니라 지역의 수해복구 공사비나 운영이 어려워 폐교 위기에 몰린 학교를 위해서도 거액을 희사하였다. 이러한 공익적 행동은 '미담'으로 신문에 소개된 기록이 있을 뿐 진지하게 그의 삶을 조명한 연구 논문은 전무하다. 1927년 권번 제도가 생겼을 때 염농산이 사장으로서 달성권번을 등록한 기록이 남아 있을 뿐이다.

계봉우는 1910년 나라를 잃은 뒤 북간도로 망명, 이동휘(李東輝)와 함께 독립운동에 헌신하였고 상해에 대한민국임시정부가 수립되자 북간도 대표로 활동했다. 이동휘와 함께 고려공산당 창립에 참여하였다. 계봉우의 저술 중 해외 투쟁 활동에 대한 저술은 중요한 자료이다. 『만고의사 안즁근젼』을 남겼다.

김홍집은 정부의 요직을 거친 중요 인사이기도 하지만 여기서 관심을 가질 만한 공적은 일본에 수신사로 갔다가 그곳에 와 있던 중국의 지식인 황쭌셴[黃遵憲]의 『조선책략(朝鮮策略)』, 정관응(鄭觀應)의 『이언(易言)』을 받아 국내에 도입했다는 사실이다. 외부 세계의 정보에 어두웠던 조선에 이 두 권의 책은 엄청난 영향을 주었고, 황쭌셴은 본인의 견해를 피력한 『사의조선책략(私擬朝鮮策略)』을 주었다.

간단히 몇 개의 인물 속성 데이터를 검토함으로써 국채보상운동이 일어나기 전의 정황적 서사의 골격이 드러난다. 한반도 주변 강대국 간의 관계, 지식인들 간의 접촉과 서적을 통한 소통, 자주독립을 회복하려는 독립운동가들의 투쟁 상황이 나타난다.

2) 교육출판문화운동 지식요소

[표 III-2] 교육출판문화운동 데이터 지식요소 샘플

국문	한자	시기	관련인물	내용
월남 망국사	越南 亡國史	1906	현채 량치차오	『월남망국사』는 1905년 일본의 요코하마[橫濱]에서 월남(越南, 베트남)의 독립운동가 판보이쩌우(潘佩珠; 1867~1940)와 중국의 개혁사상가 량치차오(梁啓超; 1873~1929)가 나눈 대담을 그 해 10월에 중국 상하이(上海)의 광지서국(廣智書局)에서 펴낸 책. 현채가 국한문으로 번역. 보성사 출판. http://contents.history.go.kr/front/tg/view.do?treeId=0200&levelId=tg_004_0700&ganada=&pageUnit=10
광문사	廣文社	1907	김광제 서상돈	학술, 문화 모임인 문회를 운영함. 이 모임에서 국채보상운동을 제안함. 이름을 대동광문회(大東廣文會)로 개칭하고 일본의 동아동문회(東亞同文會), 중국의 광학회(光學會)와 연락하여 친목을 도모하고 교육을 강화하기로 계획함.25) http://encykorea.aks.ac.kr/Contents/Index?contents_id=E0005124
만국공 법요략	萬國公法 要略	1909	알렌영 김광제	광문사 간행. 상해에서 알렌(Allen Young, 林樂知)이 한역한 법학서『만국공법요략(萬國公法要略)』을 국역하여 출간함. 김광제는 서문에서 국제법의 중요성을 강조했다. 원래의『만국공법(萬國公法, 國公)』은 중국에 선교사로 왔던 윌리엄 마틴(W. A. P. Martin)이 국제법 학자인 휘튼(Henry Wheaton; 1785~1848)의 저작『Elements of International Law with a Sketch of the History of the Science』를 번역하여 출간한 것으로 청국 정부는 1864년『國公』초판 300부를 지방 관아에 배포했다. http://encykorea.aks.ac.kr/Contents/Index?contents_id=E0066389

---

25) 「연락광학」, 『대한매일신보』, 1907.2.23.
   http://www.koreanhistory.or.kr/bibliography.do

교육출판문화운동 관련 지식요소는 출판사와 서적 등이 포함되는데, 그 속성으로는 국문과 한자 제목, 시기, 관련 인물과 내용, URL 정보를 포함한다. 국채보상운동기는 신문과 함께 서사(書肆), 서포(書舖)로도 불리던 서점(書店)이 새 소식과 신지식을 공급하는 중요한 정보 소통의 도구였다. 서적 출판은 학교설립과 함께 당시 가장 강력한 국민 계몽의 문화운동이었다.

대구의 광문사(달성 광문사라고도 함)는 국채보상운동의 중심적 역할을 한 출판사이면서 학술문화운동 모임인 문회(文會)를 운영하였다. 국채보상운동을 처음 제안하는 발기문에서 월남망국사를 거론하며 외채 때문에 나라를 잃을 수 있음을 경고하였다.

최초로 영미 법학서가 소개된 것은 중국에서 번역된 『만국공법』이며, 『만국공법요략』은 1909년 국문본이 출판되었다. 1903년 상해에서 간행된 국제법 책을 1906년 경북 달성의 광문사에서 중간한 개화기의 교과서 자료이다. 수입된 외국서적, 출판사, 출판인, 저자, 번역자, 서문의 필자 등의 정보를 통하여 당시의 출판사업과 계몽운동의 관계가 나타날 수 있다.

3) 단체·기관 지식요소 : 언론사, 모금단체, 학술단체

[표 Ⅲ-3] 단체, 기관 지식요소 샘플

국문	한자	시기	관련인물	내용
『대한매일신보』 창간	大韓每日申報	1904. 7.18.	배설 양기탁	영국인 배설과 양기탁이 창간. 최대 부수의 국한문 혼용 신문. 서울 전동(磚洞; 지금의 종로구 수송동)에서 영국인 베델(Bethell, E. T.; 한국 이름 배설[裵說])을 발행인 겸 편집인, 양기탁(梁起鐸)을 총무로 하여 창간. 『Korea Daily News』를 발행.

				국채보상운동을 적극 보도하고 미국인 친일 자문 스티븐스 살해 사건을 보도하는 등 강력한 반일 논조를 유지. http://encykorea.aks.ac.kr/Contents/Index?contents_id=E0014992
헌정 연구회	憲政 研究會	1905. 5.24.	이준 양한묵 윤효정	이준(李儁), 양한묵(梁漢默), 윤효정(尹孝定)을 중심으로 서구 근대국가 성립의 근간인 입헌정체를 소개하고 국가 개념, 국민의 권리와 의무 등을 국민에게 교육하는 것을 목적으로 함. 독립협회, 만민공동회의 자주·민권운동의 영향을 받음. 대한자강회로 개편. https://ko.wikipedia.org/wiki/헌정연구회
신민회	新民會	1907.4.	안창호 양기탁 이동녕 신채호	국권 회복을 목적으로 한 전국 규모의 비밀결사. 안창호(安昌浩)의 발기로 양기탁(梁起鐸), 전덕기(全德基), 이동휘(李東輝), 이동녕(李東寧), 이갑(李甲), 유동열(柳東說), 안창호 등 7인이 창건위원임. 교육 계몽, 신식 학교 설립 활동과 만주에 한국독립군을 건설할 훈련기관 설립을 추진함. 대한매일신보를 기관지로 하여 활동. http://encykorea.aks.ac.kr/Contents/Index?contents_id=E0032974

단체와 기관은 신문사, 서적과 잡지 출판사, 모금단체, 학술단체, 독립운동단체 등이다. 단체와 기관의 속성으로는 국문, 한자, 영문 단체명, 설립 시기, 관련 인물, 활동 내용, URL로 구성되었다. 단체와 관련 인물의 관계는 국채보상운동의 전모를 파악하는 데 매우 중요한 지식요소이다. 특히 개화기에 여러 형태로 추진된 자주독립운동, 애국계몽운동, 출판문화운동 등은 관련 인물이 중복적으로 분포되어 서로 밀접하게 관련되어 있다. 협회, 학회, 운동 단체를 설립하고 주도한 인물들과 회원들도 서로 연결되고 중복적으로 활동하였다.

4) 기록물 : 민간 수기 문서, 공문서, 간행물, 외교 문서

[표 Ⅲ-4] 기록물 지식요소 샘플

제목	생산일	생산자	수신자	내용
국채보상 지원금 총합소 규정	1907	국채보상 운동총합소		국채보상지원금 총합소의 운영과 관리에 관한 총 30조의 규정을 인쇄한 문서이다.
大韓自强會 월보(제9호)	1907	대한 자강회		1906년 3월에 조직된 대한자강회의 기관지인데 제9호에는 권두논설 장지연의 「단연보국채」가 실려 있고 뒷부분에 광문사 취지서가 수록되었다.
伊藤博文의 사신(私信)	1908. 08	이토 (伊藤) 통감	맥도날드 영국주일 대사	8월 6일 맥도날드는 양기탁의 치료를 요구하는 편지를 보냈고, 그에 대해 양기탁을 입원시키도록 부통감 소네에게 지시했다는 이토 통감의 회신이다. [참고자료 : 복사본]영국 국가기록원 소장

梁起鐸 大韓醫院 입원에 관한 件	1908. 08.10.	이토 (伊藤) 통감	소네 (曾禰) 부통감	貴電 제39호에 관하여 梁起鐸을 大韓醫院에 입원시키는 일은 꼭 실행되기 바람. 영국대사에게는 본관이 梁을 입원시키도록 電訓했다는 것을 통보했더니 동 대사는 매우 기뻐하고 있었음. 그러므로 만약 입원을 시키지 않는다면 즉 명령이 시행되지 않는 것이 되어 매우 좋지 못한 결과를 초래하게 될 것임. 따라서 속히 입원시켜주기 바람. 국사편찬위원회 http://db.history.go.kr/item/level.do?sort=l evelId&dir=ASC&start=1&limit=20&page=1& setId=-1&prevPage=0&prevLimit=&itemId=j h&types=r&synonym=off&chinessChar=on&l evelId=jh_095r_0090_0270&position=-1

제4장

국채보상운동 아카이브 설계

1. 국채보상운동 온톨로지 설계

    정보기술 분야에서 말하는 '온톨로지(Ontology)'에 대한 가장 일반적인 정의[1]는 그루버가 말한 '명시적 명세화의 방법에 의한 개념화(Explicit Specification of a Conceptualization)'이다.[2] 이 정의에서 핵심 단어는 '개념화', '명세화', '명시적'이다.

    ▷ 개념화(Conceptualization)란 정보화하고자 하는 대상 세계를 일정한 체계 속에서 파악하는 것을 말한다. 예를 들면 그 세계에 무엇이 있고, 그것은 어떤 속성을 품고 있으며, 그것들 사이의 관계는 무엇인가 하는 일정한 질문의 틀 속에서 대상 세계를 이해하는 방식이라 할 수 있다.

    ▷ 명세화(Specification)란 대상 세계에 존재하는 개체, 속성, 관계 등을 일목요연한 목록으로 정리하는 것이다.

---

1) Thomas Gruber, *Ontoloty, in the Encyclopedia of Database Systems*, Ling Liu and M. Tamer Özsu (Eds.), Springer-Verlag, 2009. Retrieved from. http://tomgruber.org/writing/ontology-definition-2007.htm
2) 김현 외, 『디지털 인문학 입문』, HUEBOOKs, 2016, 164쪽.

▷ 명시적(Explicit)이란 그 정리된 목록을 사람뿐 아니라 '컴퓨터가 읽을 수 있도록(Machine Readable)' 작성한다는 의미이다.

온톨로지는 정보화의 대상이 되는 세계를 전자적으로 표현할 수 있도록 구성한 데이터 기술 체계이다. 온톨로지라는 용어는 원래 철학에서 '존재론'으로 번역되는 말이다. 이것은 '존재에 대한 이해를 추구하는 학문'이라는 뜻이었다. 온톨로지라는 용어가 정보과학 분야에서 중요한 개념으로 등장하게 된 것은 인간이 세계를 이해하는 틀과 컴퓨터가 정보화의 대상을 이해하는 틀 사이에 유사성이 있다고 보았기 때문이다.[3] 그 틀은 바로 대상을 구성하는 요소들에 대응하는 개념들과 그 개념들 간의 연관 관계이다.

넓은 의미에서는 모든 정보화의 틀이 다 온톨로지일 수 있다. 그러나 대상 자원에 속하는 개체들이 가진 공통의 '속성'을 묶어서 '클래스'로 범주화하고, 그 개체들이 다른 개체들과 맺는 '관계'를 명시적으로 기술하는 것이 가장 일반적인 온톨로지 설계 방법이라고 할 수 있다.

앞에서 제시한 온톨로지 구조를 따르면, 기록유산에 담긴 모든 내용이 개체와 관계라는 두 가지 형태의 정보로 기술될 수 있게 된다. 노드와 링크로도 부르며, 이들은 네트워크(Network)를 구성하는 두 가지 필수 요소이다. 즉, 국채보상운동 기록물에 담긴 모든 내용을 노드와 링크로 표현하는 것은 그 내용 전체를 하나의 관계망으로 엮어서 살펴볼 수 있게 해 준다.

각 데이터가 연결되어 하나의 커다란 관계망을 형성하고 있고, 안에서 각각의 노드가 서로에 대해 어떠한 관계가 있는지를 드러내는 데

---

3) 김현, 「한국 고전적 전산화의 발전 방향 : 고전 문집 지식정보 시스템 개발 전략」, 『민족문화』 28, 한국고전번역원, 2005.

이터 네트워크를 시맨틱 데이터(Semantic Data)라고 한다.

앞에서 추출한 노드와 링크 정보를 컴퓨터가 이해하고 처리할 수 있
는 형태로 클래스(Class), 하부 클래스(Subclass), 개체(Individual), 속성
(Attribute)의 요소로 나누어 정리하고 그들 간의 관계(Relation)를 정의
해 주는 것이 온톨로지 설계이다.[4]

[표 IV-1] 국채보상운동 온톨로지 설계 프레임워크

온톨로지 구성 요소 (권장 용어)	용도[5]	Web Ontology Language (OWL)
Class 클래스	a group of individuals that belong together because they share some properties. 공동의 속성을 가진 개체들을 묶는 범주	owl: Class
Individual 개체	Instances of classes 클래스에 속하는 개체	owl: Named Individual
Relation 관계	relations between pairs of individuals (같거나 다른 클래스에 속하는) 개체 사이 관계	owl: Object Property
Attribute 속성	relations between individuals and data values 개체가 속성으로 갖는 데이터 값	owl: Datatype Property
Relation Attribute 관계 속성	attributes related to relations 관계 정보에 부수되는 속성	N/A in OWL
Domain 영역	A domain of a property which limits the individuals to which the property can be applied 특정 관계 또는 속성이 적용될 수 있는 클래스를 한정	rdfs: domain
Range 범위	The range of a property limits the individuals that the property may have as its value 특정 관계 또는 속성이 Data 값으로 삼을 수 있는 클래스를 한정	rdfs: range

4) 김현 외, 『디지털 인문학 입문』, HUEBOOKs, 2016, 164쪽.

이와 같이 국채보상운동이라는 영역의 대상세계를 데이터베이스화한다는 목적을 가지고 대상을 바라보고 해석한 결과를 온톨로지로 설계하였다. 그러기 위해서는 대상 세계를 어떻게 정보화할 것인지 구체적인 구상이 이루어진 후 그것을 온톨로지 기술 언어로 표현하는 것이 필요하다. 이 과정에서 '온톨로지 편집기'(Ontology Editor)의 도움을 받아서 수행하면 편리하다. 본 연구에서는 온톨로지 편집과 시각화 소프트웨어인 프로테제(ProtégéTM)6) 를 활용하였다. 온톨로지 편집기는 온톨로지의 설계와 검증, 지속적인 확장 및 수정, 보완 기능을 제공하므로 이 소프트웨어 상에서 클래스, 속성, 관계성, 개체 등 온톨로지 핵심 요소들을 디자인할 수 있고, 데이터의 입력을 통해 어느 정도 규모의 실험적인 데이터베이스를 구축할 수도 있다. 온톨로지 편집기상에서 데이터 클래스의 구조, 개체 상호 간의 관계성 등을 시각적인 그래프로 확인하는 것도 가능하다.

---

5) W3C(World Wide Web Consortium)이 제안한 온톨로지 기술 언어. 현재 통용되는 권고안은 2004년에 발표되었다.

6) ProtégéTM : 온톨로지 설계 및 시각화 기능을 제공하는 소프트웨어. 미국 스탠포드 대학의 의료정보학센터(Stanford Center for Biomedical Informatics Research)에서 개발 연구를 이끌고 있는 오픈소스 소프트웨어. 다양한 온톨로지 에디터 가운데 교육 및 연구 분야에서 가장 많이 쓰이고 있는 제품이다.
http://protege.stanford.edu/

1) 클래스(Class) 설계

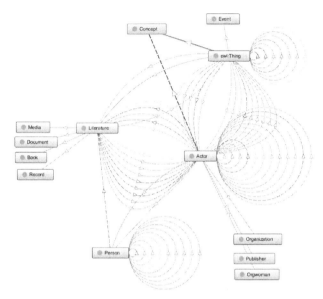

[그림 IV-1] 클래스 설계 개념도

[표 IV-2] 국채보상운동 클래스 설계 개요

Class Name	국문 클래스 명칭	설명	상위 클래스
Literature	기록물	국채보상운동에 관련된 민간 개인과 집단의 기록물이다. Subclass : Document, Book, Media를 가진다. Attribute(속성)은 시간과 장소가 있다.	Thing
Event	사건	기록물 자료에 기록된 행위와 있었던 일, 처리된 일, 변화가 생긴 상황 등의 구체적 내용이다. Attribute(속성)은 시간과 장소가 있다.	Thing
Actor	행위자	기록물의 생산과 출판, 기록에 나타난 행위의 주체·객체로서의 개인과 단체, 언론기관, 출판사 및 공공기관이다. Subclass : Person, Publisher, Organization을 가진다.	Thing

Concept	개념	Actor, Event, Document 클래스의 추상적 내용, 즉 행위자의 동기, 사건의 명칭, 기록물의 목적 등이다. 애국운동, 국채보상운동, 아시아연대 등이다.	Thing
Person	개인	Actor 클래스의 하위 클래스이다. 집단이나 조직이 아닌 사적인 개인 인물을 말한다. 기록물의 생산, 책의 저자, 번역자, 모금운동 참가자, 문화 활동의 주체, 독립운동의 주체인 인물 등이다.	Actor
Organization	기관단체	Actor 클래스의 하위 클래스이다. 개인이 아닌 집단이나 단체와 공식적 조직과 정부를 말한다. 기록물의 생산, 독립운동단체, 학술단체, 학교 등 사건과 행위의 주체이다.	Actor
Publisher	출판사	Actor 클래스의 하위 클래스이다. 서적과 문헌의 출판, 제작, 유통의 주체이다. 운동단체, 학술단체등도 출판의 주체가 된다.	Actor
Book	문헌	Literature 클래스의 하위 클래스이다. 국채보상운동에 관련된 서적과 문헌으로서 민간 개인과 집단이 생산, 출간한 책과 연속간행물을 말한다. Subclass : Document, Book, Newspaper	Literature
Document	문서	Literature 클래스의 하위 클래스이다. 국채보상운동에 관련된 수기 문서, 개인 간찰, 가문과 지방의 기록물 일체, 영수증과 같은 수기 및 활자 인쇄본 등의 민간 기록물을 말한다. Subclass : Document, Book, Newspaper	Literature
Media	신문기사	Literature 클래스의 하위 클래스이다. 국채보상운동에 관련된 신문 기사를 말한다. 의연자 명단, 운동에 관련된 뉴스 보도, 사연이 있는 인물, 사건 등 기사 스토리 내용을 말한다. Subclass : Document, Book, Newspaper	Literature

국채보상운동 기록물의 온톨로지는 기록물(Literature)과 인물(Actor) 클래스가 중심이 된다. 특히 운동의 주도적 역할을 한 인물들이 애국계몽운동과 출판문화운동을 이끌었던 지식인들이다. 당시에는 국한문 신문이 전국에 보급되기 시작하여 그 영향이 커지고 있는 반면 라디오나

TV와 같은 다른 지식과 정보를 전달할 새로운 매체는 출현하기 전이었
다. 따라서 통문, 회문, 간찰 등의 글로 운동의 취지를 알리고 격려하고
소통을 하였다. 이러한 기록물들은 그 문서를 작성한 인물의 고유한
인품이나 사상이 담긴 기록이 아니다. 정보 소통의 도구로서 문서가
이용되었다. 그러므로 여러 형태의 기록물이 방대하게 남아 있지만,
국채보상운동에 관한 지식요소에서 기록물 자체보다는 그것을 작성하
고 운동을 추진하는 수단으로서 문서를 활용했던 인물이 중심이다. 만
약 앞으로 다른 연구자가 국채보상운동의 이념과 사상, 지도층의 지식
자체에 대한 연구를 한다면 기록물이 중심 클래스가 될 수 있을 것이다.

2) 클래스 간 관계 설계

(1) 기록물 모델

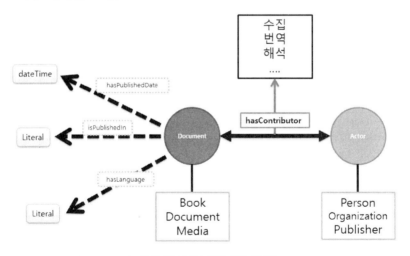

[그림 Ⅳ-2] 기록물 관계 모델 개념도

기록물(Literature) 클래스는 문서(Document), 신문 기사(Media), 문헌(Book)의 클래스를 갖도록 하였다. 문서는 사문서, 공문서로 다시 하부 클래스로 다시 나눌 수 있으나 예를 들면 이토 히로부미 통감의 문서는 공사(公私)의 경계가 모호한 비밀 문건이 많아서 공문서인지 개인 메모인지 구분 할 수 없는 경우가 많고 굳이 나눌 필요도 없다고 판단된다. 또 영국과 일본의 외교장관과 공사, 외교관들 사이에 교환된 외교 문서들도 막후의 비밀 접촉에 해당하는 비공식적 문서가 많아 공문서 클래스를 별도로 두는 것이 의미가 없었다. 신문 기사 클래스는 내용면에서는 일간지, 주간지 등의 신문 보도 내용과 단행본을 제외한 학회지, 기관지, 월간 잡지 등의 내용을 모두 포함한다. 이들 역시 그 간행 목적과 내용이 발간의 형식보다 중요했기 때문이다. 신문사와 신문 기사를 'Media'와 'News'로 클래스를 만드는 것도 고려하였으나 당시의 출판계의 발달 과정으로 볼 때 특별히 세분화할 필요가 없다고 판단하였다. 당시 거의 모든 신문사가 단행본을 발간, 판매하고 있었기 때문이다. 지금도 신문사가 도서 출판을 하고 있지만 별도의 법인을 두고 있다는 차이가 있을 뿐이다.

이름	Class : ndrm : Literature
설명	"본 클래스는 기록물에 관한 정보이다." @ko
라벨	"Literature" @en "기록물" @ko
URI	http://dh.aks.ac.kr/ontologies/NDRM#Literature
Properties	hasEditor Domain Literature hasFounder Domain Literature hasOwner Domain Literature hasPresenter Domain Literature hasReader Domain Literature

	hasReceiver Domain Literature hasSender Domain Literature hasTranslator Domain Literature isBannedBy Domain Literature isReporterOf Domain Literature isEditorOf Range Literature isFounderOf Range Literature isGiverOf Range Literature isPrefaceWriterOf Range Literature isReaderOf Range Literature isRecordedIn Range Literature isTranslatorOf Range Literature

이름	Class : ndrm : Book
설명	"본 클래스는 문헌에 관한 정보이다." @ko
라벨	"Book" @en "문헌" @ko
URI	http://dh.aks.ac.kr/ontologies/NDRM#Book
SubClass Of	ndrm : Literature

이름	Class : ndrm : Media
설명	"본 클래스는 언론기관에 관한 정보이다." @ko
라벨	"Media" @en "언론기관" @ko
URI	http://dh.aks.ac.kr/ontologies/NDRM#Media
SubClass Of	ndrm : Literature

이름	Class : ndrm : Document
설명	"본 클래스는 문서에 관한 정보이다." @ko
라벨	"Document" @en "문서" @ko
URI	http://dh.aks.ac.kr/ontologies/NDRM#Document
SubClass Of	ndrm : Literature

이름	Data Property : ndrm : hasSource
설명	"본 데이터 프로퍼티는 모든 내용은 출처정보를 연결한다." @ko
라벨	"hasSource" @en "출처정보" @ko
URI	http://dh.aks.ac.kr/ontologies/NDRM#hasSource
Domain	owl : Thing
Range	rdf : PlainLiteral

이름	Data Property : ndrm : isPublishedIn
설명	"본 데이터 프로퍼티는 기록물의 출판공간정보를 연결한다." @ko
라벨	"isPublishedIn" @en "출판공간정보" @ko
URI	http://dh.aks.ac.kr/ontologies/NDRM#isPublishedIn
Domain	ndrm : Literature
Range	rdf : PlainLiteral

이름	Data Property : ndrm : hasPublishedDate
설명	"본 데이터 프로퍼티는 기록물의 출판시간정보를 연결한다." @ko
라벨	"hasPublishedDate" @en "출판시간정보" @ko
URI	http://dh.aks.ac.kr/ontologies/NDRM#hasPublishedDate
Domain	ndrm : Literature
Range	xsd : dateTime

(2) 행위자 관계 모델

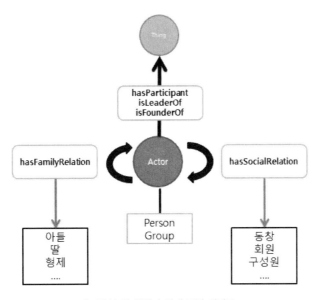

[그림 Ⅳ-3] 행위자 관계 모델 개념도

이 연구에서는 데이터의 중심 클래스를 사건의 주체라는 공통점으로 묶어서 행위자(Actor) 클래스로 정했다. 사건의 주체가 되는 클래스는 인물(Person), 기관과 단체(Organization), 출판사(Publisher)로 다시 그룹을 지었다. 클래스를 다시 하부 클래스(Subclass)로 나누지 않고 동급의 클래스로 크게 그루핑하여 개체간의 연관 짓기와 검색이 쉽게 이루어지게 하였다. 여기서 출판사를 별도의 클래스로 설계한 이유는 여러 애국계몽운동을 주도한 지식인들이 신지식을 공급하는 저술가, 번역자, 해석자로서 활발한 학술 출판운동의 주체였던 관계로 출판 클래스에 해당하는 개체가 풍부하기 때문이다. 한국인에게 가장 큰 지적, 정서적 자극은 서적의 출판과 외국 서적의 수입을 통한 신지식 보급이었다. 국민의 의식 변혁에 큰 영향을 끼친 이들 중심인물들은 정치, 학술, 문화단체에 중복적으로 함께 참여하고 서로 연계를 갖고 활동하였음을 밝히고자 한다.

이름	Class : ndrm : Actor
설명	"본 클래스는 행위자에 관한 정보이다." @ko
라벨	"Actor" @en "행위자" @ko
URI	http://dh.aks.ac.kr/ontologies/NDRM#Actor
Properties	hasDialogue Domain Actor hasEnemy Domain Actor hasFounder Domain Actor hasFriend Domain Actor hasMember Domain Actor hasOwner Domain Actor hasRole Domain Actor hasSocialRelation Domain Actor hasSupporter Domain Actor isColleagueOf Domain Actor isCreatorOf Domain Actor isDisbandedBy Domain Actor isDonatorOf Domain Actor isEditorOf Domain Actor isFounderOf Domain Actor isFriendOf Domain Actor isGiverOf Domain Actor isHeadOf Domain Actor isLeaderOf Domain Actor isMemberOf Domain Actor isMergedWith Domain Actor isParticipantOf Domain Actor isPublisherOf Domain Actor isReaderOf Domain Actor isReporterOf Domain Actor

Properties	isTranslatorOf Domain Actor hasDialogue Range Actor hasEditor Range Actor hasEnemy Range Actor hasFounder Range Actor hasFriend Range Actor hasLeader Range Actor hasOwner Range Actor hasPresenter Range Actor hasPublisher Range Actor hasReader Range Actor hasReceiver Range Actor hasSender Range Actor hasSocialRelation Range Actor hasTranslator Range Actor isBannedBy Range Actor isColleagueOf Range Actor isCreatedBy Range Actor isEditorOf Range Actor isFounderOf Range Actor isFriendOf Range Actor isHeadedBy Range Actor isMemberOf Range Actor isMergedWith Range Actor

이름	Class : ndrm : Person
설명	"본 클래스는 인물에 관한 정보이다."@ko
라벨	"Person" @en "인물" @ko
URI	http://dh.aks.ac.kr/ontologies/NDRM#Person
SubClass Of	ndrm : Actor

이름	Class : ndrm : Organization
설명	"본 클래스는 단체에 관한 정보이다." @ko
라벨	"Organization" @en "단체" @ko
URI	http://dh.aks.ac.kr/ontologies/NDRM#Group
SubClass Of	ndrm : Actor

이름	Class : ndrm : Publisher
설명	"본 클래스는 출판사에 관한 정보이다." @ko
라벨	"Publisher" @en "출판사" @ko
URI	http://dh.aks.ac.kr/ontologies/NDRM#Publisher
SubClass Of	ndrm : Actor

이름	Object Property : ndrm : hasContributor
설명	"본 오브젝트 프로퍼티는 기여자를 연결한다." @ko
라벨	"hasContributor" @en "기여자" @ko
URI	http://dh.aks.ac.kr/ontologies/NDRM#hasContributor
Domain	ndrm : Document
Range	ndrm : Actor

이름	Object Property : ndrm : hasCollector
설명	"본 오브젝트 프로퍼티는 소장자를 연결한다." @ko
라벨	"hasCollector" @en "소장자" @ko
URI	http://dh.aks.ac.kr/ontologies/NDRM#hasCollector
Domain	ndrm : Document
Range	ndrm : Actor
SubProperty Of	ndrm : hasContributor

이름	Object Property : ndrm : hasGiver
설명	"본 오브젝트 프로퍼티는 제공자를 연결한다." @ko
라벨	"hasGiver" @en "제공자" @ko
URI	http://dh.aks.ac.kr/ontologies/NDRM#hasGiver
Domain	ndrm : Document
Range	ndrm : Actor
SubProperty Of	ndrm : hasContributor

이름	Object Property : ndrm : hasPrefaceBy
설명	"본 오브젝트 프로퍼티는 서문필자를 연결한다." @ko
라벨	"hasPrefaceBy" @en "서문필자" @ko
URI	http://dh.aks.ac.kr/ontologies/NDRM#hasPrefaceBy
Domain	ndrm : Document
Range	ndrm : Actor
SubProperty Of	ndrm : hasContributor

이름	Object Property : ndrm : hasTranslator
설명	"본 오브젝트 프로퍼티는 번역자를 연결한다." @ko
라벨	"hasTranslator" @en "번역자" @ko
URI	http://dh.aks.ac.kr/ontologies/NDRM#hasTranslator
Domain	ndrm : Document
Range	ndrm : Actor
SubProperty Of	ndrm : hasContributor

이름	Object Property : ndrm : hasReceiver
설명	"본 오브젝트 프로퍼티는 발신자를 연결한다." @ko
라벨	"hasReceiver" @en "수신자" @ko
URI	http://dh.aks.ac.kr/ontologies/NDRM#isSentBy
Domain	ndrm : Literature
Range	ndrm : Actor
SubProperty Of	ndrm : hasContributor

이름	Object Property : ndrm : hasSender
설명	"본 오브젝트 프로퍼티는 수신자를 연결한다." @ko
라벨	"hasSender" @en "발신자" @ko
URI	http://dh.aks.ac.kr/ontologies/NDRM#isSentTo
Domain	ndrm : Literature
Range	ndrm : Actor
SubProperty Of	ndrm : hasContributor

이름	Object Property : ndrm : isCreatedBy
설명	"본 오브젝트 프로퍼티는 도서 A는 행위자 B를 생산자로 가진다" @ko
라벨	"isCreatedBy" @en "피생산자" @ko
URI	http://dh.aks.ac.kr/ontologies/NDRM#hasCreator
Domain	owl : Thing
Range	ndrm : Actor
SubProperty Of	ndrm : hasContributor
Inverse Of	ndrm : isCreatorOf

이름	Object Property : ndrm : isCreatorOf
설명	"본 오브젝트 프로퍼티는 행위자 A는 도서 B의 생산자이다." @ko
라벨	"isCreatorOf" @en "생산자" @ko
URI	http://dh.aks.ac.kr/ontologies/NDRM#isCreatorOf
Domain	ndrm : Actor
Range	owl : Thing
SubProperty Of	ndrm : hasContributor
Inverse Of	ndrm : isCreatedBy

이름	Object Property : ndrm : hasReporter
설명	"본 오브젝트 프로퍼티는 기록물 A는 행위자 B가 보도하다." @ko
라벨	"hasReporter" @en "보도자" @ko
URI	http://dh.aks.ac.kr/ontologies/NDRM#hasReporter
Domain	ndrm : Document
Range	ndrm : Actor
SubProperty Of	ndrm : hasContributor
Inverse Of	ndrm : isReportedIn

이름	Object Property : ndrm : isReportedIn
설명	"본 오브젝트 프로퍼티는 기록물 A는 도서 B에 보도되다." @ko
라벨	"isReportedIn" @en "보도되다" @ko
URI	http://dh.aks.ac.kr/ontologies/NDRM#isReportedIn
Domain	ndrm : Document
Range	ndrm : Actor
SubProperty Of	ndrm : hasContributor
Inverse Of	ndrm : isReportedIn

이름	Data Property : ndrm : hasLanguage
설명	"본 데이터 프로퍼티는 모든 내용의 언어정보를 가진다." @ko
라벨	"hasLanguage" @en "언어정보" @ko
URI	http://dh.aks.ac.kr/ontologies/NDRM#hasLanguage
Domain	owl : Thing
Range	rdf : PlainLiteral

이름	Object Property : ndrm : hasFamilyRelation
설명	"본 오브젝트 프로퍼티는 가족관계를 연결한다." @ko
라벨	"hasFamilyRelation" @en "가족관계" @ko
URI	http://dh.aks.ac.kr/ontologies/NDRM#hasFamily
Domain	ndrm : Person
Range	ndrm : Person

이름	Object Property : ndrm : hasSon
설명	"본 오브젝트 프로퍼티는 자식(아들)을 연결한다." @ko
라벨	"hasSon" @en "자식" @ko
URI	http://dh.aks.ac.kr/ontologies/NDRM#hasSon
Domain	ndrm : Person
Range	ndrm : Person

이름	Object Property: ndrm:hasDialogue
설명	"본 오브젝트 프로퍼티는 대화상대를 연결한다." @ko
라벨	"hasDialogue" @en "대화상대" @ko
URI	http://dh.aks.ac.kr/ontologies/NDRM#hasDialogue
Domain	ndrm : Actor
Range	ndrm : Actor

이름	Object Property : ndrm : hasEnemy
설명	"본 오브젝트 프로퍼티는 적대자를 연결한다." @ko
라벨	"hasEnemy" @en "적대자" @ko
URI	http://dh.aks.ac.kr/ontologies/NDRM#hasEnemy
Domain	owl : Thing
Range	owl : Thing
Inverse Of	ndrm : isEnemyOf

이름	Object Property : ndrm : isEnemyOf
설명	"본 오브젝트 프로퍼티는 적대자의 역관계를 연결한다." @ko
라벨	"isEnemyOf" @en "적대자역관계" @ko
URI	http://dh.aks.ac.kr/ontologies/NDRM#isEnemyOf
Domain	owl : Thing
Range	owl : Thing
SubProperty Of	ndrm : hasEnemy
Inverse Of	ndrm : isEnemyOf

이름	Object Property : ndrm : hasColleague
설명	"본 오브젝트 프로퍼티는 동료를 연결한다." @ko
라벨	"hasColleague" @en "동료 @ko
URI	http://dh.aks.ac.kr/ontologies/NDRM#hasColleague
Domain	ndrm : Actor
Range	ndrm : Actor
Inverse Of	ndrm : isColleagueOf

이름	Object Property : ndrm : isColleagueOf
설명	"본 오브젝트 프로퍼티는 동료의 역관계를 연결한다." @ko
라벨	"isColleagueOf" @en "동료역관계" @ko
URI	http://dh.aks.ac.kr/ontologies/NDRM#isColleagueOf
Domain	ndrm : Actor
Range	ndrm : Actor
Inverse Of	ndrm : hasColleague

이름	Object Property : ndrm : hasFriend
설명	"본 오브젝트 프로퍼티는 지지자를 연결한다." @ko
라벨	"hasFriend" @en "지지자" @ko
URI	http://dh.aks.ac.kr/ontologies/NDRM#hasFriend
Domain	ndrm : Actor
Range	ndrm : Actor
Inverse Of	ndrm : isFriendOf

이름	Object Property : ndrm : hasFriend
설명	"본 오브젝트 프로퍼티는 지지자를 연결한다." @ko
라벨	"hasFriend" @en "지지자" @ko
URI	http://dh.aks.ac.kr/ontologies/NDRM#hasFriend
Domain	ndrm : Actor
Range	ndrm : Actor
Inverse Of	ndrm : isFriendOf

이름	Object Property : ndrm : isFriendOf
설명	"본 오브젝트 프로퍼티는 지지자의 역관계를 연결한다." @ko
라벨	"isFriendOf" @en "지지자역관계" @ko
URI	http://dh.aks.ac.kr/ontologies/NDRM#isFriendOf
Domain	ndrm : Actor
Range	ndrm : Actor
Inverse Of	ndrm : hasFriend

이름	Object Property : ndrm : hasTeacher
설명	"본 오브젝트 프로퍼티는 스승을 연결한다." @ko
라벨	"hasTeacher" @en "스승" @ko
URI	http://dh.aks.ac.kr/ontologies/NDRM#hasTeacher
Domain	ndrm : Person
Range	ndrm : Person
Inverse Of	ndrm : isTeacherOf

이름	Object Property : ndrm : isTeacherOf
설명	"본 오브젝트 프로퍼티는 제자를 연결한다." @ko
라벨	"isTeacherOf" @en "제자" @ko
URI	http://dh.aks.ac.kr/ontologies/NDRM#isTeacherOf
Domain	ndrm : Person
Range	ndrm : Person
Inverse Of	ndrm : hasTeacher

이름	Object Property : ndrm : hasFounder
설명	"본 오브젝트 프로퍼티는 설립자를 연결한다." @ko
라벨	"hasFounder" @en "설립자" @ko
URI	http://dh.aks.ac.kr/ontologies/NDRM#hasFounder
Domain	owl : Thing
Range	ndrm : Actor
Inverse Of	ndrm : isFounderOf

이름	Object Property : ndrm : hasFounder
설명	"본 오브젝트 프로퍼티는 설립자를 연결한다." @ko
라벨	"hasFounder" @en "설립자" @ko
URI	http://dh.aks.ac.kr/ontologies/NDRM#hasFounder
Domain	owl : Thing
Range	ndrm : Actor
Inverse Of	ndrm : isFounderOf

이름	Object Property : ndrm : isFounderOf
설명	"본 오브젝트 프로퍼티는 설립자의 역관계를 연결한다." @ko
라벨	"isFounderOf" @en "설립기관" @ko
URI	http://dh.aks.ac.kr/ontologies/NDRM#isFounderOf
Domain	ndrm : Actor
Range	owl : Thing
Inverse Of	ndrm : hasFounder

이름	Object Property : ndrm : hasParticipant
설명	"본 오브젝트 프로퍼티는 참여자를 연결한다." @ko
라벨	"hasParticipant" @en "참여자" @ko
URI	http://dh.aks.ac.kr/ontologies/NDRM#hasParticipant
Domain	owl : Thing
Range	ndrm : Actor
Inverse Of	ndrm : isParticipantOf

이름	Object Property : ndrm : isParticipantOf
설명	"본 오브젝트 프로퍼티는 참여사건을 연결한다." @ko
라벨	"isParticipantOf" @en "참여자 역관계" @ko
URI	http://dh.aks.ac.kr/ontologies/NDRM#isParticipantOf
Domain	ndrm : Actor
Range	owl : Thing
Inverse Of	ndrm : hasParticipant

이름	Object Property : ndrm : isLeaderOf
설명	"본 오브젝트 프로퍼티는 지도대상을 연결한다." @ko
라벨	"isLeaderOf" @en "지도대상" @ko
URI	http://dh.aks.ac.kr/ontologies/NDRM#isLeaderOf
Domain	ndrm : Actor
Range	owl : Thing
Inverse Of	ndrm : hasLeader

이름	Data Property : ndrm : hasSex
설명	"본 데이터 프로퍼티는 인물의 성별정보를 연결한다." @ko
라벨	"hasSex" @en "성별정보" @ko
URI	http://dh.aks.ac.kr/ontologies/NDRM#hasSex
Domain	ndrm : Person
Range	rdf : PlainLiteral

이름	Data Property : ndrm : hasNationality
설명	"본 데이터 프로퍼티는 행위자의 국적정보를 연결한다." @ko
라벨	"hasNationality" @en "국적정보" @ko
URI	http://dh.aks.ac.kr/ontologies/NDRM#hasNationality
Domain	ndrm : Person
Range	rdf : PlainLiteral

이름	Data Property : ndrm : hasBirthday
설명	"본 데이터 프로퍼티는 행위자의 출생시간정보를 연결한다." @ko
라벨	"hasBirthday" @en "출생시간정보" @ko
URI	http://dh.aks.ac.kr/ontologies/NDRM#hasBirthday
Domain	ndrm : Actor
Range	xsd : dateTime

이름	Data Property : ndrm : hasDeathday
설명	"본 데이터 프로퍼티는 행위자의 사망시간정보를 연결한다." @ko
라벨	"hasDeathday" @en "사망시간정보" @ko
URI	http://dh.aks.ac.kr/ontologies/NDRM#hasDeathday
Domain	ndrm : Actor
Range	xsd : dateTime

(3) 사건 모델

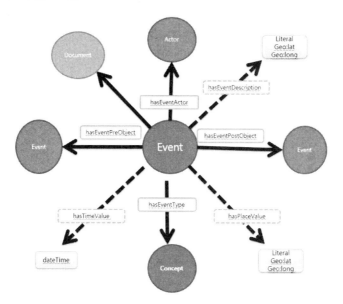

[그림 Ⅳ-4] 사건 모델 개념도

사건(Event) 클래스 설계에서 문제는 무엇을 'Event'로 볼 것인지 그 정의가 분명하지 않다는 점이다. 두산백과는 "사건[event, 事件]이란 동일한 상태로 여러 차례 반복할 수 있는 실험이나 관측을 시행이라 하고, 시행의 결과로서 나타나는 것을 말한다. 사건을 대상으로 확률을 구할 수 있다."고 하였다. 한편 컴퓨터인터넷IT대사전은 "사건은 활동이나 동작의 개시, 종료의 동기(또는 계기)가 되는 것을 의미하는 경우가 있다. 이 경우는 입출력 그 자체가 '사건'이라고 할 수 있다."고 정의한다. 데이터 간의 관계의 측면에서 보면 'Actor'가 시간적·공간적 상황에서 진행해 가다가 어떤 다른 요소를 만나 상호작용이 일어나는 것이 사건이다. 역사적으로 영향을 미친, 그래서 그 전과 후에 어떤 변화가 일어난 일을 사건이라고 한다. 그것이 사전에 기획된 일이든 자연재해이든 모든 행사와 사고는 'Event'라고 부를 수 있다. 이연구에서는 기록물과 인물과 연관성이 있는 모든 행사, 사건, 행위, 크고 작은 에피소드를 모두 'Event' 클래스로 포함한다. 'Event'의 목적과 주제에 따라 애국운동, 반일운동, 여성운동 등을 'Event'의 속성으로 보아 주제(Theme) 속성을 반영하였다.

이름	Class : ndrm : Event
설명	"본 클래스는 사건에 관한 정보이다." @ko
라벨	"Event" @en "사건" @ko
URI	http://dh.aks.ac.kr/ontologies/NDRM#Event
Properties	hasEventActor Domain Event hasEventType Domain Event hasHumanRelations Domain Event hasLeader Domain Event hasParticipant Domain Event hasPostEvent Domain Event hasPreEvent Domain Event hasRelations Domain Event isRecordedIn Domain Event hasHumanRelations Range Event hasPostEvent Range Event hasPreEvent Range Event hasSocialRelations Range Event isLeaderOf Range Event isParticipantOf Range Event hasEventCity Domain Event hasEventCountry Domain Event hasEventDescription Domain Event hasPlaceValue Domain Event hasPurpose Domain Event hasStory Domain Event

이름	Class : ndrm : Actor
설명	"본 클래스는 행위자에 관한 정보이다." @ko
라벨	"Actor" @en "행위자" @ko
URI	http://dh.aks.ac.kr/ontologies/NDRM#Actor
Properties	hasEnemy Domain Actor hasFriend Domain Actor hasLeader Domain Actor isCreatorOf Domain Actor isDonatedBy Domain Actor isDonatorOf Domain Actor isEnemyOf Domain Actor isFriendOf Domain Actor isParticipantOf Domain Actor isReportedIn Domain Actor hasCollector Range Actor hasContributor Range Actor hasCopier Range Actor hasCreator Range Actor hasEnemy Range Actor hasEventActor Range Actor hasFriend Range Actor hasGiver Range Actor hasImporter Range Actor hasInterpreter Range Actor hasParticipant Range Actor hasPrefaceBy Range Actor hasReporter Range Actor hasSeller Range Actor hasSpeaker Range Actor hasTranslator Range Actor isDonatedBy Range Actor isDonatorOf Range Actor isEnemyOf Range Actor isFriendOf Range Actor isLeaderOf Range Actor isReadBy Range Actor

	isSentBy Range Actor isSentTo Range Actor

이름	Object Property : ndrm : hasEventActor
설명	"본 오브젝트 프로퍼티는 사건행위자를 연결한다." @ko
라벨	"hasEventActor" @en "사건행위자" @ko
URI	http://dh.aks.ac.kr/ontologies/NDRM#hasEventActor
Domain	ndrm:Event
Range	ndrm:Actor

이름	Object Property : ndrm : hasEventType
설명	"본 오브젝트 프로퍼티는 사건유형을 연결한다." @ko
라벨	"hasEventType" @en "사건유형" @ko
URI	http://dh.aks.ac.kr/ontologies/NDRM#hasEventType
Domain	ndrm : Event
Range	ndrm : Concept

이름	Object Property : ndrm : isRecordedIn
설명	"본 오브젝트 프로퍼티는 사건출처를 연결한다." @ko
라벨	"isRecordedIn" @en "사건출처" @ko
URI	http://dh.aks.ac.kr/ontologies/NDRM#isRecordedIn
Domain	ndrm : Event
Range	ndrm : Document

이름	Object Property : ndrm : hasPreEvent
설명	"본 오브젝트 프로퍼티는 선행사건을 연결한다." @ko
라벨	"hasPreEvent" @en "선행사건" @ko
URI	http://dh.aks.ac.kr/ontologies/NDRM#hasPreEvent
Domain	ndrm : Event
Range	ndrm : Event

이름	Object Property : ndrm : hasPostEvent
설명	"본 오브젝트 프로퍼티는 후행사건을 연결한다." @ko
라벨	"hasPostEvent" @en "후행사건" @ko
URI	http://dh.aks.ac.kr/ontologies/NDRM#hasPostEvent
Domain	ndrm : Event
Range	ndrm : Event

이름	Data Property : ndrm : hasPlaceValue
설명	"본 데이터 프로퍼티는 사건발생공간을 연결한다." @ko
라벨	"hasPlaceValue" @en "사건발생공간" @ko
URI	http://dh.aks.ac.kr/ontologies/NDRM#hasPlaceValue
Domain	ndrm : Event
Range	rdf : PlainLiteral

이름	Data Property : ndrm : hasEventCity
설명	"본 데이터 프로퍼티는 사건발생도시를 연결한다." @ko
라벨	"hasEventCity" @en "사건발생도시" @ko
URI	http://dh.aks.ac.kr/ontologies/NDRM#hasEventCity
Domain	ndrm : Event
Range	rdf : PlainLiteral
SubProperty Of	ndrm : hasPlaceValue

이름	Data Property : ndrm : hasEventCountry
설명	"본 데이터 프로퍼티는 사건발생국가를 연결한다." @ko
라벨	"hasEventCountry" @en "사건발생국가" @ko
URI	http://dh.aks.ac.kr/ontologies/NDRM#hasEventCountry
Domain	ndrm : Event
Range	rdf : PlainLiteral
SubProperty Of	ndrm : hasPlaceValue

이름	Class : ndrm : Concept
설명	"본 클래스는 개념에 관한 정보이다." @ko
라벨	"Concept" @en "개념" @ko
URI	http://dh.aks.ac.kr/ontologies/NDRM#Concept
Properties	hasEventType Range Concept

개념(Concept) 클래스는 추상적 지식요소를 말한다. 개념 클래스는 흔히 사건 클래스와 중복되거나 혼동되기도 한다. '독립운동'은 사건인가 또는 개념인가? 개념으로서 독립운동은 시간정보가 없는 추상적 개념이고, 3·1독립운동은 1919년의 역사적 사건이다. 국채보상운동기에

함께 전국적으로 추진되었던 애국운동, 계몽운동, 교육운동, 여성운동은 기본적으로는 개념이지만 개별적으로는 특정한 시간 정보를 갖는 역사적 사건이었다. 대구에서 시작되었던 한국의 국채보상운동은 1907년에 있었던 역사적 사건이었는데, 이제는 1997~1998년 아시아 금융위기 때에 한국민이 다시 외채 상환을 위한 금모으기 운동을 벌여, 그것이 국민 모두가 기억하는 '애국적 모금운동' 개념이 되었음을 보여 주었다. 멕시코나 몽골의 금융위기 때에도 외채 상환을 위한 국민 금모으기 운동이 벌어지는 현상에서 보듯이, 애국적 국민모금운동 또는 국민 금모으기 운동은 하나의 '개념'으로 정착되었다.

2. 국채보상운동 데이터베이스 구축[7]

앞에서 설계한 국채보상운동 기록물 데이터 온톨로지를 기반으로 클래스를 설계하였고 그에 따라 지식요소를 추출하여 디지털 데이터로 편찬하였다.

앞에서 제시한 온톨로지 구조를 따라서 관계가 있는 두 개의 개체가 도메인(Domain)과 레인지(Range)로 묶이는데 이들 간의 관계는 릴레이션(Relation)으로 기술할 수 있다. 여기서 모든 개체는 도메인과 레인지가 될 수 있으므로 간단히 '노드(Node)'라고 칭하고 관계는 '링크(Link)'로 부른다. 즉 2개의 노드와 그들 간의 링크는 네트워크를 구성하는 두 가지 필수 요소이다. 국채보상운동 관련 기록물에 담긴 모든 내용을 노드와 링크로 표현함으로써 지식요소의 내용 전체를 하나의 관계망(Network)으로 엮어서 파악할 수 있게 하는 것이다.

---

7) 국채보상운동기념사업회 관련 주요 자료를 논문 부록으로 첨부함.

각각의 데이터가 하나의 커다란 관계망을 형성하고 있고, 안에서 각각의 노드가 서로에 대해 어떠한 관계가 있는지를 드러내는 데이터 네트워크를 '시맨틱 데이터'라고 한다. 이러한 과정에서 궁극적인 연구의 목적인 스토리 요소의 발견 가능성은 중요한 기준이 된다. 인물 간의 관계, 우연한 해후, 우정과 반목, 의기투합과 갈등과 같은 드라마틱한 막후의 장면을 보여주는 지식요소는 정보의 출처와 진정성이 확인될 경우 특별한 관심의 대상이 된다.

이러한 방식으로 국채보상운동 기록물과 관련 서적 등 자료의 콘텐츠를 연구하여 파악한 후 데이터를 추출하였다. 기록물 자료의 항목수가 가장 많은 것은 신문 기사로 2,264건, 공문서 254건, 문헌과 서적 57건, 연구논문과 저작물 150건이었다. 그러나 본 논문에서 전체 기록물로부터 데이터 개체를 추출하고 또 그 데이터들 간의 의미적 관계를 시맨틱 데이터로 처리하여 예시하는 것은 불가능하므로 자료 중에서 일부를 대상으로 한정하여 샘플 아카이브를 구축하였다.

기록물 자료로부터 얻은 결과물은 총 794건의 정보 개체(Individual, Node)와 그 77건의 관계(Relation, Link) 데이터이고 이를 시맨틱 데이터로 편찬한 결과 814건의 시맨틱 네트워크가 구축되었다. 국채보상운동 기록물의 노드 데이터 추출 과정과 데이터 내용을 예시하면 다음과 같다.

1) 노드 데이터 : 개체(Individual)

(1) 행위자(Actor) 클래스 노드

행위자 클래스는 인물, 기관(단체 포함), 출판사(신문사 포함)로 구성되었다. 국채보상운동 아카이브는 기록물을 바탕으로 하지만 '인물' 노드 데이터가 가장 많은 개체를 포함한다. 국채보상운동을 발의하고 추진하는 데 핵심적 역할을 한 인물들과 운동의 확산과 추진에 기여한 인물들이 1차 추출되었다. 국채보상운동의 초기에 작성된 국채보상운동 취지서, 연설문, 사통, 간찰 등의 수기 기록물은 추진의 주체를 명시하고 있다. 의연금 모금을 담당한 인물들, 전국에 의연금 모금 단체를 결성한 인사들, 여성단체를 결성하고 의연에 앞장선 부인들, 신분 고하에 관계없이 의연에 참여한 사람들에 대한 모든 기록은 당시 대한매일신보, 황성신문, 만세보, 대한민보, 공립신보, 경성신보, 매일신문의 기사에 상세하게 보도되었다. 신문사와 출판사에서 서적의 저술과 번역, 해제를 담당한 주요 인물들의 이름을 추출하였다. 고유번호와 국문, 한문 이름, 생몰년 정보의 기본 요소로 구성된다.

ID	한국어명	한자명	생년	몰년
1130	김광제	金光濟	1866.07.01.	1920.07.24.
1284	민영익	閔泳翊	1860.	1914.
1295	박은식	朴殷植	1859.	1925.
1299	배설	裵說	1872.11.03.	1909.05.01.
1362	서상돈	徐相敦	1851.10.17.	1913.06.30.

(2) 단체/기관(Organization) 클래스 노드

단체와 기관 클래스 데이터에는 개인을 제외한 모든 가문, 그룹, 학회, 정치단체 등이 포함된다. 학회는 지역에 따라 함경도, 황해도, 호남 지역 등 본부 학회와 지부 단체들이 있었다. 많은 학술, 교육, 문화, 독립운동 단체들 중에서 전국적 규모이면서 많은 애국 세력들이 힘을 모아 만든 비밀결사가 신민회였다. 신민회에는 양기탁을 중심으로 한 대한매일신보 세력, 정덕기를 중심으로 한 상동교회와 상동청년회 세력, 안창호를 중심으로 하는 미주 공립협회 세력, 이동휘와 이갑 중심의 무관 출신 세력, 이승훈 등의 민족자본가 세력이 참여하였다. 일본의 감시를 피하기 위하여 기록에 남기지 않은 부분이 많으나 나중에 애국단체를 무력화 시키고 반일 지도자를 제거하는 수단으로 일제가 조작한 '105인 사건'의 재판 기록을 통하여 신민회에 대한 데이터를 확인할 수 있다. 단체 노드 정보를 일부 예시하면 아래와 같다.

ID	한국어명	한자명	설립일	해산일
1597	조선광문회	朝鮮光文會	1910.12.	
1636	청년학우회	靑年學友會	1909.02.	1910.11.
1679	한북흥학회	漢北興學會	1906.10.29.	
1700	헌정연구회	憲政硏究會	1905.05.	1905.
1349	삼화항패물폐지부인회	三和港佩物廢止婦人會	1907.03.14.	

(3) 출판사(Publisher) 클래스 노드

국채보상운동에서 출판문화운동은 매우 중요한 의미를 지닌다. 운동이 처음 추진된 것이 대구의 광문사 출판사였고, 신문사와 출판사들의 전폭적 지지를 받아 삽시간에 전국에 확산되었다. 국망기 국민의 애국계몽운동에 뜻을 둔 지식인들은 글을 쓰거나 계몽적인 외서를 번역하거나 주석을 달거나 해제하여 국민 계몽의 중요한 수단으로 삼았다. 출판사는 해외의 신지식이 수입되어 소개되는 창구였다. 따라서 많은 출판사와 신문사의 이름이 중요한 개체이다. 항일, 반일운동의 거점이 인쇄 시설을 갖고 있던 서점들이었다.

ID	한국어명	한자명	설립일	해산일
1155	노익형책사	盧益亨册肆	1907.	
1163	대구광문사	大邱廣文社	1906.01.	
1173	대구태극서관	大邱太極書館	1905.05.	1911.
1193	대한매일신보	大韓每日申報	1904.07.18.	1910.08.28.
1382	신문관출판사	新文館	1908.12.	

(4) 문서(Document) 클래스 노드

문서는 수기 한문 문서, 한문 활자 인쇄본, 국한문 혼용체 문서, 순한글 문서, 취지문, 회문, 통문, 간찰, 일문 수기 문서, 영문 수기 메모, 영문 외교 문서 등 매우 다양한 형태와 내용을 포함한다. 대부분이 디지털 사본이며 국문 번역본이 함께 있는 문서도 있다. 일반 문서는 발행년도 정보가 있고 간찰이나 공문서는 생산자 또는 발신자와 수신자 정보가 있다.

ID	한국어명	한자명	발행년	
1109	국채보상취지서	國債報償趣旨書	1907.12.	
1450	염농산제언공덕비	廉隴山堤堰功德碑	1919.	
1307	배설만사집	裵說輓詞集	1909.05.10.	
1699	헌의6조	獻議六條	1898.10.29.	1908.07.
1775	국채보상운동소비사건	國債報償金消費事件	1907.07.	

(5) 문헌(Book) 클래스 노드

문헌은 1910년 무렵 이전에 국내에서 출판된 저작물과 당시 대량으로 수입되어 번역 출판된 외국 도서를 포함한다. 가장 많은 독자를 가진

해외 지식인 필자는 량치차오(梁啓超)였고 당시 동양에서 가장 영향력
있는 유명 정치인, 언론인 겸 저자였다. 량치차오의 책은 국내에서 현채
를 비롯하여 많은 사람이 번역 또는 역술하여 현대적 의미의 정확한 번역
이 아니라 원문을 가감하기도 하고 역자의 주장을 섞어 넣기도 하였다.

ID	한국어명	한자명	발행년	
1413	애급근세사	埃及近世史	1905.	
1476	월남망국사	越南亡國史	1906.	
1484	유년필독	幼年必讀	1907.05.05.	
1499	을지문덕전	乙支文德傳	1908.07.05.	1908.07.
1500	음빙실문집	飮氷室文集	1903.	

(6) 간행물(Newspaper) 클래스 노드

신문을 포함하여 단체의 기관지, 학회의 학회지 등의 간행물은 국민
들에게 반일 정신을 고취하는 가장 효과적 매체였다. 회원의 항일 활동
또는 반일적 논조의 기관지 발간 등의 이유로 단체는 이름을 바꾸거나
해산되기도 하였다. 같은 단체가 이름과 임원을 바꾸어 다시 출범하기
도 하였다.

ID	한국어명	한자명	발행년	
1196	대한매일신보 창간호	大韓每日申報創刊號	1904.	
1203	대한유학생회학보(제2호)	大韓留學生會學報(제2호)	1907.04.07.	
1207	대한자강회월보(제9호)	大韓自強會月報(제9호)	1907.03.25.	
1228	독립협회회보	大朝鮮獨立協會會報	1891.11.30.	1908.07.
1253	만국공보(월간) 복간	萬國公報	1889.	

(7) 사건(Event) 클래스 노드

사건과 신문 기사 개체의 노드 데이터는 항목의 양이 방대하고 노드간의 관계까지 보여 주는 시맨틱 데이터로 예시하는 것은 불가능하다. 다만 이 논문의 샘플 예시에서 구축한 사건의 개체 데이터를 예시하면 아래와 같다.

ID	한국어명	한자명	시작일	종료일
1775	국채보상금소비사건	國債報償金消費事件	1907.07.	
1102	국채보상운동	國債報償運動	1907.02.	1908.07.
1224	독립문정초식	獨立門定礎式	1896.11.21.	
1703	헤이그세계평화회의	Hague萬國平和會議	1907.	
1054	고종양위	高宗讓位	1907.07.20.	

(8) 개념(Concept) 클래스 노드

개념 데이터는 기록물 자체에서 추출한 항목보다는 관련 서적과 간접 자료에서 시대적 상황과 배경 지식의 내용으로서 수집한 지식요소가 많다. 특히 중국, 일본, 베트남 등 아시아 각국의 지식인과 서적을 통한 교류와 영향에 대한 주제어가 포함된다. 1900년 무렵부터 도입된 외래문화의 영향에 따른 대중문화의 확산, 신문화운동, 스포츠와 공연 문화의 대중화 등의 노드 데이터들이다.

ID	한국어명	한자명	시작일	종료일
1650	탈아입구론	脫亞入歐論	1885.	
1760	한일신협약	韓日新協約	1907.07.24.	
1763	한일의정서	韓日議政書	1904.02.23.	
1711	협률사	協律司	1902.	1906.04.25.
1724	황현의 절명시	黃玹의 絕命詩	1910.	

2) 링크 데이터 : 관계(Relation)

이와 같은 노드 데이터들이 상호 어떠한 관계로 연결되었는지를 77개의 관계 데이터로 나타낸다. 노드간의 관계가 개별적으로 고유성을 가지도록 관계 데이터에 고유한 ID를 부여함으로써 기계적 처리가 가능하도록 하였다. 노드간의 관계를 예시하면 아래와 같다.

(1) 인물(Person) – 인물(Person) 클래스 개체 사이의 링크

ID	Node 1	ID	Node 2	Relation
1530	이준	1497	윤효정	isColleagueOf
1536	이토 히로부미	1402	안중근	isKilledBy
1570	장지연	1530	이준	isColleagueOf
1570	장지연	1639	최남선	hasFriend
1570	장지연	1421	양기탁	hasFriend

(2) 인물(Person) – 문헌(Book) 클래스 개체 사이의 링크

ID	Node 1	ID	Node 2	Relation
1130	김광제	1252	만국공법요략	isPrefaceWriterOf
1130	김광제	1109	국채보상취지서	hasPresenter
1295	박은식	1361	서사건국지	isTranslatorOf
1295	박은식	1413	애급근세사	isPrefaceWriterOf
1388	신채호	1499	을지문덕전	isCreatorOf

(3) 인물(Person) – 단체(Organization) 클래스 개체 사이의 링크

ID	Node 1	ID	Node 2	Relation
1482	유길준	1204	대한자강회	isLeaderOf
1449	염농산앵무	1160	달성권번	isHeadOf
1421	양기탁	1391	신흥무관학교	isLeaderOf
1402	안중근	1227	독립협회	isMemberOf
1362	서상돈	1163	대구광문사	isFounderOf

(4) 출판사(Publisher) – 단체(Organization), 개념(Concept) 클래스 개체 사이의 링크

ID	Node 1	ID	Node 2	Relation
1163	대구광문사	1176	대동광문회	changeName
1155	노익형책사	1102	국채보상운동	isLeaderOf
1071	광학서포	1102	국채보상운동	isLeaderOf
1163	대구광문사	1252	만국공법요략	isPublisherOf
1163	대구광문사	1102	국채보상운동	isLeaderOf

원본 기록물의 문서 단위 데이터베이스에서는 개별 문서 한 건 한 건이 정보 이용의 최종 목적지였다고 할 수 있다. 시맨틱 데이터베이스 상에서는 그 문서 속에 기록되어 있는 인물, 문헌, 단체, 사건 등이 서로에 대해 어떠한 관계를 맺고 있는지 알려주는 데이터 관계망을 추출할 수 있다.

(5) 문서(Document) − 개념(Concept), 인물(Person) 클래스 개체 사이의 링크

ID	Node 1	ID	Node 2	Relation
1112	국채보상회 규약	1102	국채보상운동	isPartOf
1109	국채보상취지서	1102	국채보상운동	isPartOf
1106	국채보상지원금 총합소규정	1102	국채보상운동	isPartOf
1092	국채보상金消費問題와關聯된양기탁에대한追報	1536	이토 히로부미	isCreatedBy
1089	국채보상가	1511	이병덕	isCreatedBy

(6) 문헌(Book) − 인물(Person) 클래스 개체 사이의 링크

ID	Node 1	ID	Node 2	Relation
1155	유년필독	1500	현채	isCreatedBy
1700	월남망국사	1500	현채	hasTranslator
1521	서유견문	1404	유길준	isCreatedBy
1703	음빙실문집	1607	량치차오	hasTranslator
1551	멸국신론	1607	량치차오	hasTranslator

(7) 단체(Org) – 단체(Org), 사건(Event), 인물(Person) 클래스 개체 사이의 링크

ID	Node 1	ID	Node 2	Relation
1697	흥사단	1321	신민회	hasContributor
1290	청년학우회	1160	105인사건	isDisbandedBy
1470	한북흥학회	1438	이준	hasFounder
1637	진보회	1712	일진회	changeName
1074	단지회	1368	안중근	hasFounder

위에서 예시한 바와 같이 노드 데이터와 링크 데이터는 각각 독립적으로 존재하는 것이 아니다. 두 가지 유형의 데이터는 서로 연결되어 전체적으로는 하나의 커다란 그물과도 같은 관계망을 형성하고 있다. 두 개의 노드를 잇는 링크는 각각의 노드가 서로에 대해 어떠한 의미 또는 관계가 있는지를 명시적으로 드러낸다. 이와 같이 '의미상으로 관련이 있는 데이터의 네트워크(Semantic Data Network)' 형태로 가공된 국채보상운동 기록물 데이터베이스는 기록 문서의 디지털 사본을 쪽 단위로 제공하는 데 머물던 종래의 데이터베이스와는 다른 방식으로 활용될 것이다.

3. 국채보상운동 통합 아카이브 구축

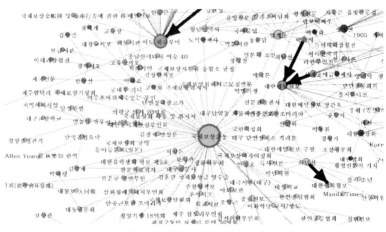

[그림 Ⅳ-5] 국채보상운동 관련 개체와 관계망 예시[8]

기술 발전의 결과로 일어난 디지털 혁신 덕분에 지금 '스토리'의 정의와 사람들의 스토리 소비 형태가 달라지고 있다.[9] 스토리텔링의 전통적 가치는 여전히 중요하다. 그러나 현대인들이 인쇄물을 '자세히 읽기'보다는 '훑어보기'를 선호하기 때문에 대안적 스토리로 전체적 콘텐츠의 형태가 변하고 있다. 포토 에세이, 설명적 그래픽, 큰 글씨의 텍스트, 요약 박스 등도 엄연히 스토리로 인정한다. 즉, 그래픽이 매우 중요한 스토리 요소가 되었다.

스토리텔링은 왜 중요한가? 스토리텔링의 전통적 가치를 요약하면 크게 세 가지로 정의할 수 있다. (1) 명쾌함(Clarity) : 스토리는 복잡한

---

8) http://dh.aks.ac.kr/~joanne20/graph/DRM_ex/DRM_ex.htm

9) 켈리 맥브라이드·톰 로젠스틸 엮음, 임영호 옮김, 『디지털시대의 저널리즘 윤리 : 진실, 투명성, 공동체』, The New Ethics of Journalism : Principles for the 21st Century, 한국언론진흥재단, 2015, 78-83쪽.

이슈와 과정을 이해하는 데 도움을 준다. (2) 뉘앙스(Nuance) : 사람들의 정서적 삶을 기술할 때 뉘앙스와 모호함이 개입할 여지를 제공한다. (3) 공감(Empathy) : 스토리는 경험을 공유할 수 있게 해 주어 다른 사람들, 특히 전혀 다른 사람들과 연계하는 데 도움을 준다.10)

이제 스토리텔링도 종이 매체에 국한되지 않고 스마트폰과 모바일 매체를 통하여 소통되면서 메시지를 제공하는 형태가 달라지고 있다. 인터랙티브 그래픽, 대화처럼 주고받는 스토리 형식, 검색과 반응 정보가 반영되는 실시간 스토리텔링으로 변화하고 있다. 이러한 변화는 역사 기록물로부터 어떠한 스토리 요소를 발견하는가의 문제 다음으로 중요한 매체의 문제를 던진다. 정보 제공의 형태는 매체를 미리 기획하지 않고는 이용자의 요구에 제대로 부응할 수 없다. 무슨 콘텐츠를 어떠한 매체로 어떻게 구현하고 전달하는가의 문제로 귀착된다.

그럼에도 불구하고 중요한 것은 "스토리의 매체는 변하지만 그 본질은 변하지 않는다."고 데이비드 이글만은 주장한다.11) 그는 사람이 내러티브에 관한 갈망을 타고 났다는 사실로 인해 인간이 존속하는 한 스토리와 그 권력, 목적, 연관성 등은 유지될 것이라고 주장한다.

역사 기록물 데이터로부터 서사와 스토리를 발견하겠다는 목표를 가지고 노드를 집합하지만 대상의 범위를 좁혀서는 안 된다. 미래의 의미 발견의 가능성을 열어 두기 위해서는 용도가 불분명한 데이터까지 포함하는 통합적 아카이브를 구축한다. 현재의 판단에 따라 지나치게 단정적인 범위를 정하여 데이터를 취사선택하는 것은 변할 수 있는 스토리

10) Jack Hart, Storycraft, 5. The Complete Guide to Writing Narrative Non-fiction 2011. Chicago *Guides to Writing, Editing and Publishing*.
   http://press.uchicago.edu/ucp/books/book/chicago/S/bo9678186.html
11) David Eaglelman, "The Moral of the Story 'The Storytelling Animal,' by Jonathan Gottschall", The New York Times, August 3, 2012.

주제를 한정하는 우를 범하는 일이다. 국채보상운동의 데이터 자료 중
에서 예를 들면 총 18만 명 이상의 전국 의연자 명단이 있다. 그 자료에
는 이름, 날짜, 직업, 소속, 주소, 의연 금액, 의연 사실이 보도된 신문
이름, 보도 날짜, 기사가 실린 지면 등의 상세한 기록이 있다. 국채보상
운동 기록물이 왕조시대의 기록물과 가장 크게 다른 점은 왕실과 지배
층, 사회 지도층에 국한하여 기술된 기록이 아니라는 점이다. 명실상부
하게 임금부터 걸인까지 신분고하, 남녀노소를 막론한 개인 실명이 기
록되어 있다는 점이다. 이러한 기록물의 특징 때문에 심층 연구를 통하
여 앞으로도 더 많은 스토리텔링 소재 발굴의 여지가 있다.

[표 IV-3] 국채보상운동 의연인 직업 분포

공직		민간		종교		기타	
공인	52	양반	691	기독교	1276	학교	6369
관리	2168	농민	65	불교	894	악공	83
군인	3978	민간단체	69	천도교	11	어부	1
잡직	972	상인/회사	3194			잡직/천직	665
촌직	81	보부상	2972			죄수	17

위의 [표 IV-3][12]의 정보는 개체 데이터에 포함되지 않은 것이다.
인문학 연구자는 통계와 유형을 분류하여 학술적 결과물을 도출한다.
아카이브에서 스토리 요소를 발굴하는 일은 이러한 정보에서 비록 사
소해 보이는 요소나 데이터에서 의미를 캐어 내는 일이다. 위 표의 직
업 분포는 의연금자들이 스스로 밝힌 직업을 국채보상운동 당시에 기

---

12) 한상구, 「빅데이터와 인문학 : 1907년 국채보상운동 전국적 전개양상 연구」, 『인문연
   구』 75, 영남대학교 인문과학연구소, 2015, 137-139쪽.

록한 내용을 취합한 것이다. 농업 기반 사회로서 직업의 분화가 이루
어지지 않은 대한제국기에 이러한 분류가 정확한 것이었는지는 불분
명하다. 또 '공인'과 '관리' 역시 중복일 수 있다. 그러나 원천 자료의
내용은 다른 자료나 연구에 의해 후대에 수정, 보완될 수 있도록 그대
로 보존하는 것이 원천 자료의 진정성을 유지할 수 있다.

국채보상운동 관련 기록물 중에서 양적으로 가장 많은 데이터는 중요
신문에 보도된 의연인 명단과 관련 기사이다. 대한매일신보 1,136건,
황성신문 615건, 만세보 378건, 경성신보 54건, 대한민보 33건, 공립신
보 29건, 매일신보 14건으로 총 2,259건이다. 이 중에는 단순한 명단과
금액만 있는 것이 대다수이지만 성금에 얽힌 특이한 사연이 실린 기사
도 약 1,000건에 이른다.

신문 기사 외에도 문서 기록과 통감부 문서, 외교 문서와 관련 문헌
등이 있고, 국채보상운동에 관한 171건의 연구 논문과 저술 등이 있
다. 국채보상운동의 기록물은 1907년 2월부터 몇 달 동안에 집중 생
산되었고 그 후 급속히 감소하였다. 그러나 다른 역사적 사건의 경우
와 달리 국채보상운동은 일반 국민들이 자발적으로 펼친 운동이었고
주권 의식이 바탕이 된 애국운동이었다는 점에서 시대를 초월하는 정
신적 가치를 유지하고 있다. 강대국에 경제적으로 예속된 약소국의
식민국화라는 공식은 형태만 다를 뿐 현대에도 진행되는 국가 관계이
기 때문에, 외채와 그로 인한 정치적 예속에 대한 저항은 영원한 주제
라고 볼 수 있다.

제5장

국채보상운동 디지털 큐레이션

1. 시맨틱 데이터 기반 스토리 요소의 발견

디지털 큐레이션은 "디지털 정보를 목적에 맞도록 만들기 위해서 사전에 계획하여, 체계적이고 의도적이며 방향성을 가진 행동"이다.[1] 구축된 데이터베이스를 바탕으로 새로운 스토리 요소를 찾아서 새 콘텐츠를 생산하는 것은 큐레이터의 주관적 판단과 문학적 감성까지 작용할 수 있는 과정이다.

디지털 아카이브를 구축하고 스토리로 큐레이션 하는 과정에서 역사 기록물 콘텐츠에 대한 깊은 인문학적 이해는 필수적 요소이다. 동시에 역사적 서사 텍스트를 생산하고 스토리로 구현하여 전시물이나 영상물 등의 멀티미디어 작품으로 제작하는 큐레이션에는 인문학적 능력과 소양뿐 아니라 시각적으로 구현하는 기술적 능력도 중요하다. 말하자면 통시적, 공간적인 역사에 대한 통찰력을 갖고 데이터를 조합하여 새로운 해석과 의미를 찾아내고, 그 작품을 텍스트와 영상물로 제작(Production)

---

1) Alex H. Poole, "Forging Our Cultural Commonwealth : the Importance of Digital Curation in the Digital Humanities", *National Research Council of the National Academies*, 2015.10. p.17.

까지 기획하는 통합적 역할이 큐레이션의 새로운 패러다임이다.

방대한 개체 데이터를 집합하여 아카이브를 구축하고도 흥미로운 스토리가 탄생하지 못할 수도 있다. 개체에 대해 지나치게 단편적인 해석을 단정적으로 부여하는 일은 개별적 요소가 지닌 무궁한 스토리 발견의 가능성을 폐기하는 결과를 가져온다. 한 인물과 사건, 문헌 등에 대해 관심 깊게 객관적으로 연구하여야만 인문학적으로 풍부한 해석과 서사가 가능한 일이다. 예를 들면 "안중근은 의사", "이준은 열사", "이광수는 친일파" 식으로 역사 인물에 대해 단편적인 일면으로 인물 전체를 평가해 버리는 행동은 대상에 대한 지적 호기심을 말살하는 행위이다. 인간은 그 누구도 완벽한 선 또는 악으로만 구성되지 않으며 역사인물의 공(功)과 (過)에 대한 객관적인 연구는 언제나 중요한 일이다. 인간적 약점과 탁월한 능력과 비범한 성취 등을 객관적으로 이해하려면 대상에 대해 열린 마음으로 관심을 갖고 탐구하고자 하는 의욕을 일으키는 서술이 필요하다. 그러므로 화자(Narrator)는 최종 가치 판단은 독자에게 맡기고 객관적인 데이터를 기반으로 지식요소와 그들 간의 관계와 맥락을 제시하는 역할을 해야 할 것이다. 단순한 암기 방식의 역사 공부에서 역사와 인간에 대한 호기심이 사라진 것은 매우 반지성적 현상이다.

스토리 큐레이션 모델을 샘플로 제시하기 위해서 일차 구축한 데이터에서 가장 실재했음직한, 개연성이 매우 높은 6개의 스토리 주제를 선별하였다. 시맨틱 데이터를 기준으로 개체의 수와 시맨틱 데이터의 수가 가장 많은 주제들이다. 주제별 노드 관계어의 수는 애국계몽운동이 73건, 여성운동 관련이 22건, 출판문화운동이 144건, 아시아연대 상황이 121건, 신문화 현상이 70건, 외교적 갈등이 55건이다. 이외에 150건의 사건(Event)과 개념(Class) 클래스에 속하는 개체 데이터가 있는데, 이 데이터가 지시하는 사실은 본 연구에서 수행한 국채보

상운동 큐레이션의 범위에 포함되지 않았기 때문에 별도의 관계어를
정의하지 않고 노드의 목록만을 제시하였다.

이 연구에서 생산한 데이터는 논문 위키 사이트에 공개되어 있으며[2]
데이터와 온톨로지 자원은 앞으로 계속 추가되어 유용한 지식자원으로
확장될 수 있다. 디지털 큐레이션의 세계는 말하자면 큰 경치를 보는
망원경과 세밀한 디테일을 들여다보는 현미경을 동시에 활용하여 과거
를 들여다보고 이야기하는 일이라고 할 수 있다. 디지털 큐레이터와
디지털 인문학자는 데이터를 바탕으로 무한한 지식자원을 활용하여 역
사를 재현한다.

2. 역사 재현 큐레이션 모델의 새로운 패러다임

국채보상운동 관련 지식요소를 디지털 데이터베이스로 아카이빙하
고 그 요소들 간의 관계를 따라 의미를 파악하는 디지털 인문학의 지
식 창출에는 전통 인문학과 달리 콘텐츠의 분량이나 지면상의 제약이
없으며 확장 가능하다. 본 연구가 시도하는 국채보상운동 디지털 아
카이브와 큐레이션 모델 제시는 실제로 구축 가능한 방대한 데이터베
이스의 일부를 예시할 수 있을 뿐이다.

국채보상운동 기록물 데이터의 대상 콘텐츠는 운동이 집중적으로
발생했던 기간인 1907~1908년에 국한되지 않는다. 왜냐하면 국채보
상운동은 역사적인 과거의 사건이지만 외채로부터 나라를 구하자는
정신은 1997~1998년의 아시아 금융위기 때나 그 이후 국가 경제의 위
기 때마다 다시 살아나고 있기 때문이다.

---

2) http://dh.aks.ac.kr/~joanne20/wiki/

1997년의 외채 위기 때에 금모으기 캠페인은 1907년의 국채보상운동이 모델이었다는 점에서 신(新)국채보상운동이라고 불린다.[3]

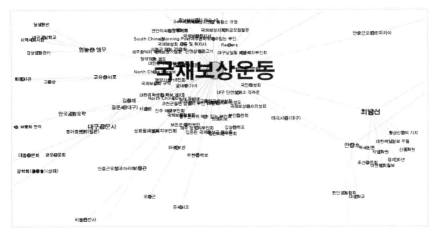

[그림 V-1] 국채보상운동 개체와 스토리 주제 관계망 예시

국채보상운동 디지털 아카이브의 데이터베이스는 아래에 예시하는 몇 가지 스토리텔링 요소를 시사하고 있다. 이 예시는 수없이 많이 발견해 낼 수 있는 커다란 주제의 서사의 소재, 또는 짧고 감동적인 스토리 소재의 가능성을 보여 주는 일부 사례일 뿐이다. 데이터는 직접 기록물뿐 아니라 간접적 문헌과 자료를 조사하여 지속적으로 확충되어야 한다. 국채보상운동 연구에서 특히 데이터 수집이 미흡한 부분은 해외의 교민과 유학생들의 운동 참여에 관한 부분이다. 또 다른 데이터 확장의 잠재력은 외국의 사례 연구에 관한 부분이다. 앞으로 이러한 데이터도 추가되면서 더욱 풍부한 학술 연구와 예술 창작의 지식

---

3) 「국채보상운동기록 유네스코세계기록유산 등재신청서」, 국채보상운동 기록물 유네스코 세계기록유산 등재 추진위원회, 2015.

자료로 발전해 나갈 수 있을 것이다.

본 연구에서 시도한 것은 분야와 주제의 경계를 뛰어 넘어 전반적인 인명, 문헌, 단체, 사건, 개념 등의 지식 노드를 추출하고, 그들 간의 관계를 찾아서 이야기의 소재를 발견하는 것이었다. 그 결과 아래와 같은 몇 가지 스토리 주제를 도출하였는데 간략하게 시각화하면 아래와 같다.

주제 1. 중국, 일본, 한국을 중심으로 하는 아시아 지식인들 간의 연대

대한제국 시기 한국인들은 신지식을 수용할 태세가 되어 있었고 외부로부터 상당한 정보가 인적 교류와 번역서를 통하여 공급되었다.

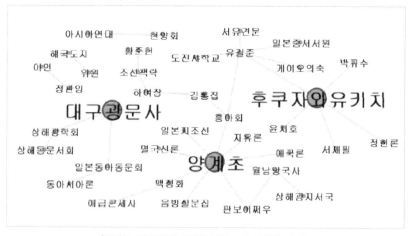

[그림 V-2] 아시아 지식인 간의 교류 관계망 예시4)

---

4) 월남망국사는 월남의 정치인 반패주(潘佩珠)와 중국의 정치인, 언론인인 량치차오(梁啓超)의 대화를 기록한 책으로 현채 등 여러 번역자가 번역 출판하였다.
http://dh.aks.ac.kr/~joanne20/wiki/index.php/월남망국사

한말 대원군 시대에 대한 일반적 이해와는 달리 지식인들 사회에서
는 이미 18세기부터 내려오는 국제적 교류 관계와 유대감이 형성되어
있었다. 해외 지식인들의 저술을 신속하게 접하는 경로가 있었고 직
접적인 접촉도 있었다.5)

다만 여기에는 조선 지식인들의 학문적 교류 관계에 대한 순수한
기대와 대륙 점령의 야심을 감춘 일본의 위장된 유대 간에 근본적인
차이가 있었다.

조선의 지식인들은 한문(漢文)을 공용어로 통상적인 필담(筆談) 소통
을 할 수 있었고 그 기록들이 지금도 남아 있다. 정민은 일제 후반기
경성제국대학 교수로 15년간 서울에 거주했던 후지쓰카 지카시가 수
집한 50종 200책을 미국 하버드대학교 옌칭도서관에서 발견하여 연
구하였다. 그는 홍대용의 『담헌연기(湛軒燕記)』를 18세기 한중 문예공
화국의 시작이었다고 본다.6) 정민은 후지쓰카 지카시의 방대한 한중
접촉의 기록 자료를 연구한 후, 당대 한중 문인들은 동등한 위상에서
문예 교류를 즐겼다고7) 결론짓는다.

그러나 19세기 말 무렵부터 대륙 진출의 야욕을 품은 일본 지도층
의 야심을 간파하지 못한 한국은 중국과 달리 일본이 주관하는 단체의

---

5) 유럽에서 연구된 '편지 공화국(Republic of Letters)' 개념은 17~18세기 유럽 각국
   인문학자들이 라틴어를 매개로 나라와 언어의 차이를 넘어 서로 소통하던 지적 공동체
   이다. 18세기 조선과 중국의 지식인이 나눈 유사한 지적인 대화를 '문예공화국(文藝共
   和國)' 개념으로 논한 후지쓰카 지카시(藤塚鄰; 1879~1948)의 자료는 유럽과 달리 편
   지교환은 없었지만 한중간의 지식인 연대를 잘 보여준다.

6) 특히 유득공은 서문에서 "앞서지도 뒤지지도 않고(不先不後) 나와 동시대를 살아가는
   사람(與我同時者)"이라고 썼다. 동시대의식, 또는 '병세의식(併世意識)'을 공유하는 아
   시아 지식인 연대가 있었다고 본다면 아시아의 문예공화국(Republic of Letters)이라
   고 부를 만하다. 정민, 「18세기 한중 지식인의 문예공화국」, 『문학동네』, 2014.

7) 홍대용(洪大容)과 유금(柳琴)이 직접 교류한 중국 문인 11인의 시를 묶은 『중주십일가
   시선(中州十一家詩選)』에는 육비, 엄성, 반정균 등 11명 127수의 작품이 수록되어 있다.

모임 참여를 통한 형식적 교류 자체에 의미를 두었다. 한국의 수신사들은 "아시아 삼국이 연대하여 서양으로부터 모욕을 받지 않도록 하자"는 흥아회(興亞會)에 적극 참여했다. 이들이 국제적 유대를 지키며 시류에 뒤지지 않으려는 자세는 바람직했지만 중국과 한국 현지에 사람을 배치하고 학교를 세우는 등 침탈을 준비했던 일본에 대한 정보망과 판단력은 부족했다.

중국 상해와 일본에서 출판되는 책은 놀랄 만큼 빠르게 수입하여 번역, 출간하였다. 주로 서구의 선진 문물과 국제법 등의 제도, 국제 정세에 관한 계몽적 책들이었다.[8]

개화기 중국의 지식인이며 언론인인 량치차오의 저술과 잡지는 동양 3국의 지식인들에게 큰 영향을 끼쳤다. 한국의 언론인, 번역자, 출판인들이 전국적으로 상호 연대를 이루어 지식 집단, 일종의 학술계(아카데미아)를 이루고 있었다. 또 이들이 집중적으로 생산하여 보급한 저작물들은 해외의 도서로부터 신지식을 받아들인 번역물이거나 번안, 해설물이었다. 서양 책을 중국어 번역본을 통해서 또는 일본어 번역본을 통해서 이중번역한 지식인들은 바로 국채보상운동에 적극 참여하고 협력한 저술가와 번역가들이었다. 서문을 써서 독서를 권하고 해설을 붙인 사람들, 이 책들을 기획하고 출판하여 판매한 신문사와 출판사는 바로 애국계몽운동에 참여하고 국채보상운동을 지원하던 지도층 인사들과 그들이 이끄는 조직이었다.

---

8) http://100.daum.net/encyclopedia/view/14XXE0040956

주제 2. 서포는 출판문화 운동을 통한 애국계몽 운동의 중심이었다.

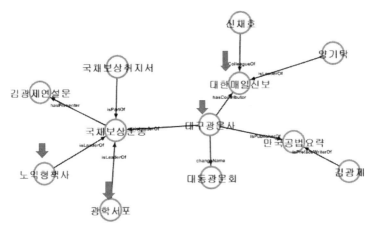

[그림 Ⅴ-3] 서포와 출판문화운동 지식인 관계망 예시

도서 출판의 중요성은 일찍이 1890년대에 인식되었다. 1899년 1월 14일자 황성신문 논설은 한말 출판현황을 소개하고 성경과 인물에 대한 책등은 많은데 유독 세상물정에 관한 도서의 빈곤으로 인해 국민과 관리들이 세계의 형편과 교제의 본지를 이해하지 못하여 외국인 대하기를 우물 안의 개구리를 면치 못하고 있다고 지적하였다.[9]

도산 안창호는 "책사(冊肆)도 학교다. 책은 교사다. 책사는 더 무서운 학교요, 책은 더 무서운 교사다."라고 말 하면서 평생 동안 출판 사업의 중요성을 강조하였다.[10] 어떤 사상과 지식을 시간과 공간의 제약을 벗어나서 널리, 길게 전하는 것이 도서(圖書)니, 우리 민족의 정신과 문화를 보급·향상하려면 출판 사업이 요긴하다고 생각했다. 안창호는 태극서관이 민족에게 건전하고 필요한 서적을 공급하는 중요한 역할을

---

9) 「俄國의 書冊이 汗牛充棟」, 『황성신문』 논설, 1899.1.14.
10) 주요한, 『도산 안창호전』, 41-42쪽.

할 것으로 기대하여 평양, 경성(京城), 대구에 태극서관을 세웠다. 당시 지식인들은 서적과 출판물을 민족 문화 향상, 민력 발휘의 근원으로 중요시하였다. 그런 뜻에서 안창호는 문사를 중시하고 좋은 문사가 민족의 힘을 키우는 데 중요한 역할을 할 것이라고 믿었다.[11]

　대구는 출판과 개인 도서관을 중심으로 전국의 지식인 커뮤니티가 형성되어 교류한 인문학 중심지였다. 구한말 대구 갑부였던 '이장가(李莊家)'의 후손 이일우(李一雨)는 1903년 무렵 우현서루(友弦書樓)를 세워 집안 재산의 절반을 우현서루를 운영하는 데에 투입하였다. 우현서루는 단순한 책방이 아니라, 수천 권의 책이 구비된 사설 도서관이었다. 현재의 대구 달성군 화원읍 인흥마을에는 1910년 무렵 방문객들의 모임 공간인 수백당(守白堂)과 문영박이 거금을 들여 조성한 만권당(萬卷堂)이 있었다. 책만 공개하는 것이 아니라 방문객이 책을 다 볼 때까지 머물 수 있는 숙박 시설도 갖추었다. 국내는 물론 상해에서 까지 수집한 고서 2만 권은 1975년 인수문고(仁壽文庫)로 세워져 국내 최대의 사설 도서관이 되었다. 영남학파는 물론이고 기호학파의 문집까지 모두 갖추고 있었다. 그뿐만 아니라 강화학파(江華學派)였던 창강(滄江) 김택영(金澤榮; 1850~1927)을 통하여 중국 개화기의 책도 수집해 놓고 있었다. 1900년대 초 중국 개화기의 지식인들이 창강을 매개로 이 집안과 선이 닿아 있었음을 보여주는 징표이다.[12] 전국을 돌며 모은 책들과 중국에서 목포까지 실어 나른 책들이 이 공간에 가득하게 되었고, 이 진귀하고 중요한 책들을 보기 위해 전국에서 많은 학자들이 모여 들어,

11) 이광수, 『도산 안창호』, 흥사단본부, 1988.
　　https://ko.wikisource.org/wiki/도산_안창호
12) 조용헌, 「조용헌살롱 : 대구의 장서가 집안」, 『조선일보』, 2013.2.4.
　　http://news.chosun.com/site/data/html_dir/2013/02/03/2013020301199.html

당시 제대로 정착되지 않았던 '민족' 개념에 대해 토론하고, 국채보상운동을 이끌어갈 힘을 키우게 된 것이다.

1906년에 설립한 대구의 광문사는 문회를 운영하고 국채보상운동을 주도하여 애국단체로 역사에 남았다. 그런데 이미 1901년에 장지연이 흩어지고 마구 해외로 반출되는 한국 고전을 출간하기 위해서 서울에 인쇄소를 갖춘 출판사 광문사를 세워, 1901년에 흠흠신서, 1902년에 목민심서를 출간한 바 있다.[13] 광문사가 중심이 된 국채보상운동에 출판사들이 적극 발기인으로 동참하고 나중에는 의연금 수금소 역할을 하였다. 국채보상운동 시맨틱 데이터를 구축한 결과 출판문화운동에 관한 한 최남선은 독보적인 존재로 역사에 남은 많은 업적을 남겼다. 서적 출판은 최남선의 중요한 업적 중 하나이다. 최남선은 일본에서 단기간 공부하고 귀국하면서 인쇄 시설과 인쇄 전문 인력 2명을 데리고 돌아와서 조선광문사 출판사와 인쇄소를 설립하여 운영하였다. 국민을 신지식으로 일깨우는 것이 가장 효과적인 계몽의 길이고 국권을 지키는 방법이라고 생각했기 때문이다.

국채보상운동 추진 시기를 전후하여 활동한 뜻있는 지식인들의 행동은 국채보상운동과 직접 관련되거나 유사한 다른 애국계몽운동에 연관된다.

애국적 계몽, 자강운동을 펼친 지도자들은 교육계몽운동, 출판문화운동, 애국독립운동에 중복적으로 투신했다. 애국심을 고취하는 논설과 책을 쓰고, 번역하고, 인쇄하고 출판하고 판매하는 것이 애국운동의 일환이었다. 지식인들은 주로 서포와 학술 단체를 중심으로 국내외를 막론하고 적극적인 인적 연계를 갖고, 함께 단체 활동을 하기도

---

13) 한국유경편찬센터 http://ygc.skku.edu/index_2013.jsp?location_type=kor

하며 서로 협력하였다.

김상만서포, 고유상서포, 주한영서포는 후일 이름이 각각 광학서포, 대광교서포, 준서서포로 바뀌었지만 현채, 이상익, 주시경 등이 번역하는 월남망국사, 만국공법요략 등 계몽 서적을 발간했다. 이들은 국채보상운동의 발기인이면서 서포단체를 만들어 적극 참여하고 국채보상금 수금소 역할을 하였다.

대구 광문사는 교육운동으로 공립 사범학교의 설립을 추진하였고, 언론 사업까지 계획했었다. 광문사에는 문회가 있었는데 1907년 1월 30일 문회의 명칭을 대동광문회(大東廣文會)로 개칭하여 일본의 동아동문회(東亞同文會), 중국의 광학회(光學會)와 연락하여 친목을 도모하고 교육을 확장한다는 계획도 세웠다.[14] 당시 번역 출간한 많은 책들은 국민의식을 깨우는 교육의 방편이었고, 따라서 일본 총독부에 의해 압수되거나 금서로 지정되었다.

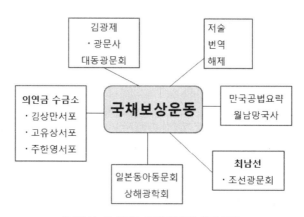

[그림 V-4] 서포와 출판문화운동 관계 도해

---

14) 「연락광학」, 『대한매일신보』, 1907.2.23.
　　박용옥, 『한국여성근대화의 역사적 맥락』, 지식산업사, 2001. 394-395쪽.

주제 3. 국채보상운동 인물들의 새로운 면모를 발굴한다.

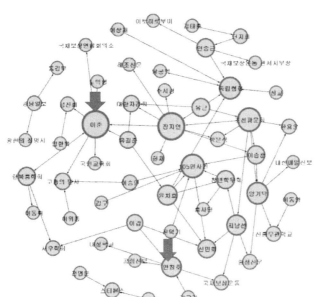

[그림 V-5] 국채보상운동. 출판문화운동. 독립운동 관계망 예시

역사의 무대에서 지금까지 그 역할이 크게 강조되지 않았지만 당대에 큰일을 소리 없이 추진한 인물들이 있다. 지식인으로서 집필과 저술, 번역, 출판, 학교 설립, 교육, 항일단체 설립을 주도한 사람들은 중복적으로 여러 활동을 동시에 했음을 알 수 있다. 국채보상운동과 동시대 다른 운동의 주체들에 대한 데이터를 취합하고 정리한 결과, 일반적인 기존의 역사 서술에서 소략하게 다루어지고 있으나 주목할만한 인물이 발견되기도 했다.

이준의 경우, 국채보상운동의 기록물 자료에도 국채보상연합회의소 소장 이준이 고령군 의무단연상채회 소장 이두훈에게 보낸 문서「1907

년 이준(李儁) 공문서」가 중요 문서로 국학진흥원에 소장되어 있다. 이준은 헤이그평화회의 밀사 역할 이외에도 수많은 단체를 설립하고 주도하였다. 알려지지 않은 그의 많은 활동은 좀 더 탐구할 필요가 있다. 다만 유자후의『이준선생전』의 경우, 거기에 서술된 이준의 많은 활동이 다른 기록물과 상치되거나 확인 되지 않는 내용이 많아서 연구를 통해서 추후 확인할 필요가 있는 사항도 있다.[15]

안창호 역시 미국에 머물면서 미주공립협회를 조직하여 구체적 계획을 수립하는 독립운동을 추진함에 있어 전면에 나서기 보다는 조용한 기획자의 역할을 한 것으로 보인다. 안창호는 1907년 2월 비밀결사인 신민회를 창립하기 위하여 비밀리에 모국을 찾아 대한매일신보의 양기탁을 만나 의논하였다. 단체의 활동을 비밀로 하려는 안창호와 공식 단체로 추진하는 것을 지지한 양기탁은 의견차이가 있었다.[16] 안창호와 양기탁이 대한매일신보에서 만난 때는 마침 국채보상운동이 시작된 때였고 안창호는 금화 35원을 의연하였다.[17] 그는 아이디어를 내고 단체를 만들어 추진하면서 다른 사람으로 하여금 실천적 행동을 주도하게 하고 뒤에 머물렀기 때문에 공식 기록에는 다른 사람의 이름으로 남은 활동이 많다.[18]

---

15) 이태진 외, 『백년 후에 만나는 헤이그특사』, 태학사, 2008, 83-109쪽.
16) 안창호, 흥사단
   https://www.yka.or.kr/html/about_dosan/life_achievement.asp
17) 「海外義捐」『대한매일신보』, 1907.02.24, 잡보 참조. 기사 본문에는 전달자 안창호 이름이 명시되지 않았으나 신용하는 「애국계몽운동에서 본 국채보상운동」, 1994, 11쪽에서 이 기사를 인용하면서 이름을 거명하였다.
18) 인물 개체 데이터를 추출하면서 개화기 민족운동 관련 서적, 개인 평전, 한국민족문화대백과사전 등의 내용을 취합, 오류를 찾아내고 정리하였다.

[표V-1] 국채보상운동 단체와 참여인물 현황

설립일	해체일	단체명	주요 인물	성격
1896. 07.02	1898. 12.25	독립협회	서재필, 윤치호, 이상재, 양기탁, 주시경, 이준, 신채호	사회정치단체
1898. 11.05	1898. 12.23	만민공동회	서재필, 안창호, 이상재, 장지연, 윤치호, 이승만, 남궁억, 양홍묵, 이준(연설)	민회운동
1905. 05.24	1905. 11.00	헌정연구회	이준, 양한묵, 윤효정, 심의성	사회운동, 계몽단체
1906. 04.00	1907. 08.00	대한자강회	윤치호(회장), 장지연, 윤효정, 심의 성, 임진수, 김상범	사회운동단체
1907. 04.00	1911. 09.00	신민회	안창호, 이동휘, 양기탁, 이동녕, 이 갑, 유동열, 이준, 전덕기, 이회영, 이 갑, 윤치호, 최광옥, 최남선, 이상재, 박종화, 이승훈, 이강, 김구, 신채호	독립운동단체
1910. 12.00	1915. 00.00	조선광문회	최남선, 현채, 박은식	학술단체

한말~대한제국기 국내의 지식인 지도층은 출신 배경과 지역, 문화적 성향은 달랐으나 국민을 계몽하고 교육하여 나라가 강해져야 자주독립과 국권을 지킬 수 있다는 공통의 목표를 가졌다. 그들은 여러 단체를 만들고 국민을 대상으로 운동을 펼쳤다. 그들이 함께 참여한 운동 단체를 보기 쉽게 정리하면 [표 V-2]와 같다. 이 표에서 보듯이 한말~대한제국기 약 15년 동안 한 사람이 평균 5개 정도의 단체를 창립하거나 가입하여 주도적 역할을 하였다. 여기 소개한 12명의 대표적 지식인들은 모두 어떤 형태로든 국채보상운동에 적극적으로 참여하거나 지원하였다.

[표 V-2] 국채보상운동 인물들의 단체 활동 상황

창립	1896.07	1898.11	1906.04	1907.02	1907.04	1908.01	1909.08
윤치호	독립협회	만민 공동회	대한 자강회	국채보상 운동	신민회		청년 학우회
안창호				국채보상 운동	신민회	서북학회	청년 학우회
이상재	독립협회	만민 공동회		국채보상 운동	신민회	기호 흥학회	
남궁억	독립협회	만민 공동회		국채보상 운동	대한협회		
윤효정	독립협회	헌정 연구회	대한 자강회	국채보상 운동	대한협회	기호 흥학회	
장지연			대한 자강회	국채보상 운동	대한협회		조선 광문회
최남선				국채보상 운동		청년 학우회	조선 광문회
박은식		서우학회		국채보상 운동	신민회	서북학회	조선 광문회
이동휘			한북학회	국채보상 운동	신민회	서북학회	
신채호				국채보상 운동	신민회	대한협회	
이준	국민 교육회	헌정 연구회	한북학회	국채보상 운동			
양기탁				국채보상 운동	신민회		

장지연, 신채호, 양기탁은 주로 글을 통한 항일운동을 다양하게 전개하였다. 1910년 일본에 의해 한국이 주권을 상실하자, 『경남일보』 주필로 있던 장지연은 10월 11일자 신문에 황현(黃玹)의 절명시(絶命詩)를 게재하였다. 그로 인해 『경남일보』는 10일간 발행 정지 처분을 받았다.

한일합병 당시 국내외 공직자와 지도자들이 다수 자결하였는데, 한 국민의 반일 감정을 자극할 것을 우려한 일본은 그 소식을 보도하지 못하게 하였다. 나라를 뺏긴 후 울분으로 자결한 공직자와 지도층 인사는 얼마나 알려져 있는가? 국치를 당해 이처럼 많은 인사가 자진한 경우 매 건마다 서로 다른 사연과 슬픔과 의미가 있을 것이다.

국가보훈처의 '순국선열'에 대한 설명문을 보면 "1905년 을사조약이 강제로 체결되어 일제에게 국권을 빼앗기는 비운을 맞게 되자 우리 선열들은 몸과 마음을 바쳐 조국 광복에 나섰다. 방법은 각기 달랐으나 조국의 독립을 이루겠다는 염원은 하나였으며, 수많은 선열들이 소중한 생명을 잃었다."고 했다.19) 시종무관장 민영환(閔泳煥), 특진관 조병세(趙秉世), 법부주사 송병찬(宋秉瓚), 전 참정 홍만식(洪萬植), 참찬 이상상(李相尙), 주영공사 이한응(李漢應), 학부주사 이상철(李相哲), 병정 전봉학(全奉學), 윤두병(尹斗炳), 송병선(宋秉璿), 이건석(李建奭) 등이 자결하였고 외국인으로는 청국인 반종례(潘宗禮), 일본인 니시자카[西坂坡豊]도 부당한 일본의 한국 병탄에 투신 자결로 항의하였다.

인물 데이터 구축과 그 관계 규명을 통하여 많은 인물들의 새로운 면모와 그 삶의 의의를 찾아 볼 수 있을 것이다.

독립국 대한민국이 된 이후에도 이들에 대한 연구와, 데이터를 기반으로 하는 감동적 서사는 별로 없었던 것 같다. 개화기 인물들의 데이터는 좀 더 섬세하게 큐레이션 되어야 할 필요가 있다.

주제 4. 망국 전후기 신문화의 문예 부흥기를 누리다

1905~1910년 동안은 국민의 사상, 지식, 문화, 경제, 정치의식 등을 모든 면에서 일신시키고, 국민의 실력을 비약적으로 양성한 기간

---

19) 국가보훈처 http://www.mpva.go.kr/open/open300_view.asp?ipp=10&id=20837

이었다. 애국계몽운동이 강렬하게 전개되었기 때문에 의병운동에 대한 지원 세력이 강화되고, 근대교육을 받은 사람들이 중견 간부로서 의병에 공급되어 상생 작용을 하였다. 국권을 빼앗기고 나라가 식민지로 강점되는 최후의 5년을 도리어 "대각성의 시대", "대분발의 시대", "민족 역량 증강의 시대"로 전환시켰다.[20]

이 기간은 새로운 근대적 민족문화가 창조되고, 국민은 전통적 계급사회가 무너지고 민권과 자유를 느끼면서 신문화에 탐닉한 문예부흥기였다.

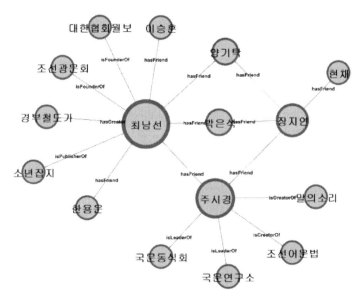

[그림 V-6] 신문화를 주도한 개체 요소들 관계망 예시

20) 신용하, 「한국근대사와 민족문제 : 한말 애국계몽운동의 내용과 전개」 특강, 이화여자대학교, 2008.

데이터베이스의 대상 정보는 국채보상운동이 끝나가는 1910년에 중단되는 것이 아니라 여러 분야에서 새로운 문예 창작 활동이 증가했던 1920년대를 포함한다. 국가 정체성에 대한 관심이 고조되면서 우리말, 국문 연구에 주시경이 큰 업적을 남겼고, 국학 연구에 큰 진전을 보았다.

국채보상운동은 국내의 출판문화를 이끌었던 지식인들의 참여로 추진되었다. 그들은 외국 서적의 수입, 번역, 판매를 통해 신지식을 국내에 보급, 확산시켰다. 이러한 문화운동의 중심에 최남선, 현채, 신채호가 있었다.

1910년대는 문학사에서 '최남선과 이광수의 시대'로 불린다.[21] 최남선은 새로운 시 형태를 꾀하여 근대시의 발전에 공헌하였으며, 언문일치의 우리말 문장을 확립하는 데 선구적인 역할을 하였다. 이광수는 그의 소설 「무정」이 계몽기의 신문학을 총결산할 만한 작품이라 평가될 정도로 이 시기의 대표적인 작가였다.

그리고 한용운, 신채호, 김소월, 염상섭 등은 우리 문학을 전통적인 문학의 바탕 위에서 근대문학으로 발전시키는 데 심혈을 기울였는데, 그들은 「님의 침묵」, 「꿈 하늘」, 「진달래꽃」, 「삼대」 등의 작품을 통하여 우리 민족에게 자주독립의 신념을 북돋워 주었다. 심훈, 이육사 등도 민족의식을 담은 작품을 발표하여 민족정기를 일깨웠다.

신문화의 도입과 일본의 영향으로 근대사회화하면서 신문화의 물결은 일종의 문화 르네상스 시대를 열었다. 새로운 형식의 문학뿐 아니라 노래, 대중음악, 서구적 춤과 연극 등의 공연물이 일본으로부터 물밀듯이 들어왔다. 기독교 단체를 통해 미국의 영화를 감상하는 기회도 늘었고, 국민들은 높은 관심을 보였다. 신체시를 쓰고 전통적인

---

21) 정진석, 『인간 이광수』, 기파랑, 2017.

소리나 노랫가락이 아닌 '창가'의 멜로디와 박자로 뜻을 가사에 담아 부르는 것이 일상 생활화 되었다. 노래는 지식 전달, 집단의 공통 의식화에 좋은 수단이었다. 애국가가 작곡되었고 단체나 운동 추진을 위해서도 노래를 지어 창가를 불렀다. 담배를 끊어서 그 돈을 모금하여 국채를 갚자는 「단연가」, 새로 달리는 철도를 찬양하는 「철도의 노래」 등 대상이 무엇이든 함께 노래를 부르는 것이 신선한 새 문화를 즐기는 자연스러운 이벤트였다.

주제 5. 여성들이 사회에서 목소리를 내다

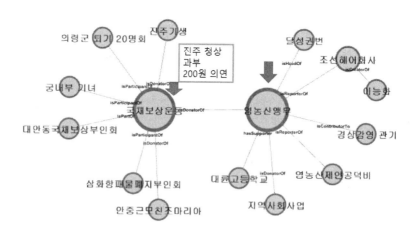

[그림 V-7] 국채보상운동과 염농산(기생 앵무)의 관계망 예시

개화기는 억압적 조선사회와는 달리 한국 여성들의 적극적 기질을 나타낼 수 있는 사회적 여건이 조성되었다. 찬양회는 북촌에 사는 양반 부인 300명이 참여하는 규모가 큰 모임이었다. 여성단체의 이름으로 여성들의 주장을 공표한 찬양회의 선언문 「여권통문」을 발표한 것 자

체가 한국 여성운동사에 남는 역사적 사건이었다.[22] 찬양회의 100여명 회원은 여성 교육기관을 세워 달라고 1898년 궁궐 앞에 모여 집단상소를 올렸다. "눈먼 병신으로 구습에만 빠져있는" 여성들을 향한 결연한 계몽 의지를 보이고, "남녀가 조금도 다름이 없는데 옛글에 빠져차별함은 부당하다"고 항변했다.[23]

주제별로 수집한 주제어들은 균형 있게 분포되어 있었다. 다만 염농산(기명 앵무)의 경우 이채로운 의연자로서 매우 흥미롭게 기사로 다루어졌음에도 불구하고 공식적 기록이 거의 전무하였다. 따라서 특이한 여성 의연자를 하나의 주제로 선정했음에도 불구하고 풍부한 스토리 소재는 발견되지 않았다. 모금운동 초기에 18세의 경상감영[24] 관기인 염농산의 거금 투척은 큰 화젯거리였다. 그러나 염농산의 의연 사실은 현재민족문화대백과사전과 공식적인 역사인물정보에는 포함되어 있지 있다. 현재 공식적으로 염농산 이름이 기록된 것은 권번의 사장으로 등록한 사실이 관보에 실린 것이 거의 유일하다. 실제로 염농산의 주거 지역이나 유물, 수기 기록 등 개인적 흔적이 거의 없기 때문으로 보인다. 그는 교육운동, 지역사회운동을 위해서도 여러 차례 기부하였다. 1938년 5월 24일자 동아일보에는 운영난에 빠진 대구 교남학교에 앵무 염농산 여사가 2만 원의 토지를 희사했다는 기사가 실려 있다.[25] 국채보상운동에 의연 행위를 통해 남녀평등 사상을 표출한 염농산을 대구의 인물 스토리로 개발하자는 논문도 있다.[26] 염농산의 가장 뚜렷한 흔적은

---

22) 여권통문은 1898년 9월 1일 이소사와 김소사 두 여성의 이름으로 발표된 최 초의 여성 인권선언문. 여성의 참정권, 직업권, 교육권을 요구하였다.
23) 『독립신문』, 1898.9.15.
24) 경상감영은 1601년 최종적으로 대구로 이전되어 1910년 대구청사로 바뀌었다.
   http://dh.aks.ac.kr/~joanne20/wiki/index.php/경상감영
25) 「고조되는 교육열 교남학교 부흥비로」, 『동아일보』, 1938.5.24.

1927년 1월 6일자로 합자회사 달성권번(達城券番)을 등록한 기록이다. 본점의 주소는 대구부 상서정 20번지, 사장은 염농산으로 조선은행회 사조합요록(朝鮮銀行會社組合要錄; 1939년판)에 기록되어 있다.

염농산의 거금 투척은 의연인 명단과 금액을 적은 목록에서는 확인 되지 않는다. 여성 의연만 별도로 추출한 자료에서 최다액 기부자는 울산 내상면(內廂面)의 '청상과부'가 200원을 낸 것이다.[27]

국채보상운동이 시작되자 큰돈을 쾌척하며 "애국에는 남녀가 다를 리 없다"고 외친 것도 기생이었다. 그런데 여성들이 뜻을 모아 거액을 모금하고 단체를 만들어 의연금 수집소에 제출하려 하자, 대구의 남 성들은 여자들은 따로 단체를 만들지 말고 자기들 단체의 소속 지부로 등록하고 모은 성금 또한 자신들에게 달라고 요구하였다.

국채보상운동 관련 기록에 나타난 인원은 18만 명 이상으로, 의연 자들의 직업, 가족, 거주 지역, 금액이 기록으로 남아 있다. 일부 일본 과 미국의 유학생과 교민의 의연금 송금 정보는 수록되어 있으나, 아 직 전반적인 해외 교민의 국채보상운동 참여 현황에 대한 조사는 이루 어 지지 않았다.

---

26) 김중수, 「근대화의 擔持者 妓生 I - 대구 지역 문화 콘텐츠로서의 가능성」, 『한국학논 집』 43, 2011, 161-194쪽.
27) 1907년 7월 28일 『대한매일신보』 기사 참조. 1907년 7월 9일 『황성신문』도 보도하였 다고 하나 확인되지 않는다.

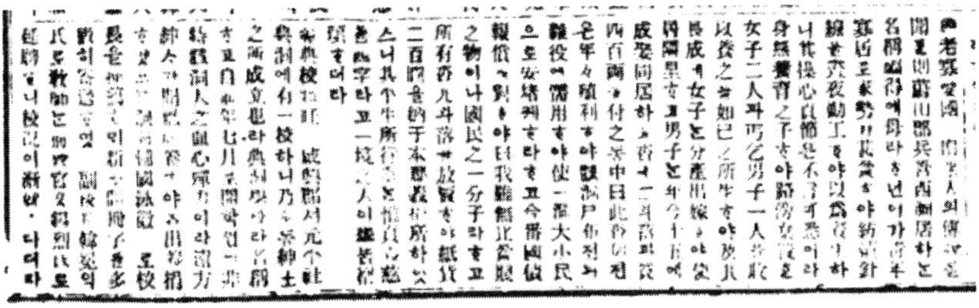

[그림 V-8] 과부의 200원 의연에 관한『대한매일신보』의 1907년 7월 28일자 1면 기사

주제 6. 이토 통감은 국채보상운동 저지를 최우선시하다

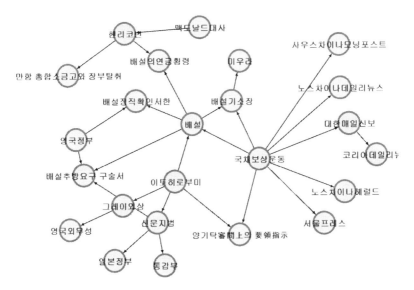

[그림 V-9] 대한매일신보 탄압과 외교 분쟁 관계망 예시

이토 통감이 스스로 조선의 통감직을 내놓은 1909년까지의 행보를 보면, 그는 조선을 파악하고 왕실을 조정하며 친일인맥을 조성하여 병합을 무난히 성사시키기까지 가장 중요한 역할을 한 인물이다.[28] 그는 조선을 누구보다도 깊이 알았고 애증의 감정을 가졌다. 그는 일본에 대한 국제적 평판에 민감했고 국채보상운동 이전부터 조선인들의 항일, 반일 운동이 격렬해 질 것을 예상하여 매우 세밀하게 여론의 동향을 살폈다. 이토 통감은 갑신정변 처리 전권대사의 역할을 맡고 청일전쟁을 지휘한 후 러일전쟁 승리 후 을사늑약의 체결, 고종의 폐위 등을 감독, 집행하면서 주도면밀한 역량을 보였다. 군대지휘권을 갖는 조건으로 한국의 통감으로 부임한 이토는 영친왕을 일본에 유학시키고 일본 황태자의 조선방문으로 조선백성에게 좋은 이미지로 연출하였다. 조선 병합에 찬성한 후 통감에서 물러났으나 이토는 안중근의사에게 살해될 때 까지 일본과 조선의 관계를 조정하고 관리하는 시대적 역할을 성공적으로 해 낸 인물이다 그는 일본의 침탈 과정에 방해가 될 요소는 치밀하게 사전에 제거하고 예방하려고 하였다. 이러한 노력은 국채보상운동에 관한 통감부의 공문서와 외교 문서에 남아있다. 이토 통감은 한국인의 반일, 항일 투쟁이 본격화할 것을 계속 경계하였다. 국채보상운동은 그 급속한 전국 확산에서 보듯이 한국인이 갖고 있는 엄청난 항일운동의 잠재력을 보여주었다. 그 때문에 이토 통감은 운동의 진행과 저지공작 상황을 거의 매일 직접 감독했다. 국채보상운동이 시작된 지 8개월 만에 일본의 통감부는 국채보상운동을 견인 해 온「대한매일신보」의 사장 영국인 배설을 국외로 추방하기 위한 재판을 시작하였다. 국채보상운동 의연금중 배설과 양기탁이 3만 원을 횡령했다는

---

28) 미요시 도오루, 이혁재 옮김,『사전(史傳)이토 히로부미』, 다락원, 2002, 625-643쪽.

의혹을 퍼뜨림으로써 국채보상운동의 확산을 막으려하였다. 모금운동
은 모금 주체에 대한 신뢰가 무너지면 확실하게 실패하는 운동이다.
그 후 배설과 양기탁은 무죄로 풀려 나왔지만 국채보상운동의 추진 동
력이 크게 약화되어 좌절하고 말았다. 이후 1910년 8월 한일강제병합
이 이루어지면서 국채보상운동은 본래의 목표를 달성하지 못하고 역사
적 사건으로 남게 되었다.

농업 기반의 한국 전통 경제 체제에서 국채보상운동으로 현금과 패물
등을 전국적으로 모금할 수 있었던 것은 놀라운 현상이었다. 한국인의
단합된 모습은 일본을 놀라게 했고 본격적으로 아시아 대륙 진출을 추
진하던 이토 통감은 한국인의 반일 잠재력에 경각심을 갖게 되었다.
그는 영국에 배설의 추방과 대한매일신보의 폐간을 지속적으로 요구하
였다. 이토 통감은 일본과 상해에서 발행되는 친일적 영어신문을 동원
하여 배설과 양기탁의 대한매일신보에 대한 불리한 허위 기사를 국제적
으로 확산시켰다. 이들 신문이 배설이 국채보상의연금을 횡령하였음을
자백하였다는 허위 보도를 하자 배설은 명예훼손으로 일간지 노스차이
나모닝포스트(North China Morning Post)와 주간지 노스차이나헤럴드
(North China Herald)를 고소하였고 배설은 두 신문에 승소하여 금전적
보상까지 받아내었다. 국채보상운동을 반드시 좌절시켜야 했던 급박한
상황과 이토 통감의 끈질긴 노력은 통감부 문서와 외교 문서의 긴박함
과 빈도가 증거하고 있다. 일본 본국의 관리들과 영국 국내와 주한 영국
공사관 외교관들 사이에 주고받은 메모, 서신, 공문서 등은 유럽과 한국
과 일본을 무대로 하는 드라마이다. 국채보상운동의 관점에서 다룬 기
존의 연구에서는 외교 갈등에 관한 콘텐츠가 소략하게 언급되어 있다.

제6장
결론

역사 기록물 데이터를 구축하여 역사를 재현하는 큐레이션 모델을 개발하려는 목적으로 국채보상운동 관련 자료들과 선행연구들, 관련 주제에 대한 전시물, 해설문 등을 조사하면서 몇 가지 의문이 들었다.

▷ 국채보상운동에 관련 기록물은 1890년대부터 1910년 무렵까지 지역과 분포 면에서 다양한 인물과 사건, 문헌, 개념 등 풍부한 콘텐츠를 포함하고 있다. 그런데 기존의 일반적인 전시 체계에서는 그 자료들이 유물의 디지털 사본과 활자화된 텍스트, 또는 그 원문의 현대어 번역문 등 개별적인 자료 단위로만 취급되고 있다. 자료와 자료 사이의 스토리, 또는 자료에 담긴 정보 요소 사이의 스토리를 알려 주지 않는 것은 콘텐츠 발굴의 잠재력을 살리지 못하고 있는 것은 아닌가?

▷ 국채보상운동에 대한 기존의 서술들이 운동을 잘 설명하고 있는가? 국채보상운동을 한반도 안에서 벌어진 '국내사건'으로만 본다면 긴박하게 돌아가던 당시의 국제적 상황과 여러 사건의 긴장되고 극적인 장면들을 설득력 있게 설명하지 못하는 것 아닌가?

▷ 운동 추진 과정에 등장하는 인물들은 전체적으로 한 사람의 인간 '개인'으로서 서술되지 않고 상식적으로 알려진 역사적 역할만이 부각되어 있다. 큰 주제만 있고 스토리의 세부가 없기 때문에 이야기가 현실감이 부족하고 재미가 없는 것 아닌가?

▷영역별 연구는 주제에 초점을 맞추어 논문은 쓰게 되는데 좁은 분야
를 깊이 연구하는 특성상 전문적 논문은 일반인에는 난해하고 무미건
조한 서술이 되기 쉽다. 역사적 사건의 서술이나 문화유산 해설의 문
장이 학술 논문을 그대로 따르고 있지나 않은가?

역사적 사건에서 무엇을 어떻게 서술하는 것이 정확하고 흥미롭고
생생한 역사의 재현인가? 이 문제의 답을 찾는 것은 결국 새로운 패러
다임의 큐레이션 방법 찾기 과정이었다. 구체적으로는 위의 질문들에
대한 답을 찾는 일이었다. 근거 있는 역사 기술은 결국 데이터가 근거
를 제공해야 하는 것이고, 많은 스토리 주제를 구조적으로 포함하고
있는 시맨틱 데이터를 구축함으로써 새로운 스토리 주제의 발견이 가
능하였다.

제1장에서 이 연구의 목표가 역사적 지식정보를 데이터로 만들어
새로운 스토리 주제를 발견하고자 하는 것임을 설명하였다. 역사적
사건의 기술이 흥미로운 스토리 요소를 가지면서도 믿을 만한 근거가
있는 디지털 아카이브를 구축하는 것이 연구의 목적이었다. 스토리
요소를 찾기 위해서 시맨틱 데이터를 구축하는 과정은 데이터 간의 관
계를 미리 구조적으로 데이터베이스에 담아 놓는 것임을 설명하였다.
주제를 추출하여 스토리로 큐레이션 하는 것은 결국 사람이 '근거 있
는' 스토리를 '만들어 내는 것'이다.

헤이든 화이트(Hayden White)의 역사 서사 이론을 큐레이션에 관한
기본 이론으로 삼았다. 그는 권위를 가진 역사가가 역사에 이미 존재
하고 있는 '진리'를 찾아내어 서술한다고 주장하는 주장에 대해 비판
적이다. 역사는 사건에 대한 이야기일 뿐 아니라 사건을 통해 드러나
는 관계에 관한 것이라고 보았다. 화이트의 주장대로 이들 관계는 사

건 자체 속에 원래부터 편재(遍在, Immanent)하는 것이 아니고, 이 연
구에서 시도한 것처럼 오직 그 것을 골똘히 찾아내는 서사자의 성과물
이다.[1] 디지털 데이터와 아카이브는 인문학의 연구 방법에 근본적 변
화를 가져왔다. 특히 영향을 받는 것이 역사학 분야이다. 기록의 지식
요소를 시맨틱 데이터베이스화하여 새로운 지식과 스토리 주제를 발
견하는 것도 디지털 인문학적 방법론의 성과이었다.

제2장에서는 본 연구의 방법론으로 스토리 주제 발견하기와 역사
재현하기에 관련 된 두 가지 이론을 설명하였다. 첫째는 역사적 사건
에 대한 서술의 기본적 접근에 관한 것으로 전문적 역사학자에 의한
경직되고 권위주의적인 서술의 문제점을 지적한 헤이든 화이트의 역
사서사 이론이다. 그는 역사적 사건의 기록에 근거하여 "이야기적" 요
소를 포함한 서사(Narrative)의 창조를 중시한다.

헤이든 화이트가 주장한 '근거 있는' 스토리텔링을 '스토리가 담긴
디지털 아카이브'의 형태로 구현할 수 있으리라는 착상과 기술적인 프
레임워크는 김현의 '백과사전적 아카이브(Encyves)'[2] 제안에서 시사를
받았다. 전통적으로 도서관, 박물관, 기록관은 수집과 대출, 소장과 전
시, 보존과 열람이라는 별도의 기능을 수행해 왔다. 그러나 현대의 디
지털 환경에서는 이들 기능이 융합되고 있다. 디지털 콘텐츠는 어느
한 공간에 귀속될 필요가 없이 의미적으로 관련이 있다면 그 원시 자료
가 유물이든 책이든 기록물 원본이든 구애됨이 없이 "스토리"에 따라
관련 지식 정보로 연결되는 현대적 문화유산 지식 통합 시스템 모델이

---

1) Hayden White, 'The Historical Text as Literary Artefact' in Tropics of Discourse
   (Baltimore, MD, ad London : The Johns Hopkins University Press, 1985; orig.
   1978), p.88, Mary Fulbrook, Historical Theory, 2002, Routledge, p.54에서 재인용.
2) 엔사이브(Encyves)=백과사전적(Encyclopedic)+아카이브(Archives)

다. 백과사전적 지식과 아카이브의 기록물이 모두 디지털 데이터로 존재하는 환경에서는 두 세계를 넘나드는 지식의 큐레이션이 가능하다. 엔사이브 모델의 디지털 아카이브는 단순한 기록물의 저장소가 아니라 그 기록물을 중심으로 다양한 서사의 가능성을 보이는 서사적 큐레이션의 현장이 될 수 있다.

해외의 기술 기반 빅데이터 활용 역사학 방법론도 소개하였다. 역사적 기록물의 데이터 처리로 과거를 생생하게 재현했다는 점에서 참고가 되는 한 영국과 이탈리아의 연구 프로젝트를 소개하였다. 이탈리아의 베니스 프로젝트는 방대한 과거 기록물을 수기 문자까지 인식하여 고속으로 스캔하여 역사 기록 데이터를 분석하여 천 년의 기간 동안 변화해 온 건물과 도로를 재현해 내었다. 산마르코 광장의 모습을 한쪽은 수백 년 전에 화가가 그린 투우 행사와 관객의 모습을, 다른 한쪽에는 오늘의 모습을 나란히 시각화하여, 시간을 초월한 역사 재현의 기법을 보여주었다.

영국의 『런던 사람들』(London Lives) 프로젝트는 도시 런던의 환경과 제도와 개인의 삶을 정밀하게 재현하고 있다. 방대한 기록이 까마득한 과거 인간의 삶에 대해 서술하고 있다고 해도 중요한 것은 그 안에 인간 개개인이 존재 한다는 점이다. 개개인의 구체적 삶이 빠진 역사 서술은 무미건조 할 수밖에 없다. 런던 사람들의 기록을 살려낸 이 역사 프로젝트는 하층민의 끔찍한 피해, 가해자들이 사형에 처해지는 생생한 재판 기록 등 역사 이야기를 개개인의 스토리로서 보여준다는 점에서 상술하였다. '그 때 그 자리, 그 사람, 그 사건'이라는 구체성이 있는 서술은 역사 서술 방식에 시사점을 던져 주었다.

제3장에서는 국채보상운동 관련 연구 대상 자료에서 역사 서사와 스토리 요소가 담겨 있는 시맨틱 데이터를 만들기 위한 기본 디지털

데이터의 취재와 수집방법을 설명하였다. 국채보상운동 아카이브에 담기는 데이터가 목적에 맞게 지식정보가 구성되도록 설계하는 것이 중요하였다. 중요 인물, 단체, 기관, 기록물 등 사건의 전말에 관련된 직접 지식요소들로 기본적 핵심 데이터(Core Data)를 구성했다. 또 사건의 요인과 배경에 직접적, 간접적으로 영향을 미친 사상, 운동 등의 개념적 요소, 즉 맥락 데이터(Contextual Data)도 포함했다. 데이터가 스토리의 요소를 갖는 조건은 데이터 간의 관계, 특히 인과 관계가 있는지 여부가 핵심이다.

대구는 국채보상운동 당시 왕성한 전통시장 기능을 가진 경제 중심지로서 대표적 상업도시의 높은 위상을 자랑했다. 대구에는 국채보상운동의 발상지인 광문사 출판사도 있었지만 동시에 전국 지식인의 사랑방이면서 2만 권의 장서를 자랑하던 우현서루와 인수문고의 본거지가 있었다. 반일 자주적 민족의식과 신지식의 도입에서도 한강 이남에서는 선도적 위치에 있었다. 대구뿐 아니라 전국의 도시와 마을, 그 지역의 지도자들은 나름대로의 민족 자긍심을 확립하는 활동을 전개하고 있었다. 이러한 지식요소는 연구 목적에 적합한 시맨틱 데이터 추출의 자료가 되었음을 기술하였다.

제4장에서는 국채보상운동 온톨로지 설계를 통한 시맨틱 아카이브를 설계했다. 본 논문의 지면에서 방대한 데이터 산출물을 전부 보여주기 어려우므로 핵심 산출물을 볼 수 있도록 일부를 샘플 데이터로 처리하여 포함시켰다. 1차 추출한 790개의 개체 데이터와 이들 데이터 간의 관계를 규정하는 77개의 관계 데이터를 생산하였고, 그 결과로 이들 데이터들을 구조화 된 관계 데이터로 연결한 817개의 시맨틱 데이터가 만들어졌다. 이런 과정을 거쳐서 인물, 기록물, 사건, 기관 등의 총체적 모습과 상호 관계를 보여 주는 시맨틱 네트워크를 구현할 수 있는

데이터를 생산하였다. 이 아카이브는 개별 데이터를 보존하는 것에 그치지 않고 앞으로 추가적인 연구 성과와 새로운 자료의 발굴 등을 통해서 계속 확장되어 갈 것이다. 새로 발굴된 데이터는 맥락에 따라 기존의 자료와 연결되고, 그것은 곧 큐레이션의 확장과 지식의 확장으로 이어지게 된다. 국채보상운동 아카이브는 이와 같이 확장 가능한 시맨틱 네트워크로 구축되었다.

제5장에서는 제4장에서 설계한 시맨틱 데이터베이스에서 맥락을 따라 발견한 6개의 스토리 주제를 스토리로 큐레이션하는 모델을 예시하였다. 이렇게 구축한 데이터들 간의 관계에서 자연스럽게 드러나는 서사요소, 즉 스토리 주제를 시각화하여 큐레이션 모델의 새로운 패러다임으로 제시했다. (1) 아시아 지식인들 사이의 교류와 연대, (2) 국채보상운동과 출판문화운동의 관계와 서포[3]의 역할, (3) 국채보상운동, 독립운동, 계몽교육운동의 중심인물들, (4) 신문화의 문예부흥기, (5) 여성의 국채보상운동 참여와 단체 활동, (6) 이토 히로부미 통감과 국채보상운동 저지 과정에서 발생한 외교 갈등의 6 가지 주제는 사실상 본 연구자가 국채보상운동 아카이브 구축에 관한 연구를 진행하면서 가장 관심 있게 들여다보고 싶었던 부분이었다. 따라서 데이터 수집과 온톨로지 설계에 있어서도 '이러한 유의 지적 호기심에 답할 수 있는 자료를 제시하는 아카이브'의 구축을 지향하였다고 할 수 있다.

이 장은 데이터 큐레이션을 위해 설계된 시맨틱 아카이브가 실제로 이용자의 관심 주제를 찾아내고 발전시킬 수 있는 근거 자료로서 데이터를 제시해 줄 수 있는지 확인하는 절차이다. 그러한 과정이 필요한

---

3) 서포(書鋪), 서사(書肆), 책사(冊舍)로 불리던 서점(書店)은 오늘날의 라디오나 TV 방송과 같은 미디어가 존재하지 않았던 국채보상운동기에 책을 출판하고 수입, 유통함으로써, 신문과 함께 가장 중요한 신지식 공급과 소통의 도구였다.

이유는, 처음부터 '큐레이션의 기획 의도'를 갖고 연구자가 아카이브
의 구축을 기획하고 추진하였다고 해도 실질적인 데이터의 수집과 정
리 작업은 역사적으로 존재했던 사실의 기반 위에서 이루어지는 것이
며, 없던 데이터를 생성하거나 변조할 수는 없기 때문이다. 그러므로
존재하는 데이터의 한계로 인해 큐레이션의 목적을 이루지 못할 수도
있는 것이다.

　데이터베이스를 구축하기 위한 온톨로지 설계와 데이터베이스 구축
단계에서부터 그 데이터베이스가 답할 수 있는 주제 영역을 선정하는
것은 디지털 큐레이션의 목적에 맞는 디지털 아카이브를 구축하는 데
있어서 필수적인 선행 과정이다. 예견하는 주제가 있음으로써 그 주제
의 스토리를 찾을 수 있는 데이터 요소 사이의 '연관 관계'를 설정할
수 있다. 기록물에서 확인되는 연관 관계를 시맨틱 데이터의 구조 안에
규정함으로써 그 관계를 기계가 인식할 수 있게 되고, 그러한 환경에서
만 시맨틱 아카이브는 이용자의 지적 호기심에 답하는 자료를 찾아 줄
수 있는 것이다. 이러한 접근법은 전통적 인문학의 영역이 갖는 장벽과
한계를 뛰어넘어 지식정보 간의 연계망을 계속 확장해 갈 수 있게 해
준다. 1907년 무렵 있었던 국채보상운동뿐 아니라 1997년 대한민국이
겪은 금융위기 때의 금모으기 운동, 또는 유사한 위기 상황에 처한 외국
의 여러 사례에 관한 정보까지 주제의 일부로 포함할 수 있다.

　역사적 데이터 속에서 크고 작은 스토리 요소와 맥락을 찾으려는 시
도는 관심 밖에 놓여 있던 풍부한 역사적 데이터를 찾아내고 활용하는
'근거 있는' 창의적 추론의 가능성을 예시하였다. 데이터라는 지식정보
조각들을 역사라는 큰 기획의 부분으로 이해할 때 문학적, 예술적, 인간
적 상상력을 자극하는 새로운 서사의 자료가 될 수 있음을 확인하였다.
새롭게 발견되는 지식요소와 의미는 다시 국채보상운동 디지털 아카이

브에 추가되어 그 지식망을 계속 확장해 나갈 수 있다. 이처럼 확장가능 성이 열려 있고 다른 지식 자원들과 연결된 디지털 아카이브는 미래의 연구자와 예술 창조자들이 유용하게 활용할 수 있을 것이다.

본 연구가 시맨틱 데이터 아카이브를 구축하여 새로운 역사 서사와 스토리 주제를 발견할 수 있도록 큐레이션한 의의는 다음과 같이 요약 할 수 있다.

첫째, 기존 국채보상운동 연구의 시각을 넓혀 시대적 상황과 광범위 한 지리적 지식요소를 포함하고 '엔사이브' 모델에 따라 맥락 정보가 포함된 통합적 시맨틱 데이터베이스를 구축함으로써 새로운 서사와 스 토리 주제를 발견할 수 있음을 확인했다는 점이다. 기존의 국채보상운 동과 그 연관 기록물 내용의 디지털 데이터화 작업은 주로 기록물 자체 에 대한 지식만 제공하는데 그친 반면, 시맨틱 데이터베이스로 구축되 는 새로운 개념의 아카이브는 자료와 자료 사이의 관계, 지식요소 간의 맥락 정보를 중시하고 이들을 데이터에 구조적으로 포함하였다.

과거에는 도서관의 책과 아카이브의 데이터가 따로 관리되고 활용되 었지만 요즘은 디지털 네트워크로 그 기능과 역할이 융합되고 있다. 그러므로 아카이브는 단지 자료를 선별, 관리, 보존하다가 사용자에게 제공하고 그 자료를 학자가 연구를 통해 관계를 밝히고 작가가 서사로 작성하는 방식으로 역할이 분리되었던 경계가 사라지고 있다. 미래의 디지털 아카이브는 데이터를 활용하여 바로 스토리로 큐레이션 할 수 있음을 6개의 큰 새로운 주제의 발견을 통하여 확인하였다. 이러한 연구 성과는 다시 아카이브에 포함되어 자료의 콘텐츠에 대한 깊고 넓은 이 해를 갖게 하는데 기여할 것이다.

주관적 상상력에 의존하는 '작가'의 글은 근거가 취약하다는 점에서 신뢰성에 문제가 있는 한편 연구 결과를 학술적 논문으로 제시하는 '학자'의 문장은 너무 난해하고 딱딱하다는 문제가 있어왔다. 일반 청중의 기대와 요구에 부응하는 역사 재현의 콘텐츠 제공이 필요하다. 이런 점에서 디지털 인문학자는 연구자로서 자료를 연구하여 아카이브를 설계하고 구축하며, 콘텐츠 제작자로서 아카이브로부터 근거 있는 스토리를 이야기답게 큐레이션 하는, 두 가지의 복합적 역할을 수행하도록 요구되고 있다. 이러한 새로운 패러다임의 역사 콘텐츠 큐레이션은 미래의 디지털 인문학자가 기여할 수 있는 분야이다.

둘째, 본 연구가 제시하는 큐레이션 모델은 데이터 수집의 기준으로 이념 보다는 스토리 요소를 추구하기 때문에 특정한 시각의 선택을 강요하지 않는다는 특징이 있다. 결과적으로 역사적 인물에 대한 평가에 있어서 사상적 충돌과 갈등을 탈피 할 수 있는 가능성을 열어 준다는 의의를 가진다. 우리나라 역사 서술에는 연구 주체와 시기, 역사관에 따라 극심한 격차와 갈등이 존재해 왔다. 그런 이유로 한 시대 역사가 갖는 수많은 측면과 특징들 중에서 유독 근대사에 관해서는 정치사, 이념사, 투쟁사에 편중한 서술에 치우치는 경향이 있었다. 국채보상운동 아카이브는 특정 영역에 국한된 데이터베이스를 설계하지 않고 역사적 사건과 관련된 다방면의 데이터를 통합적으로 포함하는 것을 목표로 했다. 그러므로 전체적인 데이터의 구성은 특정 관점이나 이념에 쏠리지 않고 균형 있게 지식요소를 포함하게 될 가능성이 크다.

셋째, 기존의 역사적 사건의 기술이 그 사건에 직접 관련된 자료에만 한정되는 경향이 있었던 데에 반해 본 연구가 지향하는 시맨틱 아카이브는 사건의 직접적 자료뿐만 아니라 국내외 시대적 환경에 관한 자료 및 그 상호 관계성을 살필 수 있는 근거 자료들을 모두 취급할 수 있는 방법을 강구하였다. 지금까지 해 온 것처럼 사건의 시대, 장소, 인물을 직접적 관련성의 범위에 국한하여 사건의 맥락을 파악하

는 것은 스토리텔링 측면에서 등장하는 내용이 빈약하고 줄거리가 단
조롭게 될 가능성이 크며 깊은 의미를 드러내어 보이는 데 한계가 있
다. 한말과 대한제국기의 시대적 상황을 중심으로 여러 차원의 환경
을 살피고, 그에 관한 아카이브의 구조와 자료 속의 맥락 정보를 시맨
틱 데이터에 담고자 하였다. 이는 국채보상운동과 직접적으로 관련성
이 있는 데이터뿐 아니라 운동이 추진되고 확산되고 좌절되게 한 정치
적, 사회적, 국제적 맥락을 알려주는 지식의 아카이브로서 기능할 수
있게 하는 방법을 제시한 것이다. 그 외에도 문학, 예술, 가족, 교육,
동식물, 자연, 환경 등 다양한 주제가 데이터로 포함될 수 있다.

　이러한 아카이브 모델은 연구의 여지가 남아 있는 근대사의 다른 사
건들에도 활용될 수 있을 것으로 기대한다. 데이터가 영역의 경계나
특정 역사관에 의해 배제되거나 제한되지 않고 통합적으로 구성된다면
자연히 과격하게 일방으로 치우진 정보는 그 반대 시각의 자료들에 의
하여 완화되어 균형을 이룰 수 있을 것이다. 역사를 연구하고 가르치는
목적은 연구, 교육, 오락 등 다양할 수 있으나 지나치게 강력한 의지로
어떤 목적에 봉사하도록 만들려고 하면 그 역사는 보편성을 잃기 쉽다.

　본 연구는 국채보상운동기와 그 전후의 시기를 연구 대상으로 한
시맨틱 아카이브 구축을 명목으로 하였지만, 실제적인 데이터의 수집
은 연구자가 입수 가능한 자료에 한정되었다. 아직도 조사가 되지 않
은 미주, 일본, 러시아, 중국, 만주 등지의 유학생과 동포들의 국채보
상운동 관련 자료가 남아 있을 것으로 기대한다. 아직 풀지 않은 원자
료(원장) 기록물들이 분석과 데이터화를 기다리고 있다. 또 북한 지역
에서도 국채보상운동은 매우 활발하였으므로 그 지역의 기록물 자료
도 연구에 포함되어야만 보다 완성도 높은 국채보상운동 아카이브가
완성될 것이다. 국채보상운동 의연자 명단과 의연금 액수, 의연 기사

가 보도된 신문의 이름, 날짜, 쪽수 등 방대한 자료가 있다. 국채보상
운동과 직접 관련된 자료로 18만 명 이상의 의연자 명단과 의연 금액,
출신 지역, 직업 등의 기록이 있는데 특히 여성 의연자들의 기록에는
흥미로운 연구의 주제가 많이 포함되어 있다. 이번 연구는 주로 인물
을 중심으로 인물 간의 관계, 인물과 단체·기관 간의 관계, 인물과 기
록물 간의 관계를 핵심 데이터로 활용하였다. 수집한 자료 중에는 여
성 의연자 명단, 외교 문서 목록, 국채보상운동 관련 연구 자원 등의
미사용 데이터가 많이 있다. 미래의 연구자들이 이를 깊이 있게 연구
하여 많은 새로운 학문적 업적이 나오기를 기대한다. 시맨틱 데이터
로 만드는 성과물은 바로 다른 학술 연구와 창작 활동에 사용될 수 있
는 좋은 자원이 될 것이다.

　본 연구자는 이런 방법으로 수행된 연구를 기반으로 국채보상운동
디지털 아카이브 연구를 계속하여 더욱 발전시킬 수 있는 방안을 강구
하고자 한다. 이러한 노력에서 당면한 한 가지 중요한 문제는 국채보상
운동 데이터의 세계적 유통과 활용이다. 국채보상운동 기록물은 이미
유네스코가 세계기록유산으로 인정한 한국을 대표하는 기록문화유산
이다. 이 내용이 앞으로 세계적으로 알려져서 학계에서는 연구의 주제
가 되고 문학과 예술계에서는 창작의 소재로 활용되려면 국제적 지식정
보망에 연계되어 온라인으로 제공되어야 할 것이다. 여기에는 두 가지
문제가 있다. 하나는 데이터의 형태가 국제적 호환성을 가져야 한다는
점과 콘텐트의 사용언어 문제이다. 다행스럽게도 본 연구에서 설계하고
구축한 시맨틱 데이터베이스는 그 구조와 용어가 국제적 표준을 따르고
있다. 국채보상운동의 데이터베이스는 이미 체계화·구조화되어 있고
시맨틱 데이터베이스로 만드는데 사용된 용어는 이미 영어로 되어있다.
따라서 데이터의 개별적 내용인 노드(Node)의 이름만 영어로 표기한다

면 그 스토리를 영어로 텍스트화하는 것은 용이하다. 본 연구에서 작성한 시맨틱 아카이브는 시맨틱 웹 같은 방식으로 아카이브를 구축했으므로 과거와는 다른 차원에서 영어뿐 아니라 다국어 데이터베이스 구축에 적합하게 되어있다. 이러한 가능성을 더욱 발전시켜서 국제적으로 활용될 수 있는 국제적 아카이브로 발전시키는 연구를 진행하고자 한다.

디지털 인문학으로서 역사 서사의 큐레이션은 아직 발전 중에 있는 연구와 실천의 분야이다. 서사적 요소를 추출하여 스토리로 역사를 재현하는데 미리 정해진 정답이 따로 있다고 볼 수는 없다. 다만 역사 서사의 큐레이터는 역사적 사건에 대한 종합적인 지식과 함께 문학적 상상력과 이야기꾼의 예술적 재능이 필요할지도 모른다. 바람직한 역사재현을 위해서 디지털 큐레이터는 전통 인문학자의 학술논문 급의 전문적 서술과, 문학적 창작자인 '작가'의 자유분방하고 주관적인 서술 사이에서 가장 역사적 사실에 근접하는 근거 있는 스토리를 작가보다 더 쉽고 재미나게 '이야기'해야 하는 사명을 띠고 있다. 데이터 기반의 스토리 주제를 텍스트로 또는 전시 공간의 제작물을 통해 역사를 재현하는 구체적 방법은 다양하다. 이 연구의 큐레이션은 데이터에 근거한 흥미로운 역사 재현이라는 두 가지의 요건을 충족시키는 모델이며, 본 연구가 앞으로 통합적 디지털 한국학 아카이브의 구축과 확산에 기여하는 계기가 되기를 바란다.

국채보상운동관련 연구자료 목록[1]

1) 민간기록 목록

http://dh.aks.ac.kr/~joanne20/wiki/index.php/
민간기록_목록

2) 공문서 목록

http://dh.aks.ac.kr/~joanne20/wiki/index.php/
공문서_목록

3) 신문기사 목록

http://dh.aks.ac.kr/~joanne20/wiki/index.php/
신문기사_목록

---

[1] 부록의 목록은 본 연구에서 활용하거나 생산한 데이터들이다. 스마트폰으로 QR코드
를 찍거나 연구자의 논문 위키 사이트에서 참고할 수 있다.
http://dh.aks.ac.kr/~joanne20/wiki/

4) 대한매일신보 기사 목록

http://dh.aks.ac.kr/~joanne20/wiki/index.php/
대한매일신보#대한매일신보_기사_목록

5) 황성신문 기사 목록

http://dh.aks.ac.kr/~joanne20/wiki/index.php/
황성신문#황성신문_기사_목록

6) 만세보 기사 목록

http://dh.aks.ac.kr/~joanne20/wiki/index.php/
만세보#만세보_기사_목록

7) 경성신보 기사 목록

http://dh.aks.ac.kr/~joanne20/wiki/index.php/
경성신보#경성신보_기사_목록

8) 대한민보 기사 목록

http://dh.aks.ac.kr/~joanne20/wiki/index.php/
대한민보#대한민보_기사_목록

9) 공립신보 기사 목록

http://dh.aks.ac.kr/~joanne20/wiki/index.php/
공립신보#공립신보_기사_목록

10) 매일신보 기사 목록

http://dh.aks.ac.kr/~joanne20/wiki/index.php/
매일신보#매일신보_기사_목록

11) 인물 목록

http://dh.aks.ac.kr/~joanne20/wiki/index.php/
인물_목록

12) 국채보상운동 관련 단체

http://dh.aks.ac.kr/~joanne20/wiki/index.php/
국채보상운동_관련_단체

13) 출판사 목록

http://dh.aks.ac.kr/~joanne20/wiki/index.php/
출판사#출판사_목록

14) 사건 목록

http://dh.aks.ac.kr/~joanne20/wiki/index.php/
사건_목록

15) 국채보상운동 연구자원 목록

http://dh.aks.ac.kr/~joanne20/wiki/index.php/
연구자원_목록#국채보상운동_연구자원_목록

16) 新국채보상운동 금모으기 해외보도목록

http://dh.aks.ac.kr/~joanne20/wiki/index.php/
新국채보상운동_금모으기_해외보도

참고문헌

1. 자료

1) 사전

『두산백과』, http://www.doopedia.co.kr/

『문학비평용어사전』, http://terms.naver.com/list.nhn?cid=41799&category
Id=41800

『컴퓨터인터넷IT대사전』, http://terms.naver.com/entry.nhn?docId=822658
&cid=42344&categoryId=42344

『한국민족대백과사전』, http://encykorea.aks.ac.kr/

2) 고신문, 보고서, 도록

『경성신보』

『공립신보』

『대한매일신보』

『대한민보』

『만세보』

『매일신보』

『황성신문』

국립경주박물관·상주박물관, 『慶尙北道 1314-1896』, 2014.

국립한글박물관, 『국립한글박물관 디지털 아카이브 구축 기본 구상』 연구 결과
보고서, 2013.

김영호, 『국채보상운동의 세계사적 재조명, '국채보상운동, 큰 강물이 비로소

길을 열었다'」, 전시회 도록, 2016.

대한자강회, 『大韓自强會月報』 제9호, 1907.3.25.

문화재청, 『문화재 안내표기(설명문 등) 및 체계 개선방안 연구 결과 보고서』, 2014.12.

문화재청, 『국립문화유산영상관 설립을 위한 기획연구보고서』, 2016.

서울역사박물관, 「특별기획전, 광화문연가 : 시계를 되돌리다 '화'」, 2009.

유로피아나 2016 연차보고서 http://pro.europeana.eu/files/Europeana_Pro fessional/Publications/europeana-annual-report-and-accounts-201 6.pdf

　　http://pro.europeana.eu/publication/annual-report-accounts-2016

UNESCO/TAFISA 피사선언문(국문) http://greyguiderep.isti.cnr.it/Pisadecla pdf/Korean-Pisa-Declaration.pdf

서울대학교 인문대학 독일학연구소 옮김, 『한국근대사에 대한 자료 : 오스트리 아 헝가리제국 외교보고서 1885-1913』, 신원문화사, 1992.

한국학중앙연구원, 『한국 기록유산의 디지털 스토리텔링 자원 개발』 결과보고 서, 2017.

　　　　　　　　　, 『문화유산 속의 인물에 관한 시각적 스토리텔링 자원 개발』 결과 보고서, 2017.

2. 연구논저

1) 저서

구대열, 『제국주의와 언론』, 이화여자대학교 출판부, 1986.

김병익, 『한국문단사』, 일지사, 1974.

김봉희, 『근대의 첫 경험 : 개화기 일상 문화를 중심으로』, 이화여자대학교 출 판부, 2006.

김봉희, 『한국 개화기 서적문화연구』, 이화여자대학교 출판부, 1999.

김용구, 『세계관 충돌과 한말 외교사, 1866-1882』, 문학과지성사, 2001.

김윤식, 『이광수와 그의 시대 2』, 솔출판사, 1999.

김성혁·박영택·추윤미 공역, 김현주 감수, 『온톨로지 개발자를 위한 시맨틱 웹, W3C RDF, RDFS, OWL 기반 온톨로지 모델링』, 사이텍미디어, 2008.

김 현, 『지역문화 콘텐츠 제작의 실제』, 북코리아, 2009.

_____, 『인문정보학의 모색』, 북코리아, 2012.

김현·임영상·김바로, 『디지털 인문학 입문』, HUEBOOKS, 2016.

데이비드 로웬델 지음, 김종원·한명숙 옮김, 『과거는 낯선 나라다(The past is a foreign country)』, 도서출판 개마고원, 2006.

러시아대장성저, 김병린역, 『구한말의 사회와 경제』, 유풍출판사, 1983.

미요시 도오루, 이혁재 옮김 『사전(史傳)이토 히로부미』, 다락원. 2002.

미주한인 이민100주년 남가주기념사업회, 『미주한인사회와 독립운동1』, 2003.

박용옥, 『한국근대여성운동사연구』, 한국정신문화연구원, 1984.

_____, 『한국여성항일운동사연구』, 지식산업사, 1997.

_____, 『한국여성근대화의 역사적 맥락』, 지식산업사, 2001.

신복룡, 『인물로 보는 해방정국의 풍경』, 지식산업사, 2017.

신용하, 『한국근대사회와 국제환경』, 나남, 2008.

신용하·오두환 등 공저, 『일제경제침략과 국채보상운동』, 아세아문화사, 1994.

안병직, 『신채호』, 한국근대사상가선집 2, 한길사, 1979.

안 천, 『신흥무관학교』, 교육과학사, 1996.

와카스키 야스오, 김광식 옮김, 『일본 군국주의를 벗긴다 : (원제)일본의 전쟁 책임』, 화산문화, 1996.

이만열, 『박은식』, 한국근대사상가선집 4, 한길사, 1980.

이광린, 『한국개화사상연구』, 일조각, 1979.

_____, 『韓國史講座 Ⅴ[近代 篇]』, 大正文化社, 1992.

이만열, 『한말 기독교와 민족운동』, 평민사, 1980.

_____, 『한국 기독교와 민족주의』, 지식산업사, 1991.

이정식, 『구한말의 개혁·독립투사 서재필』, 서울대학교출판부, 2003.

이종각, 『이토 히로부미』, 동아일보사. 2010

이태진 외, 『백년 후에 만나는 헤이그특사』, 태학사, 2008.

이화여자대학교, 『한국여성사 Ⅰ, Ⅱ, Ⅲ』, 이화여자대학교 출판부, 1980.

전성곤, 『육당 한국학을 찾아서』, 동서문화사, 2016.

점필재연구소, 『부산대학교 동아시아, 근대를 번역하다 : 문명의 전환과 고전의 발견』, 부산대학교 고전번역학센터, 2007.

정 민, 『18세기 한중 지식인의 문예공화국』, 문학동네, 2014.

정용화, 『문명의 정치사상 : 유길준과 근대한국』, 문학과지성사, 2004.

정진석, 『大韓每日申報 와 裴說』, 도서출판 나남, 1987.

_____, 『나는 죽을지라도 신보는 영생케하여 한국동포를 구하라』, 기파랑, 2013.

_____, 『항일민족언론인 양기탁』, 기파랑, 2015.

_____, 『언론인 춘원 이광수』, 기파랑, 2017.

조동일, 『한국문학통사 4』, 지식산업사, 1986.

조항래, 『1900년대의 애국계몽운동연구』, 아세아문화사, 1993.

_____, 『한말 일제의 한국침략사연구 : 일제와 대륙낭인의 침략유대·제휴』, 아
세아문화사, 2002.

_____, 『국채보상운동사』, 아세아문화사』, 2007.

최원식, 『한국계몽주의문학사론』, 소명출판, 2002.

최원식·백영서, 『동아시아인의 '동양'인식 : 19-20세기』, 문학과지성사, 1995.

최태영, 『최태영 회고록, 인간단군을 찾아서』, 학고재, 2000.

한국기독교역사연구소, 『한국 기독교의 역사 I』, 기독교문사, 1989.

한상일, 『아시아 연대와 일본제국주의 : 대륙낭인과 대륙팽창』, 도서출판오름,
1980.

2) 박사학위논문

김바로, 「제도와 인사의 관계성 데이터 아카이브 구축에 관한 연구 : 1895-1910
근대 학교 자료를 중심으로」, 한국학중앙연구원 박사학위논문, 2017.

김병선, 「한국개화기 창가연구」, 전남대학교 박사학위논문, 1990.

문순희, 「개화기 한국인의 일본기행문과 일본인의 한국기행문 연구」, 연세대학
교 박사학위논문, 2015.

박인주, 「도산 안창호의 신민주의 사상과 실천연구」, 아주대학교 박사학위논
문, 2017.

서여명, 「중국을 매개로 한 애국계몽서사 연구-1905~1910년의 번역 작품을
중심으로」, 인하대학교 박사학위논문, 2010.

안정애, 「내러티브 역사교재의 개발과 적용」, 전남대학교 박사학위논문, 2007.

윤종웅, 「역사자료 텍스트의 전자적 기술에 의한 지식 관계망 구현연구」, 한국
　　학중앙연구원 박사학위논문, 2017.

이재옥, 「조선시대 科擧 合格者의 디지털 아카이브 편찬과 인적 관계망 구현」,
　　한국학중앙연구원 박사학위논문, 2017.

최영실, 「기록관, 도서관, 박물관의 기능 융합에 의거한 라키비움 공간 기획
　　연구」, 명지대학교 박사학위논문, 2012.

한상구, 「일제시기 지역주민운동 연구 – 지역 주민대회를 중심으로」, 서울대학
　　교 박사학위논문, 2013.

홍인숙, 「근대계몽기 女性談論 研究」, 이화여자대학교 박사학위논문, 2007.

3) 논문

강진구, 「다문화주의 관점에서 본 아시아연대론」, 『다문화콘텐츠연구』 15, 문
　　화콘텐츠기술연구원, 2013.

고병권·오선민, 「내이션 이전의 인터내셔널 월남망국사의 조선어 번역에 대하
　　여」, Universität Konstanz, 2009.

권영민, 「개화 계몽 시대의 서사 장르의 분화」, 『한국문화』 17, 규장각한국학연
　　구소, 1996, 69-111쪽.

김기주, 「광주·전남지방의 국채보상운동」, 『전남사학』 제10집, 전남사학회, 1996.

　　　　, 「전북지방의 국채보상운동」, 『전남사학』 제19·20집, 전남사학회, 1997.

김도형, 「한말 대구지역 상인층의 동향과 국채보상운동」, 『계명사학』 제8집,
　　계명사학회, 1997.

김도형, 「대한제국기 계몽주의계열 지식층의 '삼국제휴론'–인종적 제휴론을 중
　　심으로」, 『한국근현대사연구』 제13집, 한국근현대사학회, 2000.

김봉희, 「한국 개화기 서포에 대한 연구」, 『한국문헌정보학회지』 제27집, 한국
　　문헌정보학회, 1994.

　　　　, 「개화기 지식보급의 확대와 출판·인쇄의 기능」, 『성곡논총』 제27권
　　제3호, 성곡학술문화재단, 1996.

김영호, 「구한말 차관문제의 전개구조」, 『노산유동원박사회갑기념논문집』, 1985.

金泳鎬, 「開化思想의 形成과 그 性格」, 『한국사』 16, 국사편찬위원회, 1975.

김일수, 「대한제국 말기 대구지역 계몽운동과 대한협회 대구지회」, 『민족문화

논총』 25, 영남대학교 민족문화연구소, 2002.

김일진·윤재웅, 「대구지역 근대 상업건축의 유입과 변천에 관한 연구」, 『대한
　　건축학회 논문집』, 6권 2호, 통권28호, 1990, 119-130쪽.

김중순, 「근대화의 담지자(擔持者) 기생(妓生) Ⅱ」, 『한국학논집』 47, 계명대학
　　교 한국학연구소, 2012, 327-367쪽.

김지명, 「19세기말 20세기초 서구 제국주의 지리학이 본 한국 : 내셔날 지오그
　　래픽 속의 조선」, 『생태환경과 역사』, 한국생태환경사연구소, 2015.

김창수, 「安重根義擧의 역사적 意義」, 『한국민족운동사연구』 30, 한국민족운
　　동사학회, 2002.

김판준, 「디지털 큐레이션 연구동향 분석과 과제 : 문헌정보학 분야를 중심으로」,
　　『정보관리학회지』 32, 한국정보관리학회, 2015.

김　현, 「인문 콘텐츠를 위한 정보학 연구 추진 방향」, 『인문콘텐츠』 제1호,
　　인문콘텐츠학회, 2003.

_____, 「한국 고전적 전산화의 발전 방향 - 고전 문집지식정보시스템 개발전
　　략」, 『민족문화』 28, 한국고전번역원, 2005.

_____, 「한국학과 정보기술의 학제적 교육 프로그램 개발에 관한 연구」, 『민족
　　문화연구』 제43호, 고려대학교 민족문화연구원, 2005.

_____, 「문화콘텐츠, 정보기술 플랫폼, 그곳에서의 인문지식」, 『철학연구』 90,
　　철학연구회, 2010.

_____, 「국립한글박물관 디지털 아카이브 구축 기본 구상」, 국립한글박물관,
　　2013.

_____, 「디지털 인문학 : 인문학과 문화콘텐츠의 상생 구도에 관한 구상」, 『인
　　문콘텐츠』 29, 인문콘텐츠학회, 2013.

_____, 「한국의 디지털 인문학 : 과거, 현재, 그리고 미래」, 제1회 디지털 휴머
　　니티 국제 심포지엄, 아주대학교, 2014.

_____·김바로, 「미국 인문학재단(NEH)의 디지털 인문학 육성 사업」, 『인문콘
　　텐츠』 제34호, 인문콘텐츠학회, 2014.

_____, 「디지털 인문학과 선비문화 콘텐츠」, 『유학연구』 33, 충남대학교 유학
　　연구소, 2015.

_____·유인태, 「관계의 발견을 위한 디지털 스토리텔링 데이터 모델」, 『한국

고문서 정서·역주 및 스토리텔링 연구 – 2015년 연구보고서』, 한국학중앙
　　연구권 장서각, 2015.

김형목, 「충남지방 국채보상운동의 전개양상과 성격」, 『한국독립운동사연구』
　　35, 한국독립운동사연구소, 2010.

_____, 「대구광문사의 문화계몽운동과 김광제 위상」, 『중앙사론』 44, 중앙대
　　학교 중앙사학연구소, 2016.

김현철, 「근대 일본의 '아시아' 주의와 민간단체의 한반도 진출 구상」, 『한국동
　　양정치사상사연구』 제14권, 한국동양정치사상사학회, 2015.

노대환, 「18세기 후반~19세기 조선 지식인의 베트남 인식」, 『조선시대사학보』
　　58, 조선시대사학회, 2011.

노수자, 「백당 현채연구」, 『이대사원』 8, 이화여자대학교 사학회, 1969.

류준범, 「역사자료 정보화의 현황과 전망」, 『사학연구』 121, 한국사학회, 2016.

박구병, 「멕시코의 석유 자원 국유화 조치와 외채 상환」, 『국채보상운동100주
　　년기념자료집』, 국채보상운동기념사업회, 2007.

박영규, 「국채보상운동 발기과정에 대한 고찰 – 구한말 대구의 계몽·자강운동
　　을 중심으로」, 『중악지』 제7호, 1997.

박용옥, 「국채보상운동의 여성 참여」, 『사총』 12·13합집, 고려대학교 역사연구
　　소, 1968.

_____, 「국채보상운동의 발단배경과 여성참여」, 『일제경제침략과 국채보상운
　　동』, 한국민족운동사연구회, 1993, 129–192쪽.

_____, 「한국근대여성운동사연구」, 『한국여성항일운동사』, 한국정신문화연구
　　원, 지식산업사, 1996.

박용찬, 「출판매체 통해 본 근대 문학공간 형성과 대구 – 일제강점기과 해방기
　　를 중심으로」, 『어문논총』 55, 한국문학언어학회 2011.

박진영, 「책의 발명과 출판문화의 탄생 : 근대문학의 물질성과 국립근대문학관
　　의 상상력」, 『근대서지』 제12호, 근대서지학회, 소명출판, 2015 하반기.

박종석, 「개화기 역관의 과학교육 활동 : 현채(玄采)를 중심으로」, 경북대학교,
　　2009.

박태일, 「마산 근대문학의 탄생과 『마산문구락부』」, 『인문논총』 28, 경남인문
　　과학연구소, 2011.

백순재, 「위암의 애국 계몽운동과 학자적 일면 – 국채 보상운동에 있어서의 위
　　암의 노설 고찰」, 『나라사랑』 5, 1971.
백옥진, 「양계초소설관과 한국개화기 문단 – 양계초소설관의 수용과정과 쇠퇴
　　원인 분석」, 세계한국학대회, 2012.
서지영, 「식민지 시대 기생 연구(Ⅰ)」, 『정신문화연구』 28(2), 정신문화연구원,
　　267-294쪽.
손태룡, 「대구지역의 기생단체 연구」, 『한국학논집』 제46집, 계명대학교 한국
　　학연구원, 2012.
송화휘, 「『越南亡國史』의 翻譯 過程에 나타난 諸問題」, 『어문연구』 34(4), 어문
　　연구학회, 2006.
신영길, 「국채 보상 운동의 역사적 의의」, 『나라사랑』 56, 외솔회, 4-14쪽.
신용하, 「애국계몽운동에서 본 국채보상운동」, 『일제경제침략과 국채보상운동』,
　　한국민족운동사연구회, 1993, 1-21쪽.
안병직, 「픽션으로서의 역사 : 헤이든 화이트의 역사론」, 『인문논총』 51집, 경
　　남대학교 인문과학연구소, 2004.
안재연·서주희·김하연·김선혁·김정화, 「시공간 연결형 문화콘텐츠 서비스를
　　위한 데이터모델 연구」, 『한국HCI학회 학술대회』, 2014.
양일모, 「옌푸,『천연론』(1898), 중국과 한국, 경쟁하는 세계를 보다」, 『동아시
　　아, 근대를 번역하다』 부산대학교 점필재연구소 고전번역학센터, 2007, 51-
　　84쪽.
오두환, 「한말 차관문제의 전개과정」, 『일제경제침략과 국채보상운동』, 한국
　　민족운동사연구회, 1994, 21-56쪽.
윤대영, 「전환기베트남 지식인들의 동아시아 인식」, 『근대전환기의 동아시아
　　와 한국』, 인하대학교 한국학과 제3차 국제학술대회 자료집, 2007.
이경래, 「아카이브의 변신 : 뉴 패러다임의 소개」, 『명지대학교 디지털아카이
　　빙연구소』, 2011.
이광린, 「俞吉濬의 開化思想」, 『역사학보』 75·76집, 역사학회, 1977.
이광수, 『도산 안창호』, 흥사단본부, 1988.
이만열, 「한말 기독교와 민족주의, 한말 안창호의 인격수양론 – 사상사적 위치
　　를 중심으로」, 2000.

_____, 「한말 구미제국에 대한 선교정책에 관한 연구」, 『동방학지』 84집, 연세대학교 국학연구원, 1994.

_____, 「도산 안창호의 기독교 신앙」, 『한국사 시민강좌 30집』, 일조각, 2002.

_____, 「박은식」, 『한국사 시민강좌 30집』, 일조각, 2002.

_____, 「단재 신채호의 민족운동과 역사연구」, 『현대의 지성』, 문학과지성, 2010.

_____, 「도산 안창호와 백범 김구」, 『한국사 시민강좌』 30집, 일조각, 2002.

이배용, 「개화기 일제시기 결혼관의 변화와 여성의 지위」, 『한국근현대사연구』 제10집, 한국근현대사학회, 1999.

_____, 「일제시기 신여성의 개념과 연구사적 검토」, 『역사문화연구』 Vol.12, 한국외국어대학교역사문화연구소, 2000.

_____, 「한국근대 여성의식 변화의 흐름」, 『한국사시민강좌 15집』, 일조각, 1994.

_____, 「開化期 自强政策과 技術受容의 諸問題」, 『이화여자대학교 인문과학대학 교수학술제』 Vol.7, 1999.

이송희, 「한말 국채보상운동에 관한 일 연구」, 『이대사원』 15, 이화여자대학교 사학회, 1978.

이종미, 「『越南亡國史』와 국내번역본 비교연구」, 『중국인문과학』 34, 중국인문학회, 2006.

이태진 외, 『백년 후에 만나는 헤이그특사』, 태학사, 2008.

이현희, 『한국 민족운동사의 재인식』, 자작아카데미, 1996.

전진성, 「[논단] 과거는 역사가의 전유물이 아니다 - '과거사진상규명'을 바라보는 시각」, 『역사와 경계』 53, 경남사학회, 2004.

정 민, 「18, 19세기 조선 지식인의 병세의식(幷世意識)」, 『한국문화』 54, 규장각한국학연구소, 2011.

정재숙, 「新 名品流轉 - 국채보상운동에 집 한 채 값 쾌척 19세 기생 '앵무'」, http://news.joins.com/article/20592471

정진석, 「국채보상운동과 언론의 역할 및 국채보상의연금에 관한 양기택재판 자료」, 『일제경제침략과 국채보상운동』, 한국민족운동사연구회, 1993, 193-288쪽.

조 광, 「안중근의 愛國啓蒙動과 獨立戰爭」, 『교회사연구』 9, 한국교회사연구소, 1994.

조항래·선군성, 「구한말 항일구국여성운동」, 『여성문제연구』 제5·6호, 여성문제연구소, 1976.

_____, 「국채보상운동의 발단과 전개과정」, 『일제경제침략과 국채보상운동』, 한국민족운동사연구회, 1994, 57-128쪽.

주요한, 『안도산전서』, 흥사단출판부, 1999.

채 백, 「근대 민족주의의 형성과 개화기 출판」, 『한국언론정보학보』 740, 한국언론정보학회, 2008.

최기영, 「국역 『월남망국사』에 관한 일고찰」, 『동아연구』 6, 서강대학교 동아연구소, 1985.

최원식, 「아시아의 連帶 – 越南亡國史 小考」, 백낙청·염무웅(편), 『한국문학의 현단계 Ⅱ』, 창작과비평사, 1983.

최 준, 「국채보상운동과 프레스 캠페인」, 『백산학보』 3, 백산학회, 1967.

하승록·임진희·이해영, 「오픈소스 도구를 이용한 기록정보 링크드 오픈 데이터 구축 절차 연구」, 『정보관리학회지』 34(1), 한국정보관리학회, 2017.

하우봉, 「개항기 수신사의 일본 인식」, 『근대교류사와 상호인식 Ⅰ』, 김용덕·미야지마 히로시 공편, 고려대학교 아세아문제연구소, 2001.

한상구, 「빅데이터와 인문학 : 1907년 국채보상운동 전국적 전개양상 연구」, 『인문연구』 75, 영남대학교 인문과학연구소, 2015.

_____, 「국채보상운동관련 여성의연기사목록」, 미발표자료, 2017.

현광호, 「안중근의 동양평화론과 그 성격」, 『아세아연구』 제46권, 고려대학교 아세아문제연구소, 2003.

홍순호, 「安重根의 東洋平和論」, 『교회사연구』 9, 한국교회사연구회, 1994.

홍정욱, 「디지털기술 전환 시대의 인문학」, 『인문콘텐츠』 38, 인문콘텐츠학회, 2015.

3. 영문자료

Allemang, Dean, and James Hendler. *Semantic Web for the Working Ontologist : Modeling in RDF, RDFS and OWL.* Amsterdam : Elsevier. 2008.

Allen, Colin, and the InPhO Group. "Cross—Cutting Categorization Schemes in the Digital Humanities." *Isis : A Journal of the History of Science Society* 104 (3), 2013, pp.573—583.

Anderson, Andy. "Cityscapes : An Online Discovery Tool for Urban and Cultural Studies." Paper presented at the Information & Communication Technology Summit, University of Massachusetts at Amherst, March 31, 2011.

Armitage, David, and Jo Guldi. "The History Manifesto : A Reply to Deborah Cohen and Peter Mandler." *American Historical Review* 120 (2), 2015, pp.543—554.

Arts Council England, "Spectrum." Accessed August, 2017. http://www.collectionstrust.org.uk/spectrum

Bachelard, Gaston. *The Psychoanalysis of Fire,* translated by Alan C. M. Ross. Boston : Beacon Press. (Original work published 1938) 1977.

Basics of English Studies, "Story and Plot." Accessed August, 2017. http://www2.anglistik.uni—freiburg.de/intranet/englishbasics/Plot0 1.htm

Bates, Marcia J., and Mary Niles Maack, Eds. *Encyclopedia of Library and Information Sciences, Third Edition.* Boca Raton, FL : CRC Press. 2007.

Berners—Lee, Tim, James Hendler, and Ora Lassila. "The Semantic Web." *Scientific American,* May 2001.

Bordoni, Luciana, Francesco Mele, and Antonio Sorgente, Eds. *Artificial Intelligence for Cultural Heritage.* Cambridge : Cambridge Scholars Publishing. 2016.

Brügger, Niels, and Ralph Schroeder, Eds. *The Web as History : Using Web Archives to Understand the Past and the Present.* London : UCL

Press. 2017.

Cameron, Fiona, and Sarah Kenderdine. *Theorizing Digital Cultural Heritage : A Critical Discourse.* Cambridge, MA : MIT Press. 2004.

Cauchi—Santoro, Roberta. "Mapping Community Identity : Safeguarding the Memories of a City's Downtown Core." *City, Culture and Society* 7 (1), 2016, pp.43–54.

Chong, Chin—sok. *The Korean Problem in Anglo—Japanese Relations, 1904 –1910 : Ernest Thomas Bethell and His Newspapers : The Daehan Maeil Sinbo and the Korea Daily News.* Seoul: Nanam. 1987.

Choudhury, Sayeed, Mike Furlough, and Joyce Ray. "Digital Curation and E—Publishing : Libraries Make the Connection." In *Proceedings of the 2009 Charleston Library Conference.* Purdue University Press, Charleston, SC, November 4–7, 2009.

Cox, Richard J. "Appraisal and the Future of Archives in the Digital Era." In *The Future of Archives and Recordkeeping : A Reader,* edited by Jennie Hill, 211–233. London : Facet Publishing. 2011.

Dappert, Angela, and Markus Enders. "Digital Preservation : Metadata Standards." *Information Standards Quarterly* 22 (2), 2010, pp.4–13.

Doerr, Martin. "Ontologies for Cultural Heritage." *Handbook on Ontologies,* 2009, pp.463–386.

Dougherty, Jack, and Kristen Nawrotzki, Eds. *Writing History in the Digital Age.* Ann Arbor, MI : University of Michigan Press. 2013.

Duranti, Luciana. 2010. "A Framework for Digital Heritage Forensics." Paper presented at the Computer Forensics and Born—Digital Content Meeting, University of Maryland at College Park, May 14–15, 2010.

"The International Status of Korea (Editorial Comment)." *The American Journal of International Law* 1 (2), 1907, pp.444–449.

Eero, Hyvönen, Kim Viljanen, Jouni Tuominen, and Katri Seppälä. "Building a National Semantic Web Ontology and Ontology Service Infrastructure : The FinnONTO Approach." In *Proceedings of the European Semantic*

Web Conference ESWC 2008. Springer, Tenerife, Spain, June 1-5, 2008.

Ernst, Wolfgang. "Media Archaeography : Method and Machine versus History and Narrative of Media." In *Media Archeology : Approaches, Applications, and Implications,* edited by Erkki Huhtamo and Jussi Parikka, 239-255. Berkeley : University of California Press. 2011.

Ernst, Wolfgang. *Digital Memory and the Archive* (Electronic Mediations Series Vol. 39), edited by Jussi Parikka. Minneapolis, MN : University of Minnesota Press. 2012.

Farace, Dominic, and Joachim Schöpfel, Eds. *Grey Literature in Library and Information Studies.* Berlin: De Gruyter. 2010.

Fulbrook, Mary. *Historical Theory.* New York : Routledge. 2002.

Gelernter, Judith, and Michael Lesk. "Use of Ontologies for Data Integration and Curation." *International Journal of Digital Curation* 6 (1), 2011, pp.70-78.

Gruber, Tom. "A Translation Approach to Portable Ontology Specifications." *Knowledge Acquisition* 5 (2), 1993, pp.199-220.

Gruber, Tom. "Ontology." In *Encyclopedia of Database Systems,* edited by Ling Liu and M. Tamer Özsu, 1963-1965. New York : Springer. 2009.

Guldi, Jo, and David Armitage. *The History Manifesto.* Cambridge : Cambridge University Press. 2014.

Hart, Glen. "Do Geospatial & Heritage Standards Work and Do They Work Together." Paper presented at the 23rd GIS Research UK (GISRUK) Conference, University of Leeds, April 15-17, 2015.

Hart, Jack. *Storycraft : The Complete Guide to Writing Narrative Nonfiction,* Chicago : The University of Chicago Press. 2001.

Hartsell-Gundy, Arianne, Laura Braunstein, and Liorah Golomb, Eds. *Digital Humanities in the Library : Challenges and Opportunities for Subject Specialists.* Chicago : Association of Research Libraries. 2015.

Hogan, Patrick Colm. *The Mind and its Stories : Narrative Universals and*

Human Emotion. Cambridge : Cambridge University Press. 2009.

Jaisohn, Philip. *My Days in Korea and Other Essays*, edited by Sun-pyo Hong. Seoul, Korea : Yonsei University Press. 2000.

Kakali, Constantia, Irene Lourdi, Thomais Stasinopoulou, Lina Bountouri, Christos Papatheodorou, Martin Doerr, and Manolis Gergatsoulis. "Integrating Dublin Core Metadata for Cultural Heritage Collections Using Ontologies." In *Proceedings of the International Conference on Dublin Core and Metadata Applications*. National Library Board, Singapore, August 27-31, 2007.

Kalay, Yehuda, Thomas Kvan, and Janice Affleck, Eds. *New Heritage : New Media and Cultural Heritage*. New York : Routledge. 2008.

Kasch, David Michael "Social Media Selves: College Students' Curation of Self and Others through Facebook," Ph.D Dissertation, University of California, Los Angeles, 2013.

Kazalarska, Svetla I. "'Dark Tourism' : Reducing Dissonance in the Interpretation of Atrocity at Selected Museums in Washington, D.C." Masters Thesis, George Washington University. 2003.

Kelly, T. Mills. *Teaching History in the Digital Age*. Ann Arbor, MI : University of Michigan Press. 2013.

Kim, Michael. "Literary Production, Circulating Libraries, and Private Publishing : The Popular Reception of Vernacular Fiction Texts in the Late Choson Dynasty." In *The History of the Book in East Asia*, edited by Cynthia Brokaw and Peter Kornicki, 409-439. Farnham, UK : Ashgate Publishing. 2013.

Kim, Sunhyuck, Jaeyeon Ahn, Juhee Suh, Hayun Kim, and Jungwha Kim. "Towards a Semantic Data Infrastructure for Heterogeneous Cultural Heritage Data : Challenges of Korean Cultural Heritage Data Model (KCHDM)." In *Proceedings of the 2015 Digital Heritage International Congress*. IEEE, Granada, Spain, September 28-October 2, 2015.

Kirschenbaum, Matthew. "The txtual Condition : Digital Humanities, Born-

Digital Archives, and the Future Literary." *Digital Humanities Quarterly* 7 (1). 2013.

Mäkelä, Eetu, Eero Hyvönen, and Tuukka Ruotsalo. "How to Deal with Massively Heterogeneous Cultural Heritage Data − Lessons Learned in CultureSampo." *Semantic Web Journal* 3 (1) : 85−109. 2012.

Mulholland, Paul. "Curate : An Ontology for Describing Museum Narratives." *DECIPHER Project* 1. 2012.

Nissen, Trine and Nina Udby Granlie. "When Different Types of Visitors Sign Up for Digital Curation." In *Proceedings of the NODEM 2014 Conference & Expo*, NODEM, Warsaw, Poland, December 1−3, 2014.

Owens, Trevor. "What Do you Mean by Archive? Genres of Usage for Digital Preservers," The Signal. 2014. https://blogs.loc.gov/thesignal/2014/02/what−do−you−mean−by−ar chive−genres−of−usage−for−digital−preservers/

Pattuelli, M. Cristina. "Modeling a Domain Ontology for Cultural Heritage Resources : A User−Centered Approach." *Journal of the American Society for Information Science and Technology* 62 (2), 2011, pp.314−342.

Perseus Digital Library, "Perseus Digital Library Project." Accessed August, 2017. http://www.perseus.tufts.edu/hopper/

Poole, Alex H., "A Greatly Unexplored Area : Digital Curation and Innovation in the Digital Humanities", *Journal of the Association for Information Science and Technology*, Drexel University) 2017.

Portugali, Juval. "Complexity Theory as a Link between Space and Place." *Environment and Planning A* 38 (4), 2006, pp.647−664.

Presner, Todd. "Digital Humanities 2.0 : A Report on Knowledge." *OpenStax CNX*. 2010. https://cnx.org/contents/J0K7N3xH@6/Digital−Humanities−20−A− Report

Ruthven, Ian, and G. G. Chowdhury, Eds. *Cultural Heritage Information : Access and Management.* London : Facet Publishing. 2015.

Sabharwal, Arjun. *Digital Curation in the Digital Humanities : Preserving and Promoting Archival and Special Collections*. Oxford : Chandos. 2015.

Schreibman, Susan, Ray Siemens, and John Unsworth, Eds. *A Companion to Digital Humanities*. Oxford : Blackwell Publishing. 2004.

Siddiqui, Nabeel. "Data Assemblages : A Call to Conceptualize Materiality in the Academic Ecosystem." *Digital Humanities Quarterly* 9 (2). 2015.

Signore, Oreste. "The Semantic Web and Cultural Heritage: Ontologies and Technologies Help in Accessing Museum Information." Paper presented at the Information Technology for the Virtual Museum, Sønderborg, Denmark, December 6–7, 2006.

The Women Writers Project, "Women Writers Project." Accessed August, 2017. http://www.wwp.northeastern.edu/.

Tuominen, Juoni, and Eero Hyvönen. "Bio CRM : A Data Model for Representing Biographical Information for Prosopography." Working Paper, Semantic Computing Research Group (SeCo), Aalto, Finland. 2017. https://seco.cs.aalto.fi/projects/biographies/.

UNESCO/PERSIST Content Task Force. *Guidelines for the Selection of Digital Heritage for Long-term Preservation*. Paris : UNESCO. 2016. https://www.unesco.nl/sites/default/files/dossier/persistcontentgui delinesfinal1march2016.pdf

Vermeersch, Sem. "Contextuality, Imagination, and Philology." Paper presented at the Center for Humanities & Spiritual Culture Research International Conference, The Academy of Korean Studies, December 9, 2016.

Vermeersch, Sem. "Translating Official Histories." Paper presented at the 28th AKSE Conference, Prague, Czech Republic, April 20–23, 2017.

White, Hayden. *Metahistory with a New Preface : The Historical Imagination in Nineteenth-Century Europe*. Baltimore, MD : The Johns Hopkins University Press. 1973, 2014.

_____. *Tropics of Discourse : Essays in Cultural Criticism*. Baltimore,

MD : The Johns Hopkins University Press. 1978.

_____. "The Question of Narrative in Contemporary Historical Theory." *History and Theory.* 1984.

_____. "Response to Arthur Marwick." *Journal of Contemporary History.* 1995.

_____. *The Fiction of Narrative : Essays on History, Literature, and Theory 1957-2007.* 2010.

Winget, Megan. "A Meditation on Social Reading and Its Implications for Preservation." DOI 10.1515/pdtc-2013-0004. Dig. Tech. & Cult. 2013; 42(1); 1-14. 2013.

4. 웹 자료

국가기록원 IMF 외환위기 극복, http://theme.archives.go.kr/next/korea OfRecord/imf.do

국사편찬위원회 한국사데이터베이스, http://db.history.go.kr

국채보상운동기념관, http://www.gukchae.com/Pages/Main.aspx

국회전자도서관 홈페이지, http://dl.nanet.go.kr/

베니스 프로젝트, https://youtu.be/QTBkuyFbIz0

새마을운동중앙회 홈페이지, https://www.saemaul.com/

새마을운동아카이브 홈페이지, http://archives.saemaul.com/

5.18 기념재단 홈페이지, http://www.518mf.org

5.18민주화운동 기록관 홈페이지, http://518archives.go.kr

유네스코 한국위원회 홈페이지, http://heritage.unesco.or.kr/mow/mow_ko/

KBS 아카이브, http://kbsarchive.com/venice-time-machine/

KBS 이산가족찾기 홈페이지, http://family.kbsarchive.com/

한국사 LOD, http://lod.koreanhistory.or.kr/lodIntro.do

한국학중앙연구원 홈페이지, http://yoksa.aks.ac.kr

한국학중앙연구원 역대인물종합정보시스템, http://people.aks.ac.kr

한국향토문화전자대전, http://www.grandculture.net

中國歷代人物傳記資料庫(CBDB), http://projects.iq.harvard.edu/chinesecbdb/
home

Chronicling America, http://chroniclingamerica.loc.gov/

CIDOC Conceptual Reference Model Version 6.2, http://www.cidoc-crm.
org/Version/version-6.2

Defining N-ary Relations on the Semantic Web, https://www.w3.org/
TR/swbp-n-aryRelations/

Digital Public Library of America, https://dp.la/

English Heritage, http://www.english-heritage.org.uk/

Europeana, https://www.europeana.eu/

Extensible Markup Language (XML) 1.0, http://www.xml.com/axml/testa
xml.htm

FOAF Vocabulary Specification 0.99, http://xmlns.com/foaf/0.1#

Metropolitan Museum of Art, https://www.metmuseum.org/

Princeton WordNet 3.1, http://wordnet-rdf.princeton.edu/

protégé, http://protege.stanford.edu

Protégé Desktop, http://protege.stanford.edu/products.php#desktop-protege

ProtégéVOWL : VOWL Plugin for Protégé, http://vowl.visualdataweb.
org/protegevowl.html

RDF Validation Service, https://www.w3.org/RDF/Validator

Vocabulary for n-ary relations in RDF and OWL, http://www.w3.org/TR/
swbp-n-aryRelations/#vocabulary

W3C Semantic Web Activity, http://www.w3.org/2001/sw/

저자약력

김지명(金知明)

연세대 영문과 졸업 후 코리아 타임즈 기자로 활동하면서 서울대 대학원에서 언론학을 공부하였다. 한국외국어대 통번역대학원 1기로 졸업, 한국동시통역연구소를 열고 동시 통역사로 활동하였다.
2010년에 사단법인 한국문화유산교육연구원을 설립하여 한국의 역사와 문화 전통에 대한 국영문 콘텐츠의 기획과 제작에 전념하고 2018년 한국학중앙연구원에서 인문정보학 박사학위를 받았다.

저서
『시사영어신조어사전』(열음사)
『영어속담사전』(지식산업사)

역서
『숨겨진 차원』, 에드워드 T. 홀 저(정음사)
『레닌그라드 데카메론』, 율리야 보즈네센스카야 저(열음사)

저작물
『문화유산으로 보는 한국사』(국문, 영문)
『4대 궁궐과 종묘 해설』(국문, 영문)
『조선왕릉, UNESCO 문화유산 등재신청문서』(영문)
『하회, 양동마을 UNESCO 문화유산 등재신청문서』(영문)
『한국의 전통공예』(국문, 영문)

이메일 : heritagekorea21@gmail.com

디지털인문학연구총서 4

기록문화유산의 디지털 큐레이션 모델 연구

2018년 4월 27일 초판 1쇄 펴냄

저 자 김지명
발행인 김흥국
발행처 보고사

책임편집 이순민
표지디자인 손정자

등록 1990년 12월 13일 제6-0429호
주소 경기도 파주시 회동길 337-15 보고사 2층
전화 031-955-9797(대표)
      02-922-5120~1(편집), 02-922-2246(영업)
팩스 02-922-6990
메일 kanapub3@naver.com / bogosabooks@naver.com
http://www.bogosabooks.co.kr

ISBN 979-11-5516-802-8
      979-11-5516-513-3 94680(세트)
ⓒ 김지명, 2018

정가 16,000원

KB039879

이솝 우화

이솝 우화

초판 1쇄 인쇄 2022년 8월 31일
초판 1쇄 발행 2022년 9월 5일

지은이 이솝
옮긴이 김영진
펴낸이 남기성

펴낸곳 주식회사 자화상
인쇄,제작 데이타링크
출판사등록 신고번호 제 2016-000312호
주소 서울특별시 마포구 월드컵북로 400, 2층 201호
대표전화 (070) 7555-9653
이메일 sung0278@naver.com

ISBN 979-11-91200-63-8 00890

이솝 우화

이솝 지음
김영진 옮김

자화
상

|차례|

이솝 우화

독수리와 갈까마귀와 양치기

독수리가 높은 바위에서 내리 덮쳐 새끼 양 한 마리를 채갔다. 그 모습을 보고 경쟁심이 생긴 갈까마귀가 독수리를 흉내 내며 요란한 소리를 내면서 숫양을 덮쳤다. 그런데 갈까마귀의 발톱이 곱슬곱슬한 양털 속에 박히는 바람에 아무리 날개를 퍼덕여도 빠져나올 수가 없었다.

그 모든 상황을 지켜보던 양치기가 다가가서 갈까마귀를 잡았다. 양치기는 갈까마귀의 날개 끝을 자른 다음에, 저녁때 집에 가서 자기 아이들에게 갖다 주었다.

"아버지, 이것은 무슨 새예요?"

아이들이 묻자 양치기가 대답했다.

"이 새는 갈까마귀가 분명해. 그런데 자기가 독수리인 줄 아나 봐."

° 힘 있는 자와 무모하게 겨루면 아무것도 이루
지 못합니다.

화살 맞은 독수리

독수리가 높은 바위 위에 앉아 아래를 내려다보고 있었다. 토끼가 지나가면 단번에 낚아챌 계획이었다. 그때 한 사냥꾼이 독수리에게 활을 쏘았다. 화살이 살 속에 박히며 오늬*와 화살 깃이 독수리의 눈앞에 맺혔다. 이를 본 독수리가 말했다.

"이럴 수가! 내 깃털에 내가 죽다니!"

° 자신의 재주를 믿다 패배하면 더 뼈아픈 법입니다.

---

* 오늬: 화살의 머리를 활시위에 끼도록 에어낸 부분으로 독수리나 매의 깃털이 주로 사용되었음.

나이팅게일과 제비

제비가 나이팅게일에게 충고했다.

"나처럼 사람들이 사는 집의 처마 밑에 둥지를 틀고 사람들과 함께 살렴."

나이팅게일이 말했다.

"나는 지난날의 불행을 되새기고 싶지 않아서 인적이 드문 외딴 곳에 사는 거야."

° 어떤 불행으로 힘들었던 사람은 그 불행을 겪은 장소를 피하고 싶어 합니다.

고양이와 닭들

어떤 농가의 닭들이 병들었다. 그 소식을 듣고 고양이가 의사로 변장한 뒤 치료에 필요한 도구들을 챙겨 그곳을 찾아갔다. 농가에 도착한 고양이가 닭들에게 물었다.

"증상이 어떻습니까? 많이 안 좋은가요?"

닭들이 대답했다.

"좋아요, 당신만 이곳을 떠난다면."

° 현명한 사람은 사악한 사람이 아무리 정직한 척해도 속지 않습니다.

어부와 다랑어

어부가 바다에 고기를 잡으러 나갔는데, 한참 동안 한 마리의 고기도 잡지 못했다. 몹시 속이 상한 어부는 의기소침하게 배 안에 앉아 있었다. 그때 무언가에게 쫓겨 달아나던 다랑어 한 마리가 자기도 모르게 어부의 배 안으로 쿵 하고 뛰어들었다. 어부는 어쩌다 잡은 다랑어를 시내로 가져가 팔았다.

° 기술로 얻지 못하던 것을 행운으로 얻는 때도 있습니다.

돌을 잡은 어부들

어부들이 그물을 끌어당기고 있었다. 그물이 묵직하자 어부들은 고기를 많이 잡은 줄 알고 기뻐서 춤을 추었다. 그런데 바닷가로 끌어내고 보니 그물에 고기는 조금밖에 없었고, 돌멩이와 다른 부스러기만 가득 차 있었다. 어부들은 무척 속이 상했다. 불쾌한 일이 일어나서가 아니라 기대가 어긋났기 때문이다. 그들 중 어느 늙은 어부가 말했다.

"친구들이여, 이제 그만 괴로워합시다. 기쁨과 고통은 마치 형제자매와 같소. 우리가 아까 그토록 기뻐했으니 고통도 받아들여야 할 것이오."

° 인생은 변화무쌍한 만큼 언제까지나 성공하리
라고 생각해서는 안 됩니다. 쾌청한 날씨 뒤에는
반드시 폭풍이 분다는 것을 명심해야 합니다.

여우와 덜 익은 포도송이

굶주린 여우가 포도나무를 타고 올라갔다. 포도 덩굴에 포도송이가 달린 것을 보고 따려 했으나 딸 수가 없었다. 여우는 그곳을 떠나며 중얼거렸다.

"그 포도송이들은 아직 덜 익었어."

° 자기가 맡은 일을 능력이 부족해서 해내지 못했을 때 타이밍이 안 맞았다며 시운(時運) 탓으로 돌리는 사람이 있습니다.

사자를 본 적이 없는 여우

사자를 본 적이 없는 여우가 어느 날 우연히 사자와 마주쳤다. 사자를 처음 본 여우는 놀라 죽을 뻔했다. 얼마 후 사자를 또 마주쳤다. 여전히 무서웠으나 첫 번째 만났을 때만큼 무섭지는 않았다. 여우는 사자를 세 번째로 만났을 때 용기를 내서 다가가 말을 걸었다.

° 무슨 일이든 익숙해지면 두려움이 누그러집니다.

여우와 큰 뱀

    길가에 무화과나무 한 그루가 있었다. 큰 뱀이
무화과나무에서 자는 모습을 본 여우는 그 큰 몸
집이 부러웠다. 큰 뱀과 같아지고 싶어진 여우는
그 옆에 누워 자신의 몸을 늘리려 했다. 그러다 너
무 무리한 나머지 몸이 찢어지고 말았다.

° 더 강한 자와 무리하게 경쟁하려다 따라잡기
  도 전에 제가 먼저 찢어질 수 있습니다.

반백 머리 남자와 그의 애인들

　머리카락이 희끗희끗한 반백 머리 남자에게 애인이 둘 있었는데, 한 명은 남자보다 어렸고 한 명은 남자보다 나이가 많았다. 나이 많은 여자는 연하 남자와 가까이 있는 것이 창피해서 만날 때마다 그의 검은 머리카락을 뽑았다. 한편 젊은 여자는 애인이 늙은 것이 싫어서 만날 때마다 그의 흰 머리카락을 뽑았다. 두 여자에게 번갈아 머리카락을 뽑힌 남자는 결국 대머리가 되었다.

° 서로 이치에 맞지 않은 것을 동시에 곁에 두면 해롭습니다.

28

신을 두고 시비가 붙은 두 남자

　　다른 나라에 사는 두 남자가 테세우스와 헤라
클레스 중 어느 쪽이 더 위대한지를 두고 시비가
붙었다. 이 사실을 알고 화가 난 테세우스와 헤라
클레스는 다른 신을 위대하다고 하는 남자의 나
라를 응징했다.

° 아랫사람들끼리 시비가 붙으면 윗사람들에게
　화가 번지기도 합니다.

난파당한 사람

아테나이(고대 아테네)의 어떤 부자가 다른 승객들과 함께 항해하고 있었다. 세찬 폭풍이 일어배가 뒤집히자 사람들은 살기 위해 헤엄쳤다. 그러나 아테나이의 부자는 그 자리에서 움직이지 않은 채 계속해서 아테나 여신을 부르며 자신을 구해주면 많은 제물을 바치겠다고 서약했다. 난파당한 사람들 가운데 한 사람이 그의 옆으로 헤엄쳐 다가가 말했다.

"아테나 여신에게 도움을 청하는 것도 좋지만 당신도 손을 움직여야지요."

° 신에게 도움을 청하되 스스로 노력도 해야 합니다.

소몰이꾼과 헤라클레스

　　소몰이꾼이 마을로 달구지를 끌고 가다가 깊은 구덩이에 빠졌다. 소몰이꾼은 달구지를 끌어낼 생각은 하지 않고 우두커니 서서 신 중에서 가장 존경하는 헤라클레스에게 기도만 했다. 헤라클레스가 나타나 말했다.

　　"바퀴를 살펴보고 막대기로 소를 얼러봐. 너 스스로 노력해본 다음에 신에게 기도해야지. 그렇지 않으면 기도해도 헛일이야."

° 신에게 도움을 청하기 전에 스스로 노력해보아야 합니다.

협잡꾼

협잡꾼이 어떤 사람에게 델포이의 신탁(信託)이 거짓임을 증명하겠다고 호언장담했다. 정해진 날짜에 그는 작은 참새 한 마리를 집어 들더니 외투 밑에 감추고 신전을 향해 떠났다. 그는 신전 앞에 서서 자기 손안에 있는 것이 죽었는지 살았는지 맞혀보라고 했다. 그는 신이 "죽었다."라고 말하면 살아 있는 참새를 내보이고, 살아 있다." 라고 말하면 목 졸라 죽인 뒤 내놓을 참이었다. 신은 그의 사악한 의도를 알아차리고 대답했다.

"이봐, 그쯤 해둬! 네가 쥐고 있는 것이 죽었는지 살았는지는 너한테 달려 있잖나."

° 함부로 신의 영역을 침범해서는 안 됩니다.

암송아지와 황소

암송아지 한 마리가 한창 일하는 황소를 바라보며 고생한다고 동정했다. 그때 축제 행렬을 따라 사람들이 몰려오더니 황소는 멍에에서 풀어주고 암송아지는 제물로 바치기 위해 붙잡았다. 황소가 사람들에게 잡힌 암송아지를 향해 웃으며 말했다.

"암송아지야, 너는 곧 제물로 바쳐질 거야. 그래서 너에게 아무 일도 시키지 않았던 거야."

° 위험은 아무 일도 하지 않는 자를 노립니다.

맹인

어떤 동물이든 손으로 만져보기만 해도 동물 종류를 맞히는 맹인이 있었다. 하루는 누군가가 맹인에게 새끼 늑대를 안겨주었다. 맹인은 새끼 늑대를 만지더니 의아하다는 듯이 말했다.

"늑대의 새끼인지 여우의 새끼인지 비슷한 다른 짐승의 새끼인지는 모르겠소. 하지만 확실히 말할 수 있는 것은, 이 짐승이 양 떼와 함께 있어서는 안 된다는 것이오."

° 가끔은 외관만 보고도 사악한 자의 본성을 알 수 있습니다.

사람과 여우

어떤 사람이 자기를 해코지했다는 이유로 여우에게 원한을 품었다. 앙갚음하려고 여우를 붙잡은 그는 기름에 담가두었던 밧줄을 여우 꼬리에 매달고 불을 붙인 다음에 풀어놓았다.

이를 지켜보던 신이 그 여우를 꽁지에 불을 붙인 사람의 밭으로 안내했다. 마침 수확기여서 밭에는 다 여문 농작물이 가득했다. 그는 울면서 여우를 뒤쫓아갔지만 아무것도 거두지 못했다.

° 마음씨가 너그러워야 합니다. 분노는 때로 큰 손해로 되돌아옵니다.

곰과 여우

곰이 큰 목소리로 자랑했다.

"나야말로 사람을 사랑하지! 시체는 먹지 않는 걸!"

여우가 곰에게 말했다.

"제발 시체에 해코지해줄래? 살아 있는 사람을 해코지하지 말았으면 좋겠어."

° 탐욕스러운 자는 위선과 자만으로 된 가면을 쓰고 있습니다.

연못의 개구리들

개구리 두 마리가 연못에 살았다. 여름이 되어 연못이 마르자 개구리들은 다른 연못을 찾으러 떠났다. 그러다 깊은 우물을 만났다. 개구리 한 마리가 다른 개구리에게 말했다.

"친구야, 우리 함께 이 우물로 내려가자!"

다른 개구리가 대답했다.

"우물물도 마르면 우리는 어떻게 올라오지?"

° 경솔하게 일을 시작해서는 안 됩니다.

홍방울새와 박쥐

홍방울새가 창가에 매달린 새장 안에서 밤마다 노래를 불렀다. 그 소리를 듣고 있던 박쥐가 다가가서 물었다.

"낮에는 가만있다가 밤만 되면 노래를 부르는 까닭이 뭐야?"

홍방울새가 답했다.

"다 그럴 만한 까닭이 있어. 예전에 낮에 노래를 부르다가 잡혔거든. 그래서 밤에만 부르기로 했지. 이제 나는 영리해졌으니까."

홍방울새의 말을 듣고 박쥐가 말했다.

"이제는 조심할 필요가 없지 않니? 소용없는 짓이잖아. 잡히기 전에 그랬어야지."

° 불행을 당한 뒤에는 후회해도 소용없습니다.

농부와 개들

농부가 악천후로 농장에 갇혔다. 밖으로 나가지 못해 양식을 구할 수 없자 농부는 농장의 양들을 잡아먹었다. 그래도 악천후가 계속되자 농부는 농장의 염소들도 잡아먹었다. 그래도 악천후가 조금도 누그러지지 않자 농부는 농장의 소들에게 다가갔다. 그동안의 일을 모두 지켜본 농장의 개들이 말했다.

"우리는 이곳을 떠나야 해. 함께 일한 소들도 아끼지 않는데 우리라고 아끼겠어?"

° 식구에게 거침없이 불의한 짓을 하는 자를 가장 조심해야 합니다.

노파와 의사

어떤 노파가 눈병이 생겨서 다 나으면 보수를 주기로 하고 집으로 의사를 불렀다. 의사는 노파의 집에 가서 매번 연고를 발라주었다. 연고를 바르느라 노파가 눈을 감고 있는 동안 의사는 세간을 하나씩 훔쳤다.

세간을 모조리 다 훔쳤을 때 의사는 노파에게 눈병이 다 나았으니 약속한 보수를 달라고 했다. 하지만 노파는 보수를 주려 하지 않았고, 의사는 재판관 앞으로 노파를 데려갔다. 재판관이 왜 약속한 보수를 주지 않느냐고 묻자 노파가 말했다.

"의사가 눈을 치료해주면 보수를 주기로 약속한 것은 사실입니다. 그런데 의사의 치료가 끝난 지금 제 눈은 전보다 더 나빠졌습니다. 치료를 받기 전에는 집 안에 있는 세간들이 전부 보였는데 지금은 아무것도 보이지 않으니까요."

° 사악한 자는 더 많이 갖고 싶어 욕심을 부리다
자신도 모르게 불리한 증거를 댑니다.

살무사와 줄칼

살무사가 대장간에 들어가서 그곳에 있는 연장들을 향해 선물을 내놓으라고 요구했다. 살무사는 대장간을 돌며 연장들한테서 선물을 거두었다. 한쪽에 있는 줄칼에게도 뭐든 일단 내놓으라고 했다. 줄칼이 대답했다.

"순진하게도 내게서 뭔가를 얻어낼 생각을 하는군. 나는 상대에게 주는 법은 몰라. 오히려 모두한테 받는 버릇이 있지."

° 욕심쟁이한테서 이익을 기대하는 것은 어리석은 일입니다.

제우스와 사람들

제우스는 사람들을 만들고 나서 헤르메스*에게 지혜를 부으라고 지시했다. 헤르메스는 지혜를 만들어 똑같은 분량으로 나누어 사람들에게 각각 부어주었다.

그리하여 키가 작은 사람은 지혜가 온몸에 가득 차 지각 있는 사람이 되었지만, 키가 큰 사람은 지혜가 온몸에 고루 퍼지지 못해 지각이 모자라는 사람이 되었다.

° 덩치만 크고 생각이 모자라는 사람에게 어울리는 우화입니다.

---

*헤르메스: 그리스 신화에서 제우스의 아들.

노새

　보리를 먹고 살이 찐 노새가 우쭐대며 중얼거렸다.
　"내 아버지는 경주마처럼 빨랐어. 나는 모든 점에서 아버지를 닮았어."
　그러던 어느 날 노새는 경주를 나가게 되었다. 경주가 끝났을 때 노새는 제 아버지가 당나귀라는 것을 실감하고 얼굴을 찌푸렸다.

° 누구든 세상에 자신을 드러내야 할 때를 만나는데, 이때 자신의 근본을 잊어서는 안 됩니다.

낙타와 코끼리와 원숭이

동물의 왕을 뽑기 위해 여러 동물이 모여 의논하고 있었다. 낙타와 코끼리가 나서서 왕이 되겠다고 경쟁했다. 둘 다 덩치가 크고 힘이 세서 자신이 왕으로 뽑히기를 바랐다. 그러나 원숭이는 둘 다 왕의 자격이 없다며 반대했다.

"낙타는 화를 잘 못 내서 안 돼. 불의를 저지르는 자가 생겨도 화를 못 내면 어떡해. 코끼리는 새끼 돼지를 무서워해서 안 돼. 새끼 돼지가 우리를 공격해오면 어떡해."

° 많은 사람이 사소한 이유로 큰일을 그르칩니다.

45

게와 어미 게

어미 게가 새끼 게에게 말했다.

"옆으로 걷거나 젖은 바위에 옆구리를 문지르지 말렴."

새끼 게가 말했다.

"엄마, 나를 가르치기 전에 엄마부터 똑바로 걸어보세요. 내가 보고 따라 해볼게요."

° 남을 훈계하려면 먼저 자기부터 똑발라야 합니다.

비버

　비버는 연못에 사는 네발짐승이다. 비버의 생
식기는 어떤 질병을 치료하는 데 효험이 있다고
한다. 비버는 왜 자신이 쫓기는지 알고 있다고 한
다. 그래서 누군가 자신을 뒤쫓으면 얼마간은 빠
른 발로 도망쳐 온전한 몸을 지키지만, 끝내 잡히
겠다 싶으면 자기 생식기를 잘라 던져서 목숨을
구한다.

° 강도에게 공격받는다면 목숨을 걸고 대항하
　기보다는 돈을 버리는 편이 더 현명한 선택입
　니다.

까마귀와 여우

까마귀가 훔친 고깃점을 입에 문 채 나뭇가지에 앉았다. 까마귀를 본 여우는 그 고깃점을 차지하고 싶었다. 까마귀를 향해 여우가 추어올리듯이 말했다.

"까마귀야, 몸매가 균형 잡히고 아름답구나. 까마귀야말로 새의 왕이 될 만해! 목소리만 우렁차다면 틀림없이 왕이 될 거야!"

까마귀는 제 목소리가 우렁차다는 것을 여우에게 보여주고 싶어서 부리를 벌리며 크게 울었다. 그 바람에 물고 있던 고깃점이 떨어졌다. 여우가 달려가 고깃점을 낚아채며 말했다.

"까마귀야, 네가 판단력까지 갖추었다면 새의 왕이 되기에 손색이 없었을 거야."

° 어리석은 사람에게 어울리는 우화입니다.

굶주린 개들

굶주린 개들이 강물에 잠겨 있는 소가죽을 발견하고 잡으려고 애썼다. 쉽게 잡히지 않자 개들은 머리를 모아 궁리했고 강물을 다 마셔버리기로 의견을 모았다. 그러나 소가죽을 손에 넣기도 전에 마셔버린 강물 때문에 그만 뱃가죽이 찢어지고 말았다.

° 이익을 바라고 위험한 짓을 하면 바라던 것을 얻기도 전에 망하는 경우가 더러 있습니다.

개에게 물린 사람

어떤 사람이 개에게 물렸다. 그는 자기를 치료해줄 사람을 사방으로 찾아다녔다. 누군가가 빵으로 피를 닦아주었고 사람을 문 개에게 피 묻은 빵을 던져주려고 했다. 개에게 물린 사람이 그를 말리며 말했다.

"그렇게 하면 틀림없이 나는 시내의 모든 개에게 물리게 될 거요."

° 누군가의 사악함에 아첨하면 더 나쁜 짓을 하도록 부추기는 결과가 됩니다.

개와 달팽이

어떤 개에게는 달걀을 삼키는 버릇이 있었다.
달팽이를 발견한 개는 달걀인 줄 알고 입을 벌려
꿀꺽 삼켜버렸다. 개는 속이 쓰려 괴로워하며 말
했다.

"나는 이런 벌을 받아 마땅하지! 둥근 것은 전
부 달걀인 줄 알았으니까."

° 무턱대고 일을 시작하면 자기도 모르는 사이
  에 뜻밖의 곤경에 빠질 수 있습니다.

토끼와 여우

　토끼 무리가 독수리 무리와 전쟁을 하고 있었다. 그러던 어느 날, 토끼 무리가 여우 무리를 찾아가 도움을 청했다. 여우 무리가 말했다.

　"너희가 누구이고, 누구와 전쟁하는지 우리가 몰랐더라면 도와주었겠지."

° 자기보다 더 강한 자에게 이기려는 자는 자신
　의 안전을 경시하는 자입니다.

토끼와 개구리

하루는 토끼들이 모여서 자신들의 삶은 불안정하고 두려움으로 가득 차 있다며 슬퍼하고 있었다. 자기들은 결국 사람, 개, 독수리를 비롯한 많은 동물의 먹이가 된다며 말이다. 평생을 두려움에 떠느니 차라리 단번에 죽는 편이 낫다는 쪽으로 의견이 모였다.

토끼들은 한꺼번에 연못을 향해 돌진했다. 그곳에 빠져 죽기 위해서였다. 그런데 토끼들이 요란하게 달려오는 소리를 듣고 연못가에 둘러앉아 있던 개구리들이 연못 속으로 황급히 뛰어들었다. 그러자 자기가 다른 토끼들보다 더 현명하다고 믿던 한 토끼가 말했다.

"멈추시오, 전우들이여! 모두 자해하지 마시오. 보십시오! 우리보다 더 겁 많은 동물도 있소."

° 불운한 사람은 자기보다 불운한 사람을 보며
위안을 얻습니다.

사자와 왕권

사자가 왕이 되었다. 사자는 성내지도 않고 잔
인하지도 않고 난폭하지도 않았으며 온순하고 올
발랐다. 사자가 통치하는 동안에는 모든 동물이
한자리에 모여 회의를 열기도 했다. 앞으로는 늑
대와 양이, 표범과 영양이, 호랑이와 사슴이, 개와
토끼가 화해하고 서로 사이좋게 지내기 위해서였
다. 토끼가 말했다.

"허약한 동물들이 난폭한 동물들 앞에 두려움
없이 서는 날이 오기를 얼마나 고대했는지 몰라!"

° 정의가 도시를 지배하고 모든 재판이 공정하
  다면 약자도 안심하고 살 수 있습니다.

초대받은 개

어떤 사람이 친지를 접대하려고 만찬을 준비하고 있었다. 그 사람의 개도 다른 개를 초대했다.

"이봐, 친구! 식사나 같이 하세."

초대받은 개는 흐뭇한 마음으로 초대에 응했고, 차려진 진수성찬을 보고는 멈춰 서서 마음속으로 외쳤다.

'아니! 이게 웬 떡이야! 배가 터지도록 실컷 먹자! 내일까지 배부르도록!'

초대받은 개는 믿음직스러운 친구를 향해 꼬리를 흔들었다. 개가 이리저리 꼬리를 흔드는 것을 본 요리사는 초대받은 개의 다리를 잡더니 창밖으로 냅다 내던졌다. 초대받은 개는 깽깽거리며 집으로 돌아왔다. 길에서 만난 다른 개가 만찬이 어땠느냐고 물었다.

초대받은 개가 대답했다.

"하도 많이 마셔서 정신없이 취하는 바람에 그
집을 어떻게 나왔는지도 모르겠네."

° 남의 것으로 인심 쓰는 자는 믿지 마십시오.

늙은 사자와 여우

늙은 사자는 사냥에 번번이 실패했다. 제 힘으로 식량을 구할 수 없자 꾀를 쓰기로 했다. 늙은 사자는 병이 들었다는 평계를 대고 동굴 안으로 들어가 누웠다. 그러고는 병문안을 온 동물들을 족족 잡아먹었다. 많은 짐승이 죽자 여우가 사자의 계략을 알아차렸다. 사자를 찾아간 여우는 굴에서 떨어진 곳에 멈춰 서서 동굴 안을 향해 물었다.

"사자야, 몸은 좀 어때?"

"좋지 않아. 그런데 왜 동굴에 들어오지 않니?"

사자가 묻자 여우가 말했다.

"들어간 발자국은 많은데 나온 발자국은 하나도 없잖아."

° 현명한 사람은 전조를 보고 위험을 미리 피합
니다.

사자와 개구리

개구리 우는 소리를 듣고 사자는 화들짝 놀라 소리 나는 쪽을 돌아보았다. 소리만 듣고 큰 동물인 줄 알았던 것이다. 잠시 기다리자 연못에서 개구리가 기어나왔다. 사자는 그리로 다가가 개구리를 짓밟으며 말했다.

"이런 녀석한테서 그런 소리가 나오다니!"

° 떠드는 것 말고 다른 일은 할 줄 모르는 수다쟁이에게 어울리는 우화입니다.

나그네들과 까마귀

볼일이 있어 길을 가던 사람들이 한쪽 눈을 잃은 까마귀를 만났다. 나그네들은 걸음을 멈추고 까마귀를 향해 돌아섰다. 그중 한 명이 이것은 불길한 징조이니 되돌아가자고 했다. 그러자 다른 한 명이 말했다.

"저 까마귀가 어떻게 우리에게 다가올 일을 예언할 수 있겠소? 미리 예방 조치를 취하지 못해 제 눈도 잃지 않았나."

° 자기 일에 서투른 자는 이웃에게 조언할 자격이 없습니다.

나그네와 참말

길을 걷던 나그네가 외딴 곳에 홀로 서 있는 여인을 보고 물었다.

"당신은 뉘시오?

여인이 대답했다.

"나는 참말이에요."

"무슨 일로 당신은 도시를 떠나 외딴 곳에서 살고 있소?"

여인이 대답했다.

"옛날에는 거짓말이 소수의 사람과 함께했으나 지금은 모든 사람과 함께하기 때문이지요. 누구에게 귀 기울이고자 할 때도, 누구에게 말하고자 할 때도 말이에요."

° 세상이 참말보다 거짓말을 좋아하게 되면 살
  기 힘들어집니다.

나그네와 운의 여신

긴 여행에 지친 나그네가 우물 옆에 쓰러져 잠이 들었다. 나그네는 하마터면 우물에 빠질 뻔했다. 운의 여신이 나타나 나그네를 깨우며 말했다.

"이봐, 우물에 빠졌더라면 너는 자신의 불찰은 생각하지도 않고 내 탓으로 돌렸겠지."

° 많은 사람이 자신의 불찰로 불행에 처하고도 신의 탓으로 돌립니다.

소금 나르던 당나귀

소금을 짊어지고 강을 건너던 당나귀가 미끄러져 물에 빠졌다. 다시 일어났는데 강물에 소금이 녹아 이전보다 짐이 가벼워져서 당나귀는 기분이 좋아졌다.

얼마 후 당나귀는 솜 자루를 짊어지고 강을 건너게 되었다. 이번에도 넘어지면 짐이 더 가벼워지리라 생각한 당나귀는 일부러 미끄러졌다. 그러나 물을 머금은 솜이 너무 무거워져서 당나귀는 일어서지 못했고 그곳에서 익사하고 말았다.

° 제 꾀에 제가 넘어가는 일을 주의해야 합니다.

당나귀와 수탉과 사자

하루는 수탉이 당나귀와 함께 먹이를 먹고 있었다. 그때 사자가 다가왔고 때마침 수탉이 울었다. 사자는 수탉 울음소리가 무서워 도망쳤다. 그런데 당나귀는 사자가 저 때문에 도망친 줄 알고 곧바로 사자를 뒤쫓았다. 수탉 울음소리가 더는 들리지 않을 거리까지 뒤쫓았을 때 사자가 돌아서서 당나귀를 잡아먹었다. 당나귀는 죽어가며 소리쳤다.

"나야말로 불쌍하고 어리석구나! 내 부모는 호전적이지 않은데 어쩌자고 싸우겠다고 덤볐을까?"

° 일부러 힘을 숨기는 적을 향해 무모하게 공격을 가하다가 패배하는 일이 많습니다.

67

당나귀와 개구리

　나뭇짐을 나르던 당나귀가 늪을 건너고 있었
다. 그러다 미끄러져 넘어졌는데 쉽게 일어설 수
가 없었다. 당나귀는 울며 한탄했다.

　"늪에 다리가 빠져서 나오질 않아! 아, 내 신세야!"

　당나귀가 한탄하는 소리를 듣고 늪 속에 있던
개구리들이 말했다.

　"이봐, 너는 잠깐만 쓰러져도 이렇게 우니? 우리
처럼 여기 오래 머물렀다가는 얼마나 시끄러울까!"

° 남들은 더 큰 불행도 견디는데 가장 작은 고생
　조차 참지 못하는 나약한 사람에게 어울리는
　우화입니다.

68

사자 행세를 한 당나귀

당나귀가 사자 가죽을 쓰고 사자 행세를 하여 지나가는 사람도, 가축도 모두 놀라 달아나게 했다. 그때 바람이 불어와 사자 가죽이 날아가 당나귀는 알몸이 되었다. 그러자 모두 막대기와 몽둥이를 들고 덤벼들어 당나귀를 때렸다.

° 분수에 맞지 않는 사람을 흉내 내다가 자칫 웃음거리가 되거나 위험을 자초할 수 있습니다.

암탉과 제비

암탉이 뱀의 알들을 발견하고는 정성껏 품어
부화시켰다. 이를 지켜본 제비가 암탉에게 말했다.
"멍청하기는! 새끼 뱀이 자라면 맨 먼저 너부
터 해칠 텐데, 왜 품어주니?"

° 사악한 본성은 아무리 잘해주어도 길들일 수
  없습니다.

뱀과 족제비와 쥐

뱀과 족제비가 어떤 집에서 서로 싸우고 있었다. 잡아먹힐까 두려워 늘 둘을 피해 다니던 쥐가 둘이 싸우는 모습을 구경하려고 슬그머니 쥐구멍에서 나왔다. 이를 발견한 뱀과 족제비는 싸움을 그만두고 쥐에게 덤벼들었다.

° 민중 선동가의 당파 싸움에 끼어드는 자는 자기도 모르는 사이에 양쪽의 제물이 됩니다.

멱 감던 아이

하루는 한 아이가 강에서 멱을 감다가 익사할
위험에 처했다. 아이는 지나가는 나그네에게 구해
달라고 소리쳤다. 나그네는 아이에게 무모하다고
나무랐다. 아이가 나그네에게 말했다.

"지금은 나를 구해주세요. 나무라더라도 일단
구해주고 나서 하세요."

° 남을 해코지할 핑계를 대는 자에게 어울리는
  우화입니다.

부자와 대곡(代哭)꾼

　어떤 부자에게 딸이 둘 있었는데 그중 한 명이 죽었다. 다른 딸이 어머니에게 말했다.

　"우리는 참 가엾어요. 상을 당하고도 울지 못하는데 우리와 무관한 저 여인들은 저토록 애절하게 가슴을 치며 울고 있으니 말예요."

　어머니가 대답했다.

　"얘야, 저 여인들이 저토록 슬피 운다고 놀라지 마라. 저들은 돈을 받고 저러는 거란다."

° 세상에는 자기의 이익을 위해서라면 주저 없이 남의 불행을 떠맡는 사람이 있습니다.

목장 주인과 새끼 늑대

어떤 목장 주인이 새끼 늑대를 발견하고 정성껏 길렀다. 그 늑대가 자라자 목장 주인은 이웃의 양을 훔쳐오는 법을 가르쳤다. 목장 주인의 설명이 끝나자 늑대가 말했다.

"내게 훔치는 버릇을 가르쳤으니 내가 나리의 양을 노리는 일이 없도록 조심하세요."

° 본심이 영악한 자가 도둑질과 탐욕을 배우면 그것을 가르친 자에게 해코지할 수도 있습니다.

헤라클레스와 아테나

좁은 길을 지나가던 헤라클레스가 땅바닥에서 사과처럼 생긴 것을 발견했다. 헤라클레스는 그것을 밟아 으깨려고 했다. 그런데 그것이 두 배로 늘어났다. 헤라클레스는 더 세게 밟고 몽둥이로도 내리쳤다. 그러자 그것이 더 크게 부풀어 오르더니 길을 막았다. 놀란 헤라클레스는 몽둥이를 내려놓고 잠시 쉬었다. 그때 아테나가 나타나 그에게 말했다.

"오라버니, 그만두세요. 그것은 말다툼과 불화인데 가만히 내버려두면 처음 그대로 머물러 있지만 건드리기만 하면 이렇게 부풀어 오른답니다."

° 싸움과 불화가 번져 큰 화가 일어나는 일은 누구에게나 있을 수 있습니다.

멧돼지와 여우

멧돼지가 나무 옆에 서서 이빨을 갈고 있었다. 그 모습을 본 여우가 사냥꾼이 온 것도 아니고, 위험에 처한 것도 아닌데 왜 이빨을 가느냐고 물었다. 멧돼지가 대답했다.

"내가 공연히 이러는 게 아니라네. 내게 위험이 닥쳤을 때는 이빨을 갈 시간이 없겠지. 위험한 순간에는 준비된 이빨만 효력이 있단 말이네."

° 대비는 위험이 닥치기 전에 해두어야 합니다.

벌과 뱀

벌이 뱀의 머리에 앉아 계속해서 침으로 찌르며 괴롭혔다. 뱀은 너무 아프기도 하고 반격할 방법도 없자 머리를 수레바퀴 밑으로 들이밀어 벌과 함께 죽어버렸다.

° 세상에는 적과 함께 죽기를 마다하지 않는 사람도 있습니다.

사자와 늑대와 여우

늙은 사자가 병들어 동굴 안에 몸져눕자 동물
들이 병문안을 왔다. 그런데 그중 여우의 모습은
보이지 않았다. 늑대가 기회를 엿보다가 늙은 사
자에게 여우를 비난했다.

"여우는 우리 모두의 통치자인 당신을 조금도
존경하지 않기 때문에 병문안을 오지 않는 게 확
실합니다."

때마침 도착한 여우가 늑대의 말을 들었다. 늙
은 사자가 여우를 향해 으르렁거리자 여우가 변
명할 기회를 달라며 말했다.

"여기에 모인 이들 중 누가 나만큼 당신에게 도
움을 드렸습니까? 나는 백방으로 의원을 만나러
다니며 당신을 위해 약을 알아왔습니다."

늙은 사자가 그 약이 무엇인지 당장 말하라고
명령하자 여우가 말했다.

"그것은 늑대를 산채로 껍질을 벗겨 아직 따뜻
할 때 그 껍질을 몸에 두르는 것입니다."

늙은 사자는 당장 늑대를 해했고, 늑대의 주검
을 향해 여우가 말했다.

"주인을 자극하려면 악의가 아니라 선의를 품
도록 자극해야지."

° 남을 모략하는 자는 그 모략에 제가 걸려들기
  십상입니다.

사자와 야생 당나귀

  사자와 야생 당나귀가 들짐승을 사냥하고 있었다. 사자는 강한 힘을 이용하고 당나귀는 빠른 발을 이용했다. 어느 정도 짐승을 잡았을 때 사자가 그것을 세 몫으로 나누고 나서 말했다.

  "첫 번째 몫은 내가 갖는다. 나는 왕이니까 일인자의 몫으로서 말이다. 두 번째 몫도 내가 갖는다. 대등한 협력자의 몫으로서 말이다. 세 번째 몫은 너에게 주겠으나 화근이 될 것이다. 네가 이것을 들고 도망치는 데 실패한다면 말이다."

° 매사에 자기 힘을 계산해보세요. 자기보다 더 강한 자와는 연대하거나 협력하지 않는 것이 좋습니다.

의사와 환자

의사가 돌보던 환자가 죽었다. 의사는 환자의
가족들에게 말했다.

"술을 삼가고 관장약을 썼더라면 이분은 죽지
않았을 것이오."

그들 가운데 한 명이 말했다.

"이봐요, 이제 와서 그런 말이 무슨 소용이 있
소? 도움이 될 때 그런 충고를 해주었어야지요."

° 도움이 필요할 때 도와주어야 합니다. 상황이
끝난 뒤에 남의 절망을 조롱해서는 안 됩니다.

사자와 황소

사자는 황소를 죽일 계략을 짜냈다. 사자는 양한 마리를 제물로 바치겠다며 황소를 잔치에 초대했다. 황소가 잔칫상에 비스듬히 기대앉을 때 제압할 생각이었다.

잔치에 초대받은 황소는 가마솥과 굵은 꼬챙이만 잔뜩 보일 뿐 어디에도 양이 보이지 않자 두말없이 자리를 떴다. 사자가 나무라며 무슨 불상사를 당한 것도 아닌데 왜 아무 말도 없이 떠나느냐고 묻자 황소가 대답했다.

"양을 손질할 도구들은 보이지 않고 황소를 손질할 도구들만 보이니까 그렇지요."

° 현명한 자는 사악한 자의 계략에 쉽게 넘어가지 않습니다.

말 울음소리를 내는 솔개

옛날에 솔개의 목소리는 여느 새와는 다르게 날카로웠다. 어느 날 솔개는 말이 멋있게 우는 소리를 듣고 그 소리를 흉내 냈다. 그런데 아무리 노력해도 말의 울음소리를 제대로 흉내 낼 수 없었다. 그러는 동안 제 목소리마저 잃어버렸다. 그래서 지금 솔개의 목소리는 말의 목소리도, 자신의 옛 목소리도 아니다.

° 샘이 많은 속물은 제 본성에 어긋나는 것을 좇다가 제 본성에 맞는 것마저 잃고 맙니다.

강도와 뽕나무

　　강도가 길에서 사람을 죽였다. 강도는 현장에 있던 사람들이 자신에게 덤벼들자 피투성이가 된 희생자를 버리고 도망쳤다.

　　맞은편에서 오던 행인들이 손이 왜 그렇게 더럽혀졌느냐고 묻자 강도는 방금 뽕나무에서 내려오는 길이라고 거짓말했다. 강도가 그렇게 말할 때 뒤쫓던 사람들이 그를 따라잡았다. 그들은 강도를 붙잡아 뽕나무에 매달았다. 뽕나무가 강도에게 말했다.

　　"당신을 처형하는 데 내가 이용당해도 내 가슴이 아프지 않소. 살인은 당신이 저질러놓고 그 피는 나한테 닦으려고 했으니 말이오."

° 본성이 착한 사람도 명예를 훼손당하면 때로
는 주저 없이 적의를 보입니다.

늑대와 암염소

　　암염소가 가파른 동굴 위에서 풀을 뜯고 있는
모습이 늑대의 눈에 들어왔다. 암염소에게 다가갈
수 없자 늑대는 암염소를 꼬드겼다.

　　"실수해서 떨어지면 어떡해? 아래로 내려오는
게 어때? 내가 있는 곳의 풀이 더 무성하니 뜯어
먹기 좋을 거야."

　　늑대의 꼬드김에 암염소가 대답했다.

　　"풀밭으로 날 부르는 것은 나를 위해서가 아니
라 네가 먹을거리가 없기 때문이겠지."

° 사악한 자가 자신의 속내를 아는 사람에게 못
　된 짓을 할 때는 어떤 간계를 써도 소용없습
　니다.

늑대와 말

늑대가 밭두렁을 지나다가 보리를 발견했다. 보리를 양식으로 쓸 수 없던 늑대는 그냥 두고 그곳을 떠났다. 잠시 후 말을 만난 늑대는 그 밭으로 말을 데려가서 말했다.

"내가 보리를 발견하고도 먹지 않고 지킨 것은 네가 먹을 때 나는 와삭와삭 소리가 듣기 좋아서야."

말이 말했다.

"이봐, 늑대가 보리를 양식으로 쓸 수 있었다면 너는 결코 배보다 귀를 택하지는 않았겠지."

° 본성이 나쁜 자는 아무리 착한 척해도 아무도 믿어주지 않습니다.

늙은 말

　늙은 말이 맷돌 돌릴 말을 찾던 방앗간 주인에
게 팔려왔다. 방앗간에 매인 늙은 말이 탄식하며
말했다
　"아, 경마장을 돌던 내가 이런 곳에서 돌고 있
다니!"

° 젊음과 명성을 믿고 너무 우쭐대면 안 됩니다.

늑대와 개

늑대가 목줄을 맨 큰 개를 보고 물었다.

"누가 너를 이렇게 묶어놓고 먹여주는 거야?"

개가 말했다.

"사냥꾼이지. 하지만 너는 내 친구니까 이런 일을 당하지 않았으면 좋겠다. 목줄은 굶주림보다 더 견딜 수 없거든."

° 불행할 때는 먹어도 즐겁지 않습니다.

늑대와 양치기

늑대가 아무런 해코지도 하지 않고 양 떼를 따라다녔다. 처음에 양치기는 늑대를 적이라 여기고 두려운 마음으로 지켜보았다. 그런데 늑대가 줄곧 따라다니기만 할 뿐 전혀 양을 채가려 하지 않자 양치기는 늑대를 교활한 적이라기보다는 파수꾼 쯤으로 여기게 되었다.

시내에 볼일이 생긴 양치기는 양들을 늑대에게 맡기고 떠났다. 늑대는 기회가 왔다 싶어 양 떼에 덤벼들어 대부분을 물어뜯었다.

볼일을 마치고 돌아온 양치기는 양들이 죽어 있는 것을 보고 말했다.

"나는 이런 벌을 받아 마땅하지! 어쩌자고 늑대에게 양 떼를 맡겼단 말인가!"

°욕심쟁이에게 귀중품을 맡기면 으레 잃게 됩
니다.

말과 마부

마부가 마구간에 몰래 들어가 말이 먹을 보리
를 훔쳐 내다팔았다. 그러면서도 마부는 온종일
말을 문지르고 빗겨주었다. 말이 말했다.

"진정으로 내가 아름답기를 원한다면 내가 먹
을 보리를 내다팔지 마세요."

° 욕심쟁이는 감언이설로 사람을 꾀어 꼭 필요
  한 것까지 빼앗아갑니다.

부상당한 늑대와 양

늑대가 개들에게 물려 부상을 입고 땅 위에 쓰러져 있었다. 부상이 심해 손수 먹을거리를 구할 수 없었던 늑대는 지나가는 양에게 근처 강에서 물을 떠달라고 했다.

"네가 물 한 모금만 떠주면 나는 손수 먹을거리를 찾을 수 있게 될 거야."

양이 말했다.

"내가 물을 한 모금 떠주면 그 순간 나는 당신의 먹을거리가 되겠지요."

° 위선의 덫을 놓는 사람에게 어울리는 우화입니다.

점쟁이

어떤 점쟁이가 장터에 앉아 돈벌이를 하고 있었다. 갑자기 누가 점쟁이를 찾아와 말했다.

"당신 집의 문이 모두 열려 있고 집 안에 있던 물건들이 죄다 없어졌어요!"

깜짝 놀라 벌떡 일어난 점쟁이는 무슨 일인지 알아보려고 숨을 헐떡이며 집으로 뛰어갔다. 이를 지켜보던 구경꾼 한 명이 말했다.

"남의 일은 미리 안다고 뽐내면서 정작 자신의 일은 내다보지 못하는구려."

° 자기의 일은 형편없이 관리하면서 자기와는 무관한 일에 개입하려는 사람에게 어울리는 우화입니다.

개미

옛날에 개미는 사람이었다. 한 농사꾼이 제가 노력해 수확한 곡식에 만족하지 못하고 남이 수확한 곡식에 눈독을 들였다. 그러다가 끝내 이웃이 수확한 곡식을 훔치고 말았다. 농사꾼의 욕심이 못마땅했던 제우스는 그를 개미로 바꾸어놓았다.

몸이 바뀌었어도 그의 마음은 바뀌지 않았다. 지금도 그는 들판을 돌아다니며 남의 밀과 보리를 모아 자신을 위해 저장하니 말이다.

° 본성이 나쁜 자는 아무리 엄벌을 받아도 바뀌지 않습니다.

쥐와 개구리

땅 위에 사는 쥐가 개구리와 친구가 되었다. 개구리는 나쁜 마음을 먹고 쥐의 발목과 자기 발목을 줄로 묶었다. 처음에 둘은 이삭을 먹으려고 땅 위를 돌아다녔다.

얼마 후 연못가에 이르자 개구리는 쥐를 연못 바닥으로 끌고 들어갔다. 개구리는 연못 바닥을 개굴개굴 헤엄치며 노닐었다. 가련한 쥐는 물을 먹고 통통 부어올라 죽었다.

쥐의 사체가 개구리의 발목에 묶인 채 물 위를 떠다녔다. 솔개가 죽은 쥐를 발톱으로 낚아챘다. 발목이 묶여 있던 개구리도 함께 딸려 올라가 솔개의 밥이 되었다.

° 죽은 자도 복수할 수 있습니다. 신은 만물을
굽어보며 저울의 균형을 맞춥니다.

젊은 탕아와 제비

젊은 탕아가 아버지의 유산을 모두 탕진했다. 그에게 남은 것이라고는 외투 하나뿐이었다. 때를 못 맞춰 일찍 날아온 제비를 보고 '벌써 여름이 왔나?' 하고 착각한 그는 외투마저 내다팔았다.

며칠 남은 겨울이 위세를 떨치며 날씨가 다시 추워졌다. 탕아는 돌아다니다가 얼어 죽은 제비를 보고 말했다.

"오, 너로구나. 네가 너도 나도 다 망쳐놓았구나."

° 시의적절하지 못한 것은 무엇이나 위험합니다.

환자와 의사

의사가 처음 진찰 와서 증상이 어떠냐고 물었고, 환자는 지나치게 땀을 흘린다고 대답했다. 의사가 말했다.

"좋아요."

의사가 두 번째로 진찰 와서 증상이 어떠냐고 물었고, 환자는 한기가 들어 계속해서 떨린다고 대답했다. 의사가 말했다.

"그것도 좋아요."

의사가 세 번째로 진찰 와서 증상이 어떠냐고 물었고, 환자는 설사를 한다고 대답했다. 의사가 말했다.

"그것도 좋아요."

의사가 돌아가고 친척 중 한 사람이 찾아와 증상이 어떠냐고 물었고 환자는 대답했다.

"나는 증상이 좋아서 죽어가고 있소."

° 겉모습만으로 판단하다 보면, 가장 큰 불행을 불러오는 것인데 오히려 행복을 불러오는 것이라고 착각할 우를 범할 수 있습니다.

두 친구와 곰

두 친구가 함께 길을 걷고 있었다. 갑자기 그들 앞에 곰이 나타났다. 한 사람은 재빠르게 나무를 타고 올라가 몸을 숨겼다. 다른 한 사람은 미처 피하지 못해 땅바닥에 널브러져 죽은 체했다.

곰이 죽은 체하는 사람에게 다가와 주둥이를 내밀어 온몸의 냄새를 맡았지만 그는 숨도 쉬지 않고 가만있었다. 곰은 시체에는 손을 대지 않는다는 말을 들었기 때문이다.

곰이 떠나자 나무 위로 올라갔던 사람이 내려와 그에게 물었다.

"곰이 자네 귀에 대고 무슨 말을 했나?"

그가 답했다.

"앞으로는 위험할 때 내빼는 친구하고 함께 여행하지 마라더군."

° 진정한 친구인지는 불행을 당했을 때 알 수
있습니다.

신상을 때려 부순 사람

　　어떤 사람이 나무로 만든 신상*을 가지고 있었다. 가난했던 그는 신상에게 도와달라고 간청했다. 그래도 점점 더 가난해지자 그는 화가 나서 신상의 발을 잡아 벽에 패대기쳤다. 신상의 머리가 깨지며 갑자기 황금이 쏟아져 나왔다. 그러자 그는 그것을 주워 모으며 소리쳤다.

　　"비뚤어지고 배은망덕한 것 같으니라고! 내가 존중할 때는 아무런 도움도 주지 않더니 내가 때리니까 선물을 쏟아내며 보답하는구나."

° 나쁜 사람은 존중해주면 도움이 되지 않고 때리면 큰 도움이 됩니다.

---

*신상(神像): 숭배의 대상이 되는 신의 화상, 초상, 조각상.

돌고래와 고래와 멸치

　돌고래 무리와 고래 무리가 서로 싸우고 있었다. 싸움이 길어지고 격렬해지자 멸치 한 마리가 물 위로 뛰어올라 그들을 화해시키려 했다. 돌고래 한 마리가 멸치에게 말했다.

　"너를 중재자로 받아들이느니 차라리 우리끼리 싸우다가 죽는 편이 낫겠다."

° 아무런 힘도 없으면서 자기가 대단한 줄 알고 분쟁에 끼어들려는 자가 더러 있습니다.

나무꾼과 소나무

　　나무꾼들이 도끼로 소나무를 패고 있었다. 나무꾼들은 소나무로 만든 쐐기*를 사용해 힘들이지 않고 도끼질을 했다. 소나무가 말했다.

　　"나를 패는 도끼보다 내게서 만들어진 쐐기가 더 원망스럽구나!"

° 남보다 제 식구에게 불쾌한 일을 당하면 더 견디기 어렵습니다.

---

*쐐기: 물건의 틈에 박아서 물건들의 사이를 벌리는 데 쓰는 물건. 나무나 쇠의 아래쪽을 위쪽보다 얇거나 뾰족하게 만들어 사용.

전나무와 가시나무

전나무와 가시나무가 서로 다투고 있었다. 전
나무가 자랑스레 말했다.

"나는 아름답고 곧으며 키가 커서 신전의 서까래
재료나 배의 재료로 쓰이지. 어찌 감히 나와 견주려
하지?"

가시나무가 말했다.

"너를 베어가는 도끼나 톱을 생각하면 너도 가
시나무가 되고 싶을걸."

° 명성을 얻었다고 해서 의기양양해서는 안 됩
니다. 미천한 자의 인생이야말로 위험하지 않
기 때문입니다.

사슴과 동굴 안의 사자

사슴이 사냥꾼들을 피해 사자가 있는 동굴에 이르렀다. 몸을 숨기려고 동굴 안으로 들어간 사슴은 사자에게 잡아먹히며 말했다.

"나야말로 불운하구나! 사람을 피하려다 맹수에게 걸려들다니!"

° 작은 위험을 피하려다 더 큰 위험에 빠지는 수가 있습니다.

농부와 늑대

　농부가 소 한 쌍의 멍에를 풀어준 후 물통이 있
는 곳으로 데려갔다. 그때 먹이를 찾아 헤매던 굶
주린 늑대가 쟁기를 발견했다. 늑대는 대뜸 소들
이 핥던 멍에의 한쪽을 핥기 시작했다. 너무 열중
한 나머지 자기도 모르게 멍에 밑으로 조금씩 목
을 들이밀어 목을 뺄 수 없게 되었다. 멍에에 묶인
늑대는 쟁기를 끌고 밭으로 갔다. 농부가 돌아와
늑대를 보고 말했다.

　"이 악랄한 늑대야. 네가 약탈과 해코지는 그만
두고 진심으로 농사일을 할 마음이라면 좋으련만!"

° 사악한 인간은 제아무리 좋은 일을 했다고 해도
　그 본성 때문에 다른 사람에게 불신을 삽니다.

살인자

어떤 사람이 사람을 죽인 뒤 피살자의 친척들에게 쫓기고 있었다. 살인자가 나일강 강가에 이르렀을 때 늑대를 만났다. 겁이 난 그는 강가에 있던 나무 위로 올라가 숨었다. 그러나 나뭇가지에 있던 큰 뱀이 자기를 향해 기어왔다. 살인자는 뱀을 피해 강물로 뛰어내렸고 강물 속에 있던 악어가 그를 먹어치웠다.

° 죄지은 사람에게는 뭍에도 공중에도 물에도 안전한 곳이 없습니다.

겁쟁이와 까마귀

　어떤 겁쟁이가 싸움터로 떠났다. 까마귀들의
울음소리가 들리자 그는 무기를 내려놓고 쉬었다.
잠시 후 그는 다시 무기를 들고 떠났다. 다시 까마
귀들의 울음소리가 들리자 멈춰 서더니 말했다.
　"너희들이 아무리 크게 울어봐야 내 살맛을 보
지는 못할걸."

° 지독한 겁쟁이에게 어울리는 우화입니다.

숯장수와 세탁소 주인

어떤 동네에서 장사하던 숯장수의 옆 가게는 세탁소였다. 숯장수는 세탁소 주인을 찾아가 말했다.

"나와 함께 사는 게 어떻소? 그러면 이웃끼리 더 친해질 테고 한집에 사는 만큼 생활비도 더 적게 들 게 아니오."

세탁소 주인이 대답했다.

"나로서는 전적으로 불리한 일이오. 내가 하얗게 만들어놓은 것들을 당신이 검댕으로 까맣게 만들 테니 말이오."

° 무엇이든 서로 다른 둘은 뜻이 맞기 어렵습니다.

천문학자

어떤 천문학자는 저녁마다 별을 보러 가는 습관이 있었다. 하루는 교외에 나가 열심히 하늘을 관찰하다가 부지불식간에 우물에 빠졌다. 천문학자가 울면서 소리 지르자 지나가던 행인이 소리를 듣고 다가왔다. 상황을 파악한 행인이 천문학자에게 말했다.

"하늘에 떠 있는 것을 보려다가 땅에 있는 것은 보지 못했구려."

° 엄청난 일을 한다고 자랑하는 사람이 정작 사소한 일상사조차 해결하지 못할 때 어울리는 우화입니다.

개구리 의사와 여우

하루는 연못의 개구리 의사가 모든 동물에게
외쳤다.

"나는 의사이고 약이란 약은 다 알고 있어."

여우가 말했다.

"어떻게 네가 모든 동물을 구하겠다는 거지? 절
름발이인 너 자신도 치료하지 못하면서 말이야."

° 기술을 제대로 전수받지 못한 자는 남에게도
  전수할 수 없습니다.

북풍과 해

북풍과 해가 서로 제 힘이 더 세다며 다투었다. 그때 나그네가 길을 걷는 것을 보고, 둘은 누구든 나그네의 옷을 벗기는 쪽이 이기는 것으로 하자고 정했다.

먼저 북풍이 세차게 입김을 불어댔다. 나그네가 옷깃을 졸라매자 북풍은 더 세차게 공격했다. 추위가 기승을 부리자 나그네는 옷을 껴입었다. 그러자 북풍이 지쳐서 해에게 순서를 넘겼다.

해는 먼저 알맞게 볕을 비추었다. 나그네는 껴입은 옷을 벗었다. 해가 더 따가운 햇살을 쏘자 나그네는 더위를 견디지 못해 옷을 벗고 근처의 강으로 멱을 감으러 갔다.

° 때로는 설득이 강요보다 더 효과적입니다.

노인과 죽음

하루는 노인이 나무를 베어 짊어지고 먼 길을 갔다. 걷느라 지칠 대로 지친 노인은 짐을 내려놓고는 죽음을 불렀다. 죽음이 나타나 무슨 이유로 자기를 불렀느냐고 묻자 노인이 대답했다.

"내 짐을 좀 들어주게나."

° 아무리 비참하게 살아도 사람은 누구나 삶을 사랑합니다.

솔개와 뱀

솔개가 뱀을 낚아채 날아가고 있었다. 뱀이 몸을 돌려 솔개를 콱 물었다. 그러자 둘 다 높은 곳에서 떨어져 솔개가 죽었다. 뱀이 솔개에게 말했다.

"나는 너를 해코지한 적이 없는데 어째서 너는 나를 해코지했느냐? 어리석게 나를 채어가다가 너는 죗값을 치른 거야."

° 탐욕에 이끌려 약자를 해코지하는 자는 뜻밖에 강자에게 걸려들어 전에 저지른 악행의 죗값까지 치르게 됩니다.

새끼 염소와 피리 부는 늑대

무리에서 뒤처진 새끼 염소 한마리가 늑대에게 쫓기고 있었다. 새끼 염소가 돌아서서 늑대에게 말했다.

"늑대야, 나는 네 밥이 될 운명이라는 걸 잘 알아. 다만 내가 명예로이 죽을 수 있도록 피리를 불어줄래? 내가 춤출 수 있게 해다오."

늑대가 피리를 불자 새끼 염소가 춤을 추었고, 피리 소리를 들은 개들이 달려와 늑대를 쫓아냈다. 늑대가 돌아서서 새끼 염소에게 말했다.

"나는 이런 벌을 받아 마땅하지! 백정인 주제에 피리 부는 사람을 흉내 냈으니…."

° 상황을 고려하지 않고 행동하면 손안에 있는 것조차 놓치고 맙니다.

117

헤르메스와 장인

제우스는 헤르메스를 시켜 모든 장인*에게 거
짓말의 독(毒)을 마시게 했다. 헤르메스는 독을
빻아 같은 분량으로 나누어 장인들의 입에 부었
다. 남은 장인은 이제 갓바치**뿐인데 아직 독이
많이 남아 있었다. 헤르메스는 독을 절구째 갓바
치의 입에 부었다. 그 뒤로 장인은 모두 거짓말쟁
이가 되었는데, 그중에서 유독 갓바치들이 심했다

° 거짓말쟁이에게 어울리는 우화입니다.

---

*장인(匠人): 손으로 물건을 만드는 일을 직업으로
하는 사람.
**갓바치: 가죽신을 만드는 일을 직업으로 하는 사람.

어미 두더지와 새끼 두더지

새끼 두더지가 어미 두더지에게 말했다.

"엄마, 저는 앞이 보이지 않아요."

어미 두더지는 새끼 두더지를 시험해보려고 유향*의 낟알을 하나 주면서 물었다.

"이것이 무엇인지 맞혀보렴."

새끼 두더지가 말했다.

"조약돌이요."

그러자 어미 두더지가 말했다.

"애야, 너는 시각만 없는 게 아니라 후각까지 없구나."

---

*유향(乳香): 열대 식물인 유향수(乳香樹)의 분비액을 말려 만든 수지. 노랗고 투명한 덩어리로 약재, 방부제, 접착제 따위로 사용.

° 무능한 자는 큰소리치며 불가능한 것을 약속해도 사소한 일도 할 줄 모르는 자라는 사실이 급세 드러납니다.

공작과 갈까마귀

새들이 왕을 뽑으려고 의논하고 있었다. 공작이 제 아름다움을 내세우며 저를 왕으로 뽑아달라고 했다. 새들이 그렇게 하려는데 갈까마귀가 말했다.

"네가 왕이 되면 독수리가 우리를 뒤쫓을 때 어떻게 우리를 도울 거니?"

° 다가오는 위험을 내다보고 대비하는 자를 나무라서는 안 됩니다.

개와 토끼

   사냥개가 토끼를 잡아서 때로는 물고 때로는
핥았다. 토끼가 지쳐서 말했다.
   "이보시오, 나를 잡아먹을 게 아니면 입 맞추지
마시오. 당신이 적인지 친구인지 알 수 없으니 말
이오."

° 태도가 모호한 사람에게 어울리는 우화입니다.

좋은 것과 나쁜 것

좋은 것들은 허약한지라 나쁜 것들에 쫓겨 하늘로 올라갔다. 좋은 것들은 어떻게 해야 사람들에게 다가갈 수 있는지 제우스에게 물었다. 제우스가 좋은 것들에게 말했다.

"사람들에게 다가가되 한꺼번에 몰려가지 말고 하나씩 가거라."

그리하여 나쁜 것들은 가까이 사는 까닭에 늘 사람들을 공격하지만, 좋은 것들은 하늘에서 하나씩 내려오기 때문에 사람들을 드문드문 찾아오는 것이다.

° 좋은 일은 가끔 일어나지만 나쁜 일은 자주 일어납니다.

123

날개 잘린 독수리와 여우

독수리가 사람에게 잡혔다. 사람은 독수리의 날개를 자른 뒤 집에서 기르는 다른 새들과 살도록 안뜰에 풀어놓았다.

날개 잘린 독수리는 속이 상해 고개를 숙인 채 아무것도 먹지 않았다. 독수리는 감옥에 갇힌 왕과 같은 신세가 됐다.

그런데 다른 사람이 독수리를 사서 날개에 몰약*을 발라 다시 날 수 있게 해주었다. 하늘로 날아오른 독수리는 토끼를 낚아채어 자기를 치료해

---

*몰약(沒藥): 아프리카산 감람과(橄欖科)에 속하는 식물에서 채집한 고무 수지. 보통 노란색, 갈색, 붉은색을 띤 덩어리로, 향기가 있고 맛이 쓰다. 기관지나 방광 따위의 과다한 분비물을 억제하는 데 쓰며 통경제와 건위제로도 쓰임.

준 사람에게 선물로 갖다 주었다.

여우가 그것을 보고 말했다.

"두 번째 주인은 마음씨가 착하니까 그 사람에게 줄 것이 아니라 먼젓번 주인에게 주어야지. 먼젓번 주인에게 잘 보여야 너를 다시 잡아서 날개를 자르는 일이 없을 테니까."

° 은인에게는 아낌없이 보답하되 사악한 자는 멀리하는 것이 현명합니다.

고양이와 쥐

어떤 집에 쥐가 들끓었다. 이를 알게 된 고양이가 그 집으로 가서 차례차례 쥐들을 잡아먹었다. 쥐들은 자꾸 고양이게 잡히자 구멍으로 들어가 숨어버렸다.

쥐들이 나타나기를 마냥 기다릴 수 없던 고양이는 꾀를 써서 쥐들을 끌어내기로 했다. 고양이는 선반 위로 기어 올라가 거꾸로 매달려 죽은 시늉을 했다. 쥐 하나가 머리를 내밀고 두리번거리다가 고양이를 발견하고는 말했다.

"이봐, 네가 자루 변한다 해도 나는 결코 네 근처에 가지 않을 거야."

° 현명한 사람은 악의를 품은 자가 아무리 시치미를 떼도 속지 않습니다.

수탉 두 마리와 독수리

　　수탉 두 마리가 암탉 몇 마리를 두고 서로 싸우
고 있었다. 한 수탉이 다른 수탉을 피해 도망쳤다.
도망친 수탉이 덤불 속으로 들어가 숨자 이긴 수
탉은 높은 담 위로 올라가 큰 소리로 울었다.

　　그러자 곧바로 독수리가 내리 덮쳐 이긴 수탉
을 채어갔다. 잠시 후 숨어 있던 수탉이 나와서 암
탉들과 마음대로 짝짓기를 했다.

° 신은 거만한 자는 멀리하지만 미천한 자에게
　는 은총을 베풉니다.

어부와 큰 물고기와 작은 물고기

어부가 바다에서 그물을 끌어당기고 있었다. 큰
물고기는 어부의 손에 잡혀 뭍에다 널리게 되었
다. 그러나 작은 물고기는 그물코로 빠져나가 바
다로 도망쳤다.

° 큰 행운을 누리지 못하는 사람은 쉽게 구원받
지만, 큰 명성을 누리는 사람이 위험에서 벗어
나는 것은 보기 드문 일입니다.

여우와 가시나무

울타리를 뛰어넘다가 미끄러진 여우가 떨어지지 않으려고 가시나무를 붙잡았다. 가시나무의 가시에 찔려 발에서 피가 나자 여우는 괴로워하며 혼자 중얼거렸다.

"아이코, 아파라. 도움이 될 줄 알았는데 너는 내 처지를 더 나쁘게 만들었구나!"

가시나무가 말했다.

"이봐, 네가 나를 잡으려 했던 게 잘못이지. 나는 누구든 다 찌르는 버릇이 있다고."

° 천성적으로 남을 해코지하려는 자에게 도움을 청하는 것은 어리석은 짓입니다.

여우와 나무꾼

사냥꾼을 피해 달아나던 여우가 나무꾼에게 숨겨달라고 간청했다. 나무꾼은 여우에게 자기의 오두막에 들어가 숨으라고 했다.

잠시 후 사냥꾼들이 나타나 여우가 지나가는 것을 보지 못했느냐고 물었다. 나무꾼은 말로는 보지 못했다고 대답하면서 손짓으로는 여우가 숨어 있는 곳을 가리켰다. 사냥꾼들은 그의 손짓에는 주목하지 않고 그의 말만 믿고 떠나갔다.

사냥꾼들이 멀어진 것을 보고 여우가 나오더니 한마디 말도 없이 길을 떠났다. 자기를 구해준 사람에게 고맙다는 인사조차 않는다고 나무꾼이 나무라자 여우가 말했다.

"당신의 손짓과 성격이 말과 일치했다면 나도 당신에게 고맙다는 인사를 했겠지요."

° 착한 척하면서 못된 행동을 하는 자에게 어울
리는 우화입니다.

여우와 개

　여우가 양 떼 속으로 들어가 어미젖을 빨고 있던 새끼 양 하나를 들어 올려 어르는 척했다. 뭘하느냐고 개가 묻자 여우가 대답했다.
"새끼 양을 어르며 놀아주고 있지."
　개가 말했다.
"지금 당장 새끼 양을 놓아주지 않으면 개가 어떻게 늑대를 어르며 놀아주는지 보여주겠다."

° 파렴치하고 어리석은 자에게 어울리는 우화입니다.

여우와 표범

여우와 표범이 서로 제가 아름답다고 다투고
있었다. 표범이 제 몸이 다채롭다고 자랑하자 여
우가 대답했다.

"내가 너보다 더 아름답다! 나는 너보다 정신
이 다채로우니 말이야."

° 육체적인 아름다움보다 마음씨가 고와야 바
람직합니다.

여우와 도깨비 가면

여우가 배우의 집에 들어가 그의 의상을 하나 씩 뒤지고 있었다. 그러다가 정교하게 만든 도깨비 가면을 발견했다. 여우가 그것을 손에 들고 말했다.

"와, 굉장한 머리인데! 그런데 골이 비었잖아."

° 덩치만 크고 생각이 모자라는 사람에게 어울리는 우화입니다.

황소 세 마리와 사자

　황소 세 마리는 함께 풀을 뜯곤 했다. 사자는
황소들을 잡아먹고 싶었지만 셋이 뭉쳐 있어서
그럴 수가 없었다. 사자는 음흉한 말로 황소들을
이간질하여 서로 떼어놓았다. 황소들이 서로 떨어
진 것을 발견한 사자는 한 마리씩 잡아먹었다.

°진실로 안전하게 살고 싶다면 적은 불신하되
　친구는 신뢰하고 가까이해야 합니다.

족제비와 쇠줄

족제비가 대장간에 들어가 거기 있던 쇠줄을 핥았다. 쇠줄에 베인 혀에서 피가 줄줄 흘러내렸다. 어리석은 족제비는 쇠줄에서 뭔가 나오는 줄 알고 좋아했다. 족제비는 결국 혀를 완전히 잃어버렸다.

° 남과 겨루기를 좋아해 화를 자초하는 자에게 어울리는 우화입니다.

농부와 언 뱀

겨울철 추위에 뻣뻣해진 뱀을 본 농부가 불쌍한 마음이 들어 가슴에 품어 녹여주었다. 몸이 따뜻해진 뱀은 제 본성을 찾아 은인을 물어 죽였다. 농부가 죽어가며 말했다.

"나는 이런 벌을 받아 마땅하지! 사악한 자를 불쌍히 여겼으니."

° 악한 자는 아무리 이쪽이 호의를 베풀어도 달라지지 않습니다.

살무사와 여우

　살무사가 가시나무로 된 나뭇단*을 타고 강물에 떠내려가고 있었다. 여우가 그것을 보고 말했다.
　"그 선주**에 그 배로구나."

° 못된 짓을 일삼는 사악한 자에게 어울리는 우화입니다.

---

*나뭇단: 땔나무 따위를 묶어놓은 단
**선주(船主): 배의 주인.

야생 당나귀와 집 당나귀

양지바른 곳에서 풀을 뜯는 집 당나귀를 본 야생 당나귀가 가까이 다가갔다. 그리고 집 당나귀를 부러운 듯 바라보며 치하했다.

"자네는 먹을 것이 많아서인지 보기 좋게 살이 올랐구먼."

며칠 후, 짐을 나르고 있는 집 당나귀가 뒤에 있는 주인에게 채찍질당하는 것을 본 야생 당나귀가 말했다.

"더는 자네를 행운아라고 치하하지 않겠네. 보아하니 자네가 즐기는 풍요는 엄청난 대가를 치르고 있구먼."

° 위험과 고통이 따르는 이익은 조금도 부러워할 것이 못 됩니다.

당나귀와 개

    당나귀와 개가 함께 길을 걷다가 땅에 떨어져 있는 문서를 발견했다. 그것은 봉인되어 있었는데, 당나귀가 집어서 뜯고는 개에게 내용을 읽어주었다. 꼴*에 관한 내용이었다. 건초와 보리 이야기만 계속되자 짜증이 난 개가 당나귀에게 말했다.

    "이봐, 몇 줄 건너뛰고 읽어봐. 혹시 고기와 뼈다귀에 관한 이야기도 나올지 모르니까."

    당나귀가 문서를 전부 읽었는데도 개가 찾는 내용이 없자 개가 말했다.

    "이봐, 땅에 던져버려. 그 문서는 아무 쓸모도 없는 거네."

° 이 우화에는 교훈이 없습니다.
———
*꼴: 말이나 소에게 먹이는 풀.

새 잡는 사람과 볏 달린 종달새

새 잡는 사람이 새를 잡으려고 올가미를 놓고
있었다. 그 모습을 보던 볏 달린 종달새가 멀찍이
떨어져서 물었다.

"지금 뭘 하는 거요?"

새 잡는 사람이 볏 달린 종달새에게 답했다.

"도시를 세우고 있소."

그러고는 멀찍이 가서 숨었다. 볏 달린 종달새는
그의 말을 믿고 다가왔다가 올가미에 걸렸다. 새
잡는 사람이 달려오자 볏 달린 종달새가 말했다.

"이보시오, 당신이 세우는 도시가 이런 것이라
면 그 안에 사는 사람은 많지 않을 것이오."

° 집이든 도시든 그곳의 우두머리가 야박할 때
  그곳을 떠나는 사람이 가장 많습니다.

141

메뚜기 잡는 아이와 전갈

한 아이가 성벽 앞에서 메뚜기를 잡고 있었다. 여러 마리의 메뚜기를 잡은 아이는 그 옆에 있는 전갈도 메뚜기인 줄 알고 손을 오목하게 해서 잡으려 했다. 그러자 전갈이 침을 세우며 말했다.

"네가 잡은 메뚜기들마저 잃고 싶다면 어디 한번 잡아봐."

° 착한 사람과 나쁜 사람을 똑같이 대해서는 안 됩니다.

목마른 비둘기

비둘기는 몹시 목마른 나머지 물동이가 그려진
그림을 보고 진짜 물동이로 착각했다. 비둘기는
요란하게 날개를 퍼덕이며 자기도 모르게 그림을
향해 돌진했다가 그만 날개가 부러지고 말았다.
그리고 마침 그곳에 있던 사람에게 붙잡혔다.

° 욕망에 이끌려 함부로 손댔다가는 순식간에
  망할 수도 있습니다.

원숭이와 낙타

   동물들의 집회가 열렸고 흥이 난 원숭이가 자
리에서 일어나 춤을 추었다. 원숭이는 모두에게서
열렬한 박수갈채를 받았다. 그 모습을 샘나게 지
켜보던 낙타는 자기도 춤을 추려고 일어났다. 자
꾸 서투르게 행동하는 낙타에 화가 난 동물들이
몽둥이로 낙타를 쳐서 내쫓았다.

° 샘이 나서 자기보다 더 강한 자와 겨루려는 자
  에게 어울리는 우화입니다.

양에게 꼬리 치는 개와 양치기

어떤 양치기에게 엄청나게 큰 개가 있었다. 양치
기는 개에게 태어나자마자 죽은 새끼 양이나 죽어
가는 양을 먹으라고 던져주곤 했다. 하루는 양 떼
가 쉬고 있을 때 양들에게 다가가 꼬리 치는 개를
보고 양치기가 말했다.

"네가 양들에게 바라는 죽음이 네 머리 위에 떨
어지면 좋으련만!

° 아첨꾼에게 어울리는 우화입니다.

공작과 두루미

공작이 두루미를 가리키며 깃털 색깔을 조롱했다. 공작이 말했다.

"나는 황금빛과 자줏빛 옷을 입고 있는데, 너는 조금도 아름답지 않은 색의 날개를 지니고 있구나."

두루미가 말했다.

"나는 별 가까이에서 노래하고 하늘 높이 날지만, 너는 수탉처럼 저 아래에서 암탉들과 노니는구나."

° 부를 뽐내며 영광 없이 사는 것보다 행색은 초라해도 명성을 얻는 것이 낫습니다.

강물을 막는 어부

어부가 강에서 고기를 잡고 있었다. 어부는 밧줄 끝에 돌을 묶어 그물을 쳐서 한쪽 둑에서 다른 쪽 둑까지 강물을 막았다. 고기들이 도망치다가 어쩔 수 없이 그물 안으로 뛰어들게 할 작정이었다.

어부가 그물 치는 모습을 보고 근처에 사는 사람들 가운데 한 명이 말했다.

"뭐하는 짓이오! 자네가 그렇게 하면 강물이 흐려져서 물을 마실 수 없잖소!"

어부가 대답했다.

"이렇게 강물을 흐리지 않으면 나는 굶어 죽을 수밖에 없는걸요."

° 선동가는 나라를 당파 싸움으로 몰아넣을 때 가장 덕을 봅니다.

여우와 악어

여우와 악어가 서로 자기가 더 좋은 가문에서 태어났다며 다투고 있었다. 악어가 바닥에 길게 누운 채 제 조상들을 자랑했다.

"우리 할아버지들은 체육관장을 지냈어."

여우가 말했다.

"말 안 해도 알겠어. 네가 오랫동안 체조를 해 왔다는 것은 네 살갗만 봐도 알 수 있거든."

° 거짓말쟁이는 행동으로 거짓이 탄로 납니다.

신상을 파는 사람

어떤 사람이 나무로 헤르메스의 신상(神象)을 조각해 장에 팔러 갔다. 신상을 사려는 사람이 좀처럼 나타나지 않자 그는 사람들을 끌기 위해 자기는 복과 이익을 팔고 있다고 외쳤다. 마침 그곳에 있던 사람이 물었다.

"이봐요, 그분이 그렇게 복을 주신다면 그분에게 도움을 받을 일이지 왜 내다파는 거요?"

그가 대답했다.

"나는 당장 도움이 필요한데 신은 이익을 주려고 서두르는 법이 없기 때문이지요."

° 신도 아랑곳하지 않고 이익만 탐하는 사람에게 어울리는 우화입니다.

아이티오피아인

어떤 사람이 아이티오피아*인을 노예로 샀다. 그는 노예의 살빛이 검은색인 것은 전 주인이 제대로 돌보지 않았기 때문이라고 생각했다. 그래서 그는 노예를 집으로 데려와 비누로 문지르는 등 온갖 방법으로 씻어 살빛을 하얗게 만들려고 했다. 그러나 그는 노예의 살빛을 바꾸지 못했고 과로로 몸져눕게 되었다.

° 타고난 것은 그대로 지속됩니다.

---

*아이티오피아: '에디오피아'의 라틴어. 아프리카 대륙의 흑인이라는 의미로 쓰임.

염소와 염소치기

염소치기가 우리 안으로 돌아오라고 염소들을 불렀다 무리 중 한 마리가 맛있는 풀을 뜯느라 뒤처졌다. 염소치기는 그 염소에게 돌을 던졌다. 그 돌에 정통으로 맞아 염소의 뿔 하나가 부러졌다. 그러자 염소치기가 이 일을 주인에게 말하지 말아달라고 염소를 달랬다. 염소가 말했다.

"내가 말하지 않는다고 해서 숨길 수 있겠어요? 내 뿔이 부러진 것은 누구나 다 볼 수 있는걸요"

° 잘못이 명백할 때는 숨기기가 불가능합니다.

피리 부는 어부

피리를 잘 부는 어부가 피리와 그물을 가지고 바다로 갔다. 툭 튀어나온 바위 위에 자리 잡고 서서 피리를 불기 시작했다. 그는 물고기들이 달콤한 소리에 이끌려 스스로 자기를 향해 뛰어오를 것이라고 믿었다.

그러나 아무리 애를 써도 소용이 없자 피리를 놓고 투망을 물속에 던져 많은 물고기를 잡았다. 그는 그물에 잡힌 물고기를 꺼내 바닷가로 던졌다. 바닥에 떨어져 파닥거리는 물고기를 보며 말했다.

"고약한 녀석들 같으니라고, 내가 피리를 불 때는 춤추지 않더니, 피리를 멈추니 춤을 추는구먼!"

° 때가 아닐 때 행동하는 사람에게 어울리는 우화입니다.

어부와 멸치

어부가 바다에 던진 그물을 건져 올렸는데 멸치 한 마리가 잡혀 있었다. 멸치가 말했다.

"지금은 내가 작으니까 놓아주세요. 내가 자라서 큰 물고기가 되었을 때도 당신은 나를 잡을 수 있을 거예요. 그때 잡는 게 더 큰 이익일 거예요."

어부가 말했다.

"아무리 작다 해도 이미 손안에 들어온 이익을 놓아버린다면, 아무리 크다 해도 다가올 이익만 바란다면 그야말로 멍청이겠지."

° 더 큰 것을 바라며 이미 손안에 들어온 것을 작다고 놓아버리는 것은 어리석은 행동입니다.

서로 이웃이 된 개구리들

개구리 두 마리가 서로 이웃이 되었다. 한 마리는 길에서 멀리 떨어진 깊은 연못에 살았고, 다른한 마리는 길 위의 웅덩이에 살았다. 연못에 사는 개구리가 웅덩이에 사는 개구리에게 자기 곁으로이사 오라고 권했다.

"연못으로 이사 오면 더 안전하고 풍요로운 생활을 할 수 있을 거야."

그러나 웅덩이에 사는 개구리는 정든 곳을 떠나기가 어렵다며 그의 말을 듣지 않았다. 결국 그개구리는 웅덩이 위를 지나가던 마차에 깔려 죽었다.

° 현실에 안주하려는 자는 더 나은 기회를 놓칠수 있습니다.

여자와 암탉

어떤 과부에게 암탉 한 마리가 있었다. 암탉은 날마다 알을 하나씩 낳았다. 과부는 보리를 더 많이 던져주면 암탉이 하루에 두 번씩 알을 낳을 줄 알고 그렇게 했다. 그러자 암탉은 살이 쪄서 하루에 한 번도 알을 낳지 못했다.

° 더 많이 가지려고 욕심을 부리다가 자칫하면 이미 가진 것마저 잃을 수 있습니다.

마녀

어떤 마녀가 자기는 부적으로 신의 노여움을 달랠 수 있다고 주장했다. 마녀는 부적을 많이 팔아 적지 않은 돈을 벌었다. 그러자 사람들이 종교 개혁을 하려 한다는 이유로 마녀를 고소했다. 마녀를 고소한 사람들이 이겨 마녀에게 사형이 선고되었다. 법정에서 끌려 나오는 마녀를 보고 한 구경꾼이 말했다.

"이봐요, 당신은 신의 노여움도 푼다더니 어째서 인간들조차 설득하지 못한 것이오?"

° 광장한 것을 약속하면서 평범한 일도 할 줄 모르는 자에게 어울리는 우화입니다.

꼬리가 잘린 여우

여우 한 마리가 덫에 치였다가 빠져나오다 꼬리가 잘렸다. 짧아진 꼬리가 창피해 못 살겠다고 생각한 여우는 다른 여우들도 같은 불행을 당하면 자기 약점이 두드러지지 않을 것이라 여겼다. 그날로 여우는 다른 여우들에게도 꼬리를 자르라고 권했다. 한자리에 모인 여우 무리 앞에 나서서 말했다.

"다들 꼬리를 자르기를 추천해. 꼬리는 보기 흉할 뿐만 아니라 필요 없이 무겁기만 해."

그중 한 마리가 대답했다.

"이봐, 네게 떨어지는 이익이 없다면 우리에게 권하지 않았겠지."

° 호의가 아니라 제 이익을 위해 이웃에게 무엇
  을 권하는 자에게 어울리는 우화입니다.

사람과 사자

하루는 사람과 사자가 함께 길을 걷고 있었다. 그들은 서로 제가 잘났다고 자랑했다. 때마침 사람이 사자를 목 졸라 죽이는 모습을 새긴 석상(石像)이 길가에 있었다. 사람이 그것을 가리키며 사자에게 말했다.

"우리가 너희보다 얼마나 강한지 보았겠지!"

사자가 웃으며 말했다.

"만약 사자가 조각을 할 줄 알았다면 많은 사람이 사자의 발아래 쓰러져 있는 모습을 볼 수 있었을 거야."

° 많은 사람이 자기는 용감하고 대담하다고 큰 소리치지만 막상 시험해보면 대부분 거짓말임이 탄로 납니다.

황소와 굴대

황소들이 달구지를 끌고 있었다. 굴대*가 삐걱
거리자 황소들이 돌아서서 굴대에게 말했다.

"이봐, 짐은 우리가 나르는데 네가 왜 끙끙대는
거지?"

° 수고는 남이 하는데 힘든 체는 제가 하는 자에
 게 어울리는 우화입니다.

---

*굴대: 수레바퀴의 한가운데에 뚫린 구멍에 끼우는 긴
나무 막대나 쇠막대.

농부와 아들들

    세상을 떠날 때가 가까워진 농부는 아들들이 농사일에 더 많은 경험을 쌓았으면 하고 바랐다. 그래서 농부는 아들들을 불러놓고 말했다.

    "내가 세상을 떠나거든 너희는 내가 포도밭에 감춰둔 것을 모두 찾아보려무나."

    아들들은 포도밭 어딘가에 보물이 묻혀 있는 줄 알고 아버지가 세상을 떠난 뒤 포도밭을 완전히 갈아엎듯이 들쑤셔놓았다. 아들들은 보물을 발견하지 못했지만 잘 갈아놓은 포도밭은 몇 배나 많은 결실을 맺었다.

° 노력만한 보배가 없습니다.

여주인과 하녀

일하기를 좋아하는 과부는 여러 명의 하녀를 두고 있었다. 과부는 수탉이 울면 밤에도 하녀들을 깨워 일을 시키고는 했다. 하녀들은 지치고 피로가 쌓이자 그 집의 수탉을 목 졸라 죽이기로 했다. 동트기 전 여주인을 깨우는 수탉이야말로 자신들을 불행하게 만드는 원인이라고 믿었던 것이다.

그러나 계획대로 수탉을 죽이는 데 성공한 하녀들은 더 큰 곤경에 빠지게 되었다. 여주인이 수탉이 우는 시간을 몰라 한밤중에 하녀들을 깨워 일을 시켰기 때문이다.

° 많은 사람이 제 꾀에 제가 넘어갑니다.

162

겁쟁이 사냥꾼과 나무꾼

어떤 사냥꾼이 사자의 발자국을 찾고 있었다. 사냥꾼은 나무꾼에게 사자 발자국을 보았는지, 사자의 보금자리가 어디에 있는지 아느냐고 물었다. 나무꾼이 말했다.

"당신에게 사자 자체를 보여주겠소."

사냥꾼은 이 말에 파랗게 질려 이를 덜덜 떨며 말했다.

"내가 찾고 있는 것은 사자 발자국이지 사자 자체가 아니오."

° 세상에는 말로만 용감할 뿐 행동은 비겁한 사람이 더러 있습니다.

디오게네스와 대머리

    견유학파* 철학자 디오게네스가 어떤 대머리에게 모욕을 당하자 이렇게 말했다.

"나는 모욕하지 않겠소. 오히려 나는 당신의 사악한 두개골을 떠난 머리털을 칭찬해주고 싶소."

   ° 이 우화에는 교훈이 없습니다.

---

*견유학파(犬儒學派): 개인의 정상적인 자유를 확보하기 위해 욕심을 버리고 자연 생활을 영위위하는 것을 이상으로 삼는 그리스 철학의 한 학파.

사슴과 포도나무

사슴이 사냥꾼들을 피해 포도나무 밑에 숨었다. 사냥꾼들이 그 옆을 지나치자마자 사슴은 제가 꼭꼭 숨었다고 믿고는 포도나무 잎을 따먹기 시작했다. 잎사귀가 움직이자 사냥꾼들이 되돌아왔다. 그 아래에 어떤 짐승이 숨어 있다고 믿고는 창을 던져 사슴을 죽였다. 사슴은 죽어가며 이렇게 말했다.

"나는 이런 벌을 받아 마땅하지! 나를 구해준 것을 해코지하지 말았어야 했는데……."

° 은인을 해코지하면 신의 벌을 받게 됩니다.

헤르메스와 대지의 여신

제우스가 남자와 여자를 만든 다음, 헤르메스를 불러 말했다.

"이들을 대지의 여신에게 데려다주어라. 그리고 어느 곳을 파야 양식을 구할 수 있는지 보여주어라."

헤르메스는 임무에 충실했지만 대지의 여신의 반대에 부딪혔다. 헤르메스가 고집을 부리며 이는 제우스의 명령이라고 하자 대지의 여신이 말했다.

"그들더러 마음대로 파라고 해요. 한숨과 눈물로 그 대가를 치르게 할 테니."

° 쉽게 빌려 힘들게 갚는 자에게 어울리는 우화입니다.

두 원수

  서로 미워하는 두 사람이 한배를 타고 가고 있었다. 한 사람은 고물*에, 한 사람은 이물**에 앉아 있었다. 폭풍이 일어 배가 가라앉으려 하자 고물에 있던 사람이 키잡이에게 배의 어느 쪽이 먼저 가라앉겠느냐고 물었다. 키잡이는 이물이라고 말했다. 그러자 그가 말했다.

  "내 원수가 나보다 먼저 죽는 것을 볼 수 있다면 나는 죽어도 여한이 없소."

° 원수가 자기보다 먼저 손해 보는 것을 볼 수만 있다면 제 손해는 아랑곳하지 않는 사람이 많습니다.

———
*고물: 배의 뒷부분.
**이물: 배의 앞부분.

제우스와 아폴론

　　제우스와 아폴론이 활쏘기 시합을 하고 있었다. 아폴론이 활을 당겨 화살을 날려 보내자 제우스는 아폴론이 화살을 날려 보낸 거리만큼 한 발짝 내디뎠다.

° 자기보다 강한 자와 싸우면 상대에게 미치지
　못할 뿐 아니라 웃음거리가 되고 맙니다.

해와 개구리

어느 여름날 해가 결혼식을 올리게 되었다. 모든 동물이 기뻐했고 개구리들도 좋아했다. 개구리들 가운데 한 마리가 말했다.

"어리석기는! 너희는 뭐가 그렇게 좋다는 거냐? 해는 혼자서도 너끈히 늪지를 말리는데 결혼해서 자기를 닮은 자식까지 두게 되면 우리의 고통은 더 심해지지 않겠어?"

° 경솔한 자는 기뻐해서는 안 될 일에 기뻐합니다.

영웅

　어떤 사람이 집에 영웅 상(像)을 모셔두고는 풍성한 제물을 바쳤다. 계속해서 그의 씀씀이가 헤프고 제물에 큰돈을 들이자 밤에 영웅이 나타나 그에게 말했다.

　"여보게, 이제 재산을 그만 낭비하게나. 재산을 다 쓰고 나서 가난해지면 나를 탓할 게 아닌가!"

° 자신이 어리석어 불행에 빠진 많은 사람이 그 책임을 신에게 돌립니다.

강물에 똥을 눈 낙타

낙타가 세차게 흘러가는 강물을 건너고 있었다. 속이 안 좋은 낙타는 강물 속에서 똥을 누었다. 똥을 누자마자 제 똥이 바로 앞에서 급류에 떠내려가는 것을 본 낙타가 말했다.

"이게 도대체 어떻게 된 일이지? 내 뒤에 있던 것이 내 앞을 지나가다니."

° 현명한 사람 대신 아둔한 자가 통치하는 상황에 어울리는 우화입니다.

춤추는 낙타

주인이 춤을 추라고 강요하자 낙타가 말했다.
"나는 춤출 때만 흉한 것이 아니라 걸어갈 때
도 흉해요."

° 하는 일마다 서투른 자에게 어울리는 우화입
  니다.

게와 여우

게가 바다에서 올라와 바닷가에 홀로 살고 있었다. 굶주린 여우가 게를 보고는 달려가 잡았다. 게가 삼켜지려는 순간 말했다.

"나는 이런 벌을 받아 마땅하지! 바다에서 살던 내가 육지에서 살겠다고 했으니."

° 잘하던 일을 버리고 걸맞지 않은 일에 손을 대면 실패하게 마련입니다.

호두나무

길가의 호두나무는 행인들이 던지는 돌멩이에
계속 맞자 탄식하며 중얼거렸다.
"불쌍한 내 신세야! 나는 해마다 온갖 수모와
고통을 당하는구나!"

° 이익을 위해서라면 귀찮은 일도 마다하지 않
는 자에게 어울리는 우화입니다.

지빠귀

숲에서 먹이를 쪼아 먹던 지빠귀는 열매가 달아 그곳을 떠날 수가 없었다. 이를 지켜보던 새를 잡는 사람이 그곳에 끈끈이를 놓아 지빠귀를 잡았다. 숨이 끊어지려는 순간 지빠귀가 말했다.

"불쌍한 내 신세! 먹는 즐거움 때문에 목숨까지 빼앗기는구나."

° 환락 때문에 목숨을 잃는 난봉꾼에게 어울리는 우화입니다.

볏이 있는 종달새

볏이 있는 종달새가 올가미에 걸려 탄식하며
말했다.
"나야말로 비천하고 불운한 새로구나! 나는 누
구에게도 값진 것을 훔친 적이 없건만 작은 곡식
알 하나 때문에 죽게 되었으니."

° 하찮은 이익을 위해 큰 위험을 무릅쓰는 자에
게 어울리는 우화입니다.

달팽이

농부의 아내가 달팽이를 굽고 있었다. 달팽이들이 탁탁 소리 내는 것을 듣고는 농부의 아내가 말했다.

"가련한 동물 같으니라고! 집에 불이 났는데 노래를 부르고 있네."

° 그때그때 사정에 맞지 않는 것은 무엇이든 비난받게 마련입니다.

갇힌 사자와 농부

시자가 농부의 축사*로 들어갔다. 농부는 안마당의 문을 닫아 사자를 잡았다. 축사에서 나갈 수 없게 된 사자는 먼저 양들을 잡아먹고 그다음에는 소들을 덮쳤다. 그러자 농부는 자신의 안전이 염려되어 문을 열었다. 사자가 떠나고 농부가 끙끙 앓는 것을 본 그의 아내가 말했다.

"당신은 벌을 받아 마땅해요. 어쩌자고 멀리 떨어져 있어도 도망치지 않을 수 없는 사자를 가둘 생각을 했나요?"

° 자기보다 힘이 센 자를 자꾸 자극하는 자는 자신의 과오로 빚어진 결과를 감수해야 됩니다.

---

*축사: 가축을 기르는 건물.

늑대와 양

늑대들이 양 떼를 습격하려 했다. 그러나 개들이 지키고 있어 양들을 수중에 넣을 수 없었다. 늑대들은 목적을 이루기 위해 꾀를 쓰기로 했다.

늑대들은 양들에게 사절단을 보내 개들을 넘겨달라고 요구했다. 늑대들의 말인즉 개들이 그들 사이의 적대관계의 원인이니만큼 개들만 넘겨주면 그들 사이에 평화가 찾아오리라는 것이었다.

양들이 앞일을 내다보지 못하고 개들을 넘겨주자 늑대들은 힘들이지 않고 양들을 차지하게 되었다.

° 민중의 지도자를 아무 생각 없이 내주면 머지않아 나라 자체가 적의 수중에 넘어갑니다.

당나귀와 당나귀 모는 사람

당나귀가 당나귀 모는 사람에게 이끌려 길을 가고 있었다. 얼마 후 평탄한 길에서 벗어나 낭떠러지 옆을 지나가게 되었다. 당나귀가 절벽 아래로 떨어지려 하자 모든 사람이 꼬리를 잡고 당나귀를 끌어올리려 했다. 그러나 당나귀가 기를 쓰며 반항하자 당나귀 모는 사람이 당나귀를 놓으며 말했다.

"그래, 네가 승리하려무나. 하지만 네 승리는 나쁜 승리야."

° 남과 겨루기를 좋아해 화를 자초하는 자에게
  어울리는 우화입니다.

새끼 원숭이

어떤 원숭이가 새끼 두 마리를 낳았다. 한 마리
는 어미가 품어 정성껏 먹였지만 다른 한 마리는
미워하고 보살피지 않았다. 이를 지켜본 신이 새
끼 원숭이의 운명을 정했다. 어미가 즐겨 보살피
고 품에 꼭 껴안아주던 새끼는 어미에 의해 숨이
막혀 죽었고, 어미가 돌보지 않던 새끼는 제 명대
로 살았다.

° 운명은 어떤 선견지명보다도 더 강합니다.

장미와 무궁화

장미 옆에 나 있던 무궁화가 장미에게 말했다.

"너는 얼마나 아름다운 꽃인가! 너야말로 신과 인간의 즐거움이지. 너의 아름다움과 향기를 축복한다."

장미가 말했다.

"무궁화야, 나는 잠시밖에 살지 못해서 누가 나를 꺾지 않아도 시들어버려. 그런데 너는 언제나 꽃이 피고 이렇게 생생하지 않니!"

° 잠시 화려하게 살다가 운이 바뀌어 죽는 것보다 작은 것에 만족하며 살아남는 편이 낫습니다.

대장장이와 강아지

　　어떤 대장장이에게 개 한 마리가 있었다. 대장
장이가 대장간 일을 할 때 개는 잠만 잤고, 대장
장이가 식사할 때 개는 그 옆에 섰다. 대장장이는
개에게 뼈다귀를 던져주며 말했다.

　　"잠만 자는 고약한 짐승 같으니라고! 내가 모
루*를 칠 때는 잠만 자다가 내가 이를 움직이면
금방 깨어나다니."

° 남의 노력으로 살아가는 게으름뱅이를 꾸짖는
　상황에 어울리는 우화입니다.

---

*모루: 대장간에서 불린 쇠를 올려놓고 두드릴 때 받
침으로 쓰는 쇳덩이.

거북과 독수리

거북이 독수리에게 나는 법을 가르쳐달라고 간청했다. 독수리가 '거북은 날지 못한다'라고 일러주어도 막무가내로 간청했다. 그래서 독수리는 거북을 발톱으로 움켜쥐고 높이 날아올랐다. 그러다 실수로 놓쳐버렸고 거북은 바위에 떨어져 박살이 났다.

° 현명한 이가 충고해도 많은 사람이 이를 듣지 않고 남에게 이기려다 화를 자초합니다.

대머리 기수

어떤 대머리 기수(騎手)가 가발을 쓴 채 말을
달리고 있었다. 바람이 불어 가발이 날아가자 그
곳에 있던 사람들이 배꼽을 잡고 웃었다. 대머리
기수가 말을 세우고 말했다.

"이 가발은 함께 자란 본디 주인도 버렸거늘 주인
도 아닌 나를 떠나는 것이 뭐가 이상하단 말이오?"

° 불의의 사고를 당했다고 해서 괴로워해서는
　안 됩니다.

구두쇠

어떤 구두쇠가 자신의 전 재산을 돈으로 바꿔 금괴를 만들었다. 구두쇠는 비밀 장소에 금고를 묻으며 자신의 영혼과 마음도 함께 묻었다. 그리고 날마다 비밀 장소에 갔다.

한 일꾼이 구두쇠의 행동을 지켜보다가 어찌된 일인지 알아차리고는 금괴를 파내어 가져가버렸다. 여느 때처럼 비밀 장소에 갔다가 금괴를 묻어둔 자리가 비어 있는 것을 본 구두쇠는 탄식하며 머리를 쥐어뜯었다. 구두쇠의 사연을 듣고 누군가가 이렇게 말했다.

"이보시오. 이렇게 낙담할 일이 아니오. 당신은 금을 갖고 있어도 갖고 있는 것이 아니었소. 그 자리에 금 대신 돌을 갖다놓고 그것을 돈이라 생각하시오. 그것은 당신을 위해 금과 똑같은 구실을 하게 될 거요. 금을 가졌을 때조차 당신은 재산을 쓰지 않았으니 말이오."

° 쓰지 않고 묵혀두기만 하는 재산은 현실에 아무런
영향을 주지 않습니다.

제비와 뱀

제비가 법정 처마에 둥지를 치고 새끼를 낳았다. 제비가 외출한 틈에 뱀이 기어 올라가 새끼 제비들을 잡아먹었다. 둥지가 비어 있는 것을 본 제비는 슬피 울었다. 다른 제비가 위로하느라고 자식 잃은 불행을 당한 것이 어디 너뿐이겠느냐고 말하자 그 제비가 말했다.

"나는 가족을 잃은 것보다도 피해자가 도움을 기대할 수 있는 장소에서 피해를 본 것이 더 슬프단 말이야."

° 전혀 예상하지 못한 자에게 당한 변고가 더 견디기 어렵습니다.

암퇘지와 암캐

암퇘지와 암캐가 서로 자기가 새끼를 더 많이
낳는다고 다투었다. 암캐가 네발짐승 가운데 저만
빨리 새끼를 낳는다고 말하자 암퇘지가 대답했다.
"네가 그런 말을 한다면 너는 눈먼 새끼를 낳는
다는 것만 알아둬!"

° 일은 속도가 아니라 완성도로 평가해야 합니다.

숫염소와 포도나무

포도나무에 싹이 텄는데 숫염소가 돋아나는 족
족 눈°을 따 먹었다. 포도나무가 숫염소에게 말했다.
"왜 나를 해코지하는 거니? 다른 풀도 많잖아. 나
는 네가 제물로 바쳐질 때 필요한 만큼 포도주를 대
줄 거야."

° 친구의 것을 훔치려는 배은망덕한 자를 꾸짖
  는 상황에 어울리는 우화입니다.

---

*눈: 새로 막 터져 돋아나려는 초목의 싹.

벽과 말뚝

벽이 말뚝에 사정없이 뚫리자 소리쳤다.

"어쩌자고 너는 아무 해코지도 하지 않은 나를 뚫는 거지?"

말뚝이 말했다.

"그것은 내 탓이 아니라 뒤에서 나를 힘껏 치는 자의 탓이야."

° 이 우화에는 교훈이 없습니다.

털 깎인 양

　어떤 사람이 서투르게 털을 깎자 양이 말했다.
　"내 양털을 원한다면 더 능숙히 깎으시고, 내
고기를 바란다면 단번에 나를 죽이세요. 이렇게
조금씩 계속 고문하지 마세요."

° 솜씨가 서투른 자에게 어울리는 우화입니다.

까마귀와 뱀

먹을거리가 떨어진 까마귀가 양지바른 곳에 누워 있는 뱀을 내리 덮쳐 낚아챘다. 뱀이 몸을 돌려 까마귀를 물자 까마귀는 죽어가며 말했다.

"불쌍한 내 팔자야! 이런 횡재를 하고도 그것 때문에 죽어가는구나."

° 보물을 발견했지만 그 때문에 목숨을 잃을 위험에 처한 자에게 어울리는 우화입니다.

방울 단 개

어떤 개가 몰래 다가가 사람을 물고는 했다. 그래서 주인은 세상 사람들이 다 알도록 그 개에게 방울을 달았다. 개는 방울을 흔들며 자랑스럽게 장터를 돌아다녔다. 어느 늙은 암캐가 그 개에게 말했다.

"뭘 그렇게 으스대는 거니? 방울을 달고 다니는 것은 네 미덕 때문이 아니라 네 숨은 악의를 알리기 위해서인데."

° 허풍선이들의 자랑은 그들의 숨은 악의를 드러내는 행위입니다.

고깃덩이를 물고 가는 개

개가 고깃덩이를 물고 강을 건너고 있었다. 개는 물에 비친 제 모습을 보고 그것이 더 큰 고깃덩어리를 물고 있는 개라고 믿었다. 개는 제 것은 놓아버리고 다른 개의 고깃덩이를 빼앗으려고 덤벼들었다.

그리하여 개는 두 가지를 다 잃었다. 하나는 애당초 없었던 것이기에 얻을 수 없었고, 다른 하나는 강물에 떠내려갔기 때문이다.

° 욕심쟁이에게 어울리는 우화입니다.

원예사와 개

원예사의 개가 우물에 빠졌다. 원예사는 개를 끌어 올리려고 몸소 우물로 내려갔다. 그러나 개는 원예사가 자기를 더 아래로 밀어 넣으려는 줄 알고 돌아서서 원예사를 물었다. 원예사는 고통스러워하며 올라오더니 말했다.

"나는 이런 벌을 받아 마땅하지! 어쩌자고 죽으려는 짐승을 구해주려고 서둘렀단 말인가!"

° 배은망덕한 자에게 어울리는 우화입니다.

갈대와 올리브나무

갈대와 올리브나무 사이에 끈기와 힘과 의연함을 두고 서로 자기가 뛰어나다고 시비가 붙었다. 올리브나무가 갈대더러 힘이 없고 온갖 바람에 쉽게 굽힌다고 나무라자, 갈대는 침묵만 지킬 뿐 아무 말도 하지 않았다.

잠시 뒤 세찬 바람이 불어오자 갈대는 흔들리고 굽히면서 쉽게 바람에서 벗어났다. 그러나 올리브나무는 바람에 맞서다가 그 기세를 이기지 못해 꺾이고 말았다.

° 상황에 따라서는 강한 자에게 굽히는 자가 힘센 자를 이기려는 자보다 더 강합니다.

다랑어와 돌고래

다랑어가 돌고래에게 쫓겨 정신없이 달아나고 있었다. 다랑어는 잡히려는 순간, 돌진하던 힘 때문에 자신도 모르게 바닷가에 내팽개쳐졌다. 똑같은 추진력에 떠밀려 돌고래도 함께 물 밖으로 내팽개쳐졌다. 다랑어가 돌아서서 기진맥진한 돌고래를 보며 말했다.

"나를 죽게 만든 자가 나와 함께 죽는 것을 보니 죽어도 여한이 없구나."

° 많은 사람이 자신을 불행하게 만든 장본인이 불행해지는 것을 보면 불행을 쉽게 견딥니다.

헤라클레스와 플루토스

헤라클레스가 신의 반열에 올라 제우스의 식탁에서 대접받게 되었다. 헤라클레스는 신들에게 일일이 공손하게 인사했다. 마지막으로 플루토스* 앞에 이르자 헤라클레스는 눈을 내리깔고 그대로 돌아섰다. 제우스가 이상하게 생각하며 그 이유를 묻자 헤라클레스가 대답했다.

"제가 사람들 사이에 있을 때 그가 주로 사악한 자들과 함께하는 것을 보았기 때문입니다."

° 운이 좋아 부자가 되었지만 성질이 사악한 자에게 어울리는 우화입니다.

---

*플루토스: 그리스 신화에 나오는 재물의 신.

제우스와 뱀

제우스가 혼인 잔치를 열었다. 모든 동물이 저마다 제 형편에 맞게 선물을 가지고 왔다. 입에 장미를 문 뱀이 제우스가 있는 곳으로 기어 올라왔다. 뱀을 본 제우스가 말했다.

"나는 다른 자들이 주는 선물은 모두 받겠지만 네 입이 주는 것은 절대로 받지 않을 것이다."

° 사악한 자의 호의는 경계해야 합니다.

작품 해설

『이솝 우화』는 고대 그리스의 아이소프스 (Αἴσωπος, 이솝)가 지은 우화 모음이다.

역사가 헤로도토스(Herodotos)에 따르면 아 이소프스는 기원전 6세기에 사모스(Samos) 시민 이아도몬의 노예였던 인물이다. 이야기를 잘하는 재주가 있어 그의 주인을 많이 도와주었다고 한 다. 자유인이 되고 나서는 각지를 돌아다니면서 지혜가 담긴 이야기를 사람들에게 들려주어 늘 환영을 받았다고 한다.

아리스토파네스는 이솝이 사원에서 식기를 훔

처 델포이인들에게 고발당해 최후를 맞았다고 하고, 플루타르코스는 이솝이 델포이인들을 모욕해서 바위로 압사당하는 형벌을 받아 최후를 맞았다고 한다. 우화 중 하나의 내용이 신전의 사제를 모욕한다는 이유로 절벽에서 추락사시키는 벌을 받았다는 설도 있다.

『이솝 우화』는 동물을 주인공으로 한 짧은 내용이 대부분이다. 간혹 식물, 사람, 신(神) 등이 등장하는 이야기도 있다. 이 책에 실린 우화는 교훈을 얻을 수 있는 내용이다. 지금껏 출간된 『이솝 우화』와 마찬가지로 이 책에도 우화의 끝에 편집자의 코멘트를 짧게 달았다.

『이솝 우화』에 담긴 교훈은 단지 착하고 바르게 살라는 도덕적 교훈에 국한되지 않는다. 오히려 세상을 사는 데 필요한 처세술과 관련된 교훈이 많다. 예를 들어 '악한 자에게는 은혜를 베풀 필요가 없다', '세상을 사는 데 거짓말이 필요할 때도 있다' 등 어린이를 대상으로 한 동화책에는 어울리지 않는, 현대 사회의 어른이 읽어도 제법 와닿을 만한 메시지다.

한 편 한 편이 재미있을 뿐더러 작품마다 기지가 번득이니 '재미와 교훈'을 제대로 갖추고 있다고 할 수 있다. 다시금 『이솝 우화』를 즐겨보아도 좋을 것이다.

지은이 **이솝**
Aesop

고대 그리스의 우화 작가로 본명은 그리스어로 아이소포스(Αισώπου)다. 기원전 6세기경 그리스에서 살았던 인물로 알려져 있지만 이솝의 생몰년 및 정확한 행적에 관해 동시대 사람들이 기록한 것은 없다. 다만 헤로도토스와 아리스토텔레스 등의 고대 역사가들이 언급한 기록을 통해서 그 대강을 짐작할 수 있다.

그리스의 역사가 헤로도토스에 의해 기원전 6세기 초반에 살았던 인물로 추정되었고, 아리스토텔레스와 같은 고대 그리스 학자에 의해 현재의 터키 내륙 지방에 해당하는 흑해 연안의 도시 트라키아(Thracia) 출신으로 기록되기도 했다. 자유인이 된 이후 우화 작가로 그리스 전역에 이름을 떨치지만, 구전된 이야기이다 보니 모든 우화를 그가 지었다고 말하기에는 다소 무리가 있다.